황제의
외동딸

황제의 외동딸

3

윤슬 장편소설

파피루스

스헤르토 헨보스 신성제국
s-Hertogenbosch

안드루스 왕국
Andrus

부레티 왕국
Bureti

레이덴 왕국
Leiden

코벤트리 왕국
Coventry

유프레히트 4개 연합국
Uprehit

헤센 공화국
Hessen

벨베르 악몽의 숲
Belver

파르텐-키헤른 4개 연합국
Parten Kicheren

앤시프 왕국
Annsip

아그리젠트 제국 사막
Agrigent

랑그르 왕국
Langres

사막

토로레 왕국
Torore

이차르타 왕국
Izarta

에스니아 공화국
E-snia

프레치아 제국
Praezia

Equator

//////// 전쟁전 제국 영토

– – – – – 전쟁전 국경

―――― 정복 전쟁후 국경

1. Hey, Follow me!

1. Hey, Follow me!

아시시가 내 수호기사가 된 지도 벌써 사 년이나 흘렀다.

어느덧 내 나이도 일곱. 아, 늙는구나.

몸뚱어리는 파릇파릇한 일곱 살이지만 정신은 벌써 서른이었다. 내가 서른이라니. 충격이다.

그레시토는 이미 생일까지 지나서 아홉 살이었고, 응애응애 애기였던 쌍둥이들은 이제 말을 하고 뛰어노는 나이가 되었다. 그리고 그걸 보며 나는 인생무상을 느꼈다지, 하하.

일곱 살. 그래, 일곱 살씩이나 되었지만 딱히 일곱 살이 되었다고 해서 무언가가 크게 바뀐 건 아니었다. 여전히 내 인생은 암흑기, 상실의 시대였다.

뭐, 그래도 달라진 점이라고 하면…….

이제 욕을 잘할 수 있게 되었다든가, 아그리젠트 식의 욕을 할 수 있게 되었다든가, 욕하면서 비아냥거리는 방법을 배웠다든가 하는 것뿐?

······어째 열거해 놓고 보니 눈물이 나네.

"희망이 안 보여."

가여운 내 인생.

하지만 괜찮다. 아직 희망은 남아 있어! 그래, 비록 보이지는 않지만 분명 어딘가에는 존재할 거라고! ······는 개뿔.

더 희망이 사라진 기분이었다. 망했어요.

가만히 앉아서 초콜릿을 먹다가 문득 눈물이 차올라 고개를 드니 옆에 서 있던 아시시가 의아한 눈길로 나를 돌아본다. 어디 아픈 거냐는 듯한 시선에 빙긋 웃으며 일단 아무것도 아니라고 얼버무리긴 했는데, 그래도 아시시는 걱정스러운 눈길이었다.

나는 괜찮아, 아시시. 이 정도 시련은 아무것도 아니야. 이제 목숨의 위협을 덜 받긴 하지만 난 원래 살아 있는 것도 기적인 사람이라고!

"아니야, 생각해 보자. 더 좋아진 게 분명 무언가가 있을 거야. 그래, 없을 리가 없어!"

없을 리가 없다고! 없으면 내가 너무 불쌍하잖아!

필사적으로 머리를 굴려 봤지만······. 아무리 생각해도 더 좋아진 거라고 해 봤자 아무리 떠올려 봐도 한 가지밖에 없다. 살아남기 위해 지난 육 년간의 수련을 바탕으로 애교의 달인이 되었다는 그 한 가지?

······나 그냥 다시 죽을까?

아, 아니지. 또 있구나.

"베티, 초콜릿 좀 더 가져와."

"예, 공주님."

그건 바로 내 밑으로 시녀가 몇 명 더 붙었다는 것이었다.

그래, 나도 이제 따라다니는 사람 많다! 내가 어딜 갈 때마다 최소 열 명 이상의 시종들이 쪼르르 따라다녔다. 물론 카이텔과 맞붙으면 바로 내가 진다. 쪽수가 딸려. 무엇보다 카이텔이 움직이면 무슨 궁 하나가 움직이는 것 같으니까.

근데 어림잡아도 족히 사십 명은 될 듯한 그 수행원이 정말 최소한으로 데리고 다니는 거라니, 대체 그 전의 황제들은 어떤 삶을 살았던 거람. 아무튼 이놈의 황족 스케일은 여러모로 놀라웠다.

아, 황족 스케일 생각하니 갑자기 또 머리가 지끈거리네.

갑자기 몰려오는 두통에 머리를 붙잡고 끙끙대려고 하니 아시시가 한층 더 걱정스러운 시선으로 물끄러미 내려다본다. 하지만 그걸 신경 쓸 정신머리도 없이 난 이제껏 내가 카이텔에게 받은 생일 선물 목록을 떠올렸다.

그도 그럴 게 내가 네 살 때 받은 생일 선물이 희사원에 버금가는 후원이었고, 다섯 살 생일 선물은 아그리젠트 남부 로그로트에 있는 별궁이었다. 작년 생일 선물은 어떤 귀족에게서 몰수했던 영지였고, 올해 생일 선물은…….

"어디 아프십니까?"

아니. 그저 내가 일곱 살 생일 선물도 받은 애비의 선물이 아직도 충격과 공포라 할 말을 잃었을 뿐이야.

그래, 내가 일곱 살에 받은 생일 선물이 뭐냐면…….

그건 바로 기사단이었다.

내가 미쳐.

뭐, 그래, 기사단, 좋지. 그래, 나도 싫다는 소리는 아니다.

다만 문제가 뭐냐면! 오로지 황제만을 따르는 아그리젠트 황가의 네 개의 기사단 중 하나를 내게 주었다는 사실이었다. 왓더헬!

차라리 날 위해 새로 기사단을 창설했다든가, 대귀족들만 갖는다는 전통 있는 사설 기사단을 빼앗아서 주었다든가 그랬다면 나도 이렇게까지 충격과 공포는 아니었을 터. 그 정도는 이미 단련이 되었다 이거다. 한데 오랜 역사를 통틀어 황제 외엔 섬겨 본 적도 없는 황실 기사단을 내게 넘겨주면서 네 마음대로 가지고 놀라고 말하면 나보고 대체 어쩌라는 걸까. 경악하는 할아버지 관료들에게 눈총을 받는 기분 알랑가 몰라.

고작 일곱 살짜리에게 기사단의 명령권과 소유권을 넘겨주며 한다는 말이 그따위라니. 왜인지 울고 싶은 표정이던 기사단장의 마음을 나는 백분 이해할 수 있었다.

나도 울고 싶어.

아니, 뭐, 따지고 보면 그 전의 선물들도 결코 평범하진 않았다. 네 살 때 받은 후원은 내가 맨날 희사원에 처박혀 있다고 멀쩡히 서 있던 궁도 밀어 버리고 만들어 준 것이고, 로그로트에 있는 별궁은 황제의 여름 별장으로 대륙에 현존하는 궁 중에서도 화려하기로는 첫손 꼽히는 성이었다. 거기에 작년에 받은 영지는 모든 귀족들이 탐낸다는 젖과 꿀이 흐르는 땅이었고.

하지만 기사단이라니. 진짜 이건 좀 아니야!

나는 뭐 생일이라도 기껏해야 보석이나 드레스를 받을 거라 생각했다. 사실 다 그렇지 않아? 내가 돈이 많아 봤어야 받을 선물을 짐작이라도 하지. 카이텔의 선물이 하도 넘을 수 없는 사차원의 저 너머라 다른 선물들도 결코 가벼운 것들이 아니었는데 매년 묻혔다.

하지만 이게 좋은 게 아니라고!

매년 이렇게 상상을 초월하는 생일 선물 덕에 내 정신은 피폐해지고 있었다. 이게 이쯤 되니 귀족들 사이에선 언젠간 아그리젠트를 생일 선물로 줄지도 모른다고 헛소문 아닌 헛소문이 돌 정도.

이쯤 되니 생일이 오는 게 무서울 지경이었다. 이젠 뭘 받을지 감도 안 잡혀! 차라리 내가 두 살 때 받은 보석이나 세 살 때 받은 토끼가 정말 더 나았다.

"아, 그러고 보니 이 돼지 어디 갔어? 분명 산책시키려고 데리고 나왔는데."

선물 생각하다가 불현듯 생각난 돼토에 급하게 주변을 두리번거려 보지만, 언제나 듬직한 존재감을 뽐내는 덩치가 눈에 들어오지 않는다.

이 돼지가 대체 어딜 간 거람.

그때 옆에서 내 머리를 정돈해 주던 일린이 대꾸했다.

"아까 토실이 보더니 졸랑졸랑 따라가던데요."

"이놈의 토끼가!"

주인을 놔두고 지 부인만 쫓아가!

토실이는 돼토의 부인으로 돼지인지 토끼인지 종족이 의심되는 우리 돼토랑은 달리 귀도 크고 귀여운 딱 전형적인 토끼였다. 돼토가 결혼할 나이가 되자 페르넬이 구해다 준 토끼였는데, 둘은 서로를 보자마자 한눈에 사랑에 빠져 4남 3녀의 부모가 되었다.

그건 그렇다 치지만……. 왜 자식들이 하나같이 돼토를 닮은 건지 설명해 봐. 왜 닭으라는 토실이는 닮지 않고, 돼토만 닮은 건지 설명해 보라고! 유전자의 신비냐! 유전자의 신비냐고!

"리아 님, 자꾸 그렇게 인상 쓰지 마세요. 기사님께서 불안해 하시잖아요!"

그치만 내 미래가 너무 어둡잖아!

나름 항의의 표시를 해 보지만 일린은 단호히 고개를 내저었다.

저게 근데 요새 유난히 쌀쌀 맞아. 어릴 땐 나밖에 없다느니 내가 세상에서 제일 귀엽다느니 하더니. 역시 애기 때가 더 귀엽다는 거지! 다 크니까 이제 내가 필요 없다는 거지!

"저는 괜찮습니다."

제가 원인이 된 것이 불편한지 아시시가 우리 둘을 만류하며 끼어든다. 나는 그 소리를 듣자마자 일린에게로 시선을 돌렸다.

"봐봐, 괜찮다잖아!"

저건 괜히 나한테 할 말 없으니까 잔소리지!

하지만 일린은 아시시가 괜찮다고 말하는 데도 물러서지 않았다. 냉큼 고개를 내저으며 지 허리에 두 손을 올린다.

"기사님을 하루 이틀 보세요? 괜찮지 않아도 괜찮다고 말씀하시는 분이시잖아요!"

"진짜로 괜찮으면 어쩔 건데!"

"진짜로 괜찮을 리가 없잖아요!"

화살은 아시시에게 돌아갔다.

"기사님도 그래요! 기사님이 자꾸 리아 님 말 오냐오냐 받아 주니까 애가 기고만장해져서 다 괜찮은 줄 알잖아요! 아이는 그렇게 키우면 안 된다고요!"

본격 나이 서른에 잔소리 듣는 남자.

부제로 '검은 기사의 위엄'이라는 타이틀을 달아 주고 싶은데 그랬다간 모든 기사들의 꿈과 희망을 짓밟는 결과를 낳겠지?

아시시는 일린의 잔소리에 시선을 피하며 그저 허탈한 웃음을 지었다. 일린은 아시시가 그러거나 말거나 나에 대한 험담을 멈추지 않았고.

아무튼 저건 내가 지 봉이지, 봉이야.

"폐하처럼 막 키워도 안 되지만 기사님은 너무 애를 오냐오냐 하신다고요! 그래서 공주님이 애답지 않게 영악하시잖아요. 기사님이 애한테 잡혀 살면 어떡해요! 기사님은 리아 님의 보호자라고요, 보호자!"

산은 산이오, 물은 물이로구나.

저 일린이 불과 삼 년 전만 해도 아시시가 무서워서 말도 못하고 옆에는 가지도 못하고 매일 피해 다니던 그 일린과 동일 인물이 맞는 건가? 정말?

조금 신기했다. 아, 역시 인간은 적응의 동물이야.

문득 아시시가 내 수호기사로 왔던 때가 떠오른다.

……인간의 적응력은 바퀴벌레보다 더 대단해.

그땐 검은 기사라며 무슨 저승에서 기어 올라온 사신이라도 본 듯한 얼굴들로 아시시를 피해 다니며 날 걱정하던 인간들이 이젠 완전히 반대가 되어 버렸다. 지금은 오히려 아시시가 내 손에 놀아난다고 그를 걱정하며 그러면 안 된다고 훈수를 두고 다니니.

"공주님도 그래요! 기사님이 무슨 리아 님 애완동물이에요? 아무리 리아 님만 뭣 모르는 애기처럼 쫓아다니고, 줏대 없는 남자처럼 하루 종일 리아 님 생각만 하시고, 리아 님 말이라면 아무리 괴상한 것도 뭐든지 듣지만 기사님은 엄연히 공주님 수호기사라고요!"

아, 그래서 결론은 내 애완동물이라고?

뒤에서 아시시가 '모든 명령을 듣는 건 아닌데'라며 소심한 반박을 해 보지만 그 개미만 한 목소리는 일린의 눈총에 금방 사그라졌다.

아시시, 그럴 거 왜 개겨.

그때 천상의 목소리가 들려왔다. 이것은 신의 계시인가.

"일린, 그쯤 하렴."

씩씩대며 당장 2절이라도 시작할 기세였던 일린이 순식간에 표정을 누그러뜨린다. 아시시와 내 표정은 한순간에 밝아졌다.

세르이라! 역시 우리 엄마야.

딱 맞춰 등장한 세르이라가 환하게 웃으며 손수 주방에서 가져온 내 간식을 테이블 위에 놓아준다. 나는 당장 일어나서 세르이라에게 달려가 안겼다. 엄마!

"세르이라 님도 공주님께 너무 물러요!"

"그러는 너도 무르잖니, 일린."

한 큐에 일린 격침시키는 저 복음.

아, 엄마는 대체 종족이 뭔가요? 천사, 천사인가?

일린은 그래도 불만스러운 표정이었지만 나는 마냥 좋았다.

"어머, 쌍둥이 공자님들께선 어디 계세요?"

쌍둥이 공자님들이란, 페르델의 아들들이었다. 궁에 매일 같이 번질나게 드나드는. 일단 세르이라에게서 떨어진 뒤 나는 내 주변부터 살폈다.

"몰라. 또 후원 탐사 갔나 봐."

"간식 먹을 시간인데."

세르이라가 걱정스러운 표정을 짓는다. 나는 군말 않고 아시시의 소매를 잡아당겼다. 그러면서 세르이라에게 말했다.

"내가 찾아올게!"

"그럼 기다릴게요."

"가자, 아시시!"

어쩐지 뒤에서 '역시 세르이라 님은 남달라요! 공주님을 저렇게 잘 다루시다니!' 라는 감탄이 들려온 것 같았지만 그저 나의 꿀꿀한 기분 탓이겠지.

쓸데없이 거창하게 지은 후원의 정자에서 나오자마자 따사로운 햇살이 나를 반긴다. 그 햇살에 잠시 발길을 멈췄다가 나는 내 눈에 들어오는 풍경에 잠시 넋을 잃었다.

하얀 나무들과 흐드러지게 핀 각양각색의 꽃, 그 위로 날아다니는 나비와 새들이 마치 한 폭의 그림 같다. 희사원만큼은 아니지만 내 후원도 그에 못지않게 아름다웠다.

이곳은 일레스트리 후원.

통칭 후원이라고 부르는 곳이며, 내가 네 살 때 카이텔이 준 생일 선물이었다. 이걸 만드느라 후궁과 희사원의 일부를 철거하는 바람에 국가 문화재 훼손이라며 엄청 욕을 먹었더랬지. 게다가 날위한 후원이라고 내 이름을 따서 후원 이름을 지은 거라 후원의 이름을 부를 때마다 나는 엄청 낯 뜨거웠다.

뭐, 사실 내가 희사원에 가서 자주 놀았던 건 겨울나무 때문이었는데, 우리 애비는 그냥 내가 정원을 좋아하는 줄 알았던 모양이다. 사실 이 말을 농담 삼아 해 봤다가 겨울나무를 뿌리째 파서 후원으로 옮기려 하길래 기겁을 하고 말렸더랬다. 하, 아무튼 무슨 말을 못해요.

아무튼 이 후원도 내 스케일이 아니라 황족 스케일이라서 생각하는 것보다 더 넓었다. 하루 종일 뛰어도 한 바퀴 도는 게 힘들고, 술래잡기를 하면 찾을 수가 없어서 네 시간은 기본으로 걸릴 정도였으니까. 그래도 내 개인 후원이라 아무나 들어올 수 없는 것 하나는 좋았다. 더 이상 우연히 산책하다가 레일라를 볼 수 없는 건 좀 아쉬웠지만.

그런데 이 쌍둥이들이 대체 어디를 갔담.

"아시시, 어디부터 뒤져 볼까?"

내 질문에 아시시가 나를 돌아본다. 왜? 내 얼굴에 뭐 묻었니?

"번거로우시면 저 혼자 찾겠습니다."

"아니. 괜찮은데!"

애초에 내가 찾으러 나오겠다고 한 것이기도 하고.

빙그레 웃으며 아시시 옆에 서니 아시시가 나를 빤히 내려다본다. 이제 나도 제법 키가 컸건만, 그래도 주변에 워낙 키 큰 남자들밖에 없어서 그런지 자란 기분이 전혀 들지 않았다. 난 언제까지나 이런 땅딸보, 땅꼬마로 남을 것 같아.

"아마 언덕에 있을 겁니다."

"역시 그렇지?"

하긴 그 망할 놈들이 갈 곳이야 뻔하지.

내가 고개를 끄덕이며 수긍하자 아시시가 날 다시 물끄러미 내려다본다. 나는 빙그레 웃으며 아시시의 소매를 잡아끌었다.

언덕 가자, 언덕!

"아시시, 요샌 나 자고 있을 때 방문 앞에서 밤새 지키는 거 안하지?"

"……."

화제 전환 삼아 아무거나 던져 본 건데, 어째 돌아오는 반응이 심상치 않다. 나는 슬쩍 아시시를 돌아보았다.

아시시가 시선을 피한다.

뭐냐, 이거?

마치 피라미를 잡으려 막 던진 미끼에 대어가 걸린 기분이다. 에이, 설마 아니겠지. 하지만 자꾸 내 시선을 피하는 아시시 때문에 내 의혹은 더 깊어만 갔다.

음, 저기 이건 말도 안 되는 소리지만 말이지.

"설마 지키는 거?"

아직도?!

정말, 진짜, 아직도 그러느냐는 무언의 말이 담긴 내 시선이 견디기 힘들었는지 아시시가 자꾸 내 눈을 피한다. 이놈 보게. 그리고 슬그머니 들려온 작은 목소리.

"가끔."

가끔 뭐?

"가끔 잠이 오지 않을 때만 그럽니다."

"그러지 말라니깐!"

잠이 오지 않을 땐 뭐건 그러지 말라고! 네가 우리 집 똥강아지도 아니고, 집 지키는 개처럼 내가 자고 있는데 그 방문 앞에서 밤을 새고 있는 거냐!

내 목소리에 아시시가 대놓고 시선을 피한다. 이놈이!

나는 한숨을 폭 내쉬었다. 정말 난감하기 그지없다, 진짜. 그래도 그동안 좀 어르고 타이르고 혼내고 윽박지르고 협박하기까지 해서 이제 좀 나아진 건가 했더니 다시 원상복귀네.

네가 형상 기억 합금이냐! 네가 신소재냐고!

"괜찮습니다. 제가 좋아서 하는 겁니다."

……그걸 그렇게 뿌듯한 표정으로 말하지 마라 줄래? 싫은 데 하면 진짜 미친놈이지. 당연한 걸 말하지 말라고. 아, 머리야.

"진짜! 그러지 말라니깐! 내 말이 말 같지도 않지?"

"공주님의 말씀은 항상 경청하고 있습니다."

"그러니까 경청만 하고 따르지는 않잖아. 내 수호기사 맞아?"

"공주님을 지키기 위해서라면 공주님의 명령에만 따를 수는 없습니다."

이놈 보게.

"아니, 저기 결국 그 말은 내 말은 말 같지도 않다는 거?"

"공주님의 말씀은 언제나 놓치지 않고 있습니다."

"……."

벽에다 대고 말하고 있는 기분이다. 그래서 결론은 내 말이 말 같지도 않다는 거잖아, 썩을!

자기 수호기사한테 무시당하고!

수석 시녀한테 무시당하고!

내 인생은 대체 뭐야!

"공주님께선 신경 쓰실 것 없으십니다."

"엄청 신경 쓰인다고."

"괜찮습니다."

"내가 안 괜찮다니까?"

"괜찮습니다."

아니, 내가 안 괜찮다고, 내가! 너만 괜찮으면 다냐?!

답답함에 복장이 터진다는 게 이런 기분이구나. 나는 정말 아시시가 좋았지만 가끔 한 번씩 진짜 한 대 찐하게 패고 싶었다. 차라리 드란스테랑 노는 게 더 마음이 편할 지경. 진짜 말이 안 통해.

아무래도 내 신세가 이렇다 보니 워낙 주변에 과보호하는 인간들이 넘쳐나긴 한다. 하지만 아시시는 단연 그중 최고였다. 물론 우리 애비 놈도, 세르이라도 내가 조금만 위험해도 과보호를 해대긴 하는데, 그래도 아시시 정도는 아니었다. 우리 아시시는 진짜 진심으로 내가 자다가 침대 밑으로 굴러떨어지면 그걸로도 죽을 수 있다고 순수하게 믿을 순돌이니까.

대체 어느 누가 침대에서 떨어진다고 죽어?

저 간덩이로 대체 어떻게 그 살벌한 전쟁터를 전전하고 산 건지 도무지 이해가 안 간다.

뭐, 그래도 이 정도면 양호한 거지. 막 아시시가 내 수호기사가 되었을 때가 떠오른다. 그때는 진짜……

정말 말로 형용할 수 없는 나날들이었다. 내가 밥 먹다 밥이 목에 걸려 죽을까 봐 뭐 먹을 때마다 전전긍긍. 그레시토랑 뛰어놀면 뛰다가 넘어져서 죽을까 봐 전전긍긍. 카이텔하고 같이 잠이라도 잘라치면 자다가 자기도 모르게 비명횡사할까 봐 뜬눈으로 침대 옆을 지키며 전전긍긍. 책을 읽으면 책에 손이라도 베여 파상

풍으로 죽을까 전전긍긍. 도대체 그동안 어떻게 산 걸까 심히 궁금해질 정도로 심각한 수준이었다. 이러다가 너 내가 하늘이 무너져서 깔려 죽을까 봐 걱정할 기세다?

……아, 어떡해. 진짜 걱정할 것 같아.

안 돼! 납득하면 안 된다고!

"그래, 산은 산이오, 물은 물이로다. 이리 살다 죽는 게 우리네의 일생이지."

빈손으로 와서 빈손으로 가는 것이 우리의 삶이니까…….

어째 본의 아니게 환생한 뒤로 종교를 독실하게 믿게 된 것 같지만 이건 그저 나의 꿀꿀한 기분 탓이겠지.

* * *

이제 나이도 나이고, 뭣보다 그래도 제 할 일은 스스로 할 수 있게 된 터라 세르이라가 일일이 내 옆에서 수발을 드는 일은 사라졌다. 그렇다 보니 이젠 세르이라와 있는 시간보다 아시시와 함께 있는 시간이 더 많아졌다. 일단 아시시는 내가 어딜 가든 따라붙으니까. 요즘 세르이라의 일은 거의 내 옷을 챙기거나 내가 할 일을 정해 주거나 해야 할 일을 도와주는 것 정도뿐이었다.

"아빠!"

아시시와 함께 식당에 들어서니 카이텔은 이미 식사 중이다.

이 아버지 좀 보게? 나는 배고파서 죽어 갈 때도 오길 기다리며 밥을 먹지 않았건만! 배가 고프다고 내가 오지도 않았는데 먼저 먹고 있다. 이 나쁜 놈.

내가 뾰로통한 표정으로 카이텔 옆에 앉으니 내 앞으로 아시시가 앉는다. 그러자 우리가 오길 기다리기라도 한 듯 시녀들이 바로 저녁을 내 앞에 갖다 바쳤다.

와, 맛있겠다! 오늘 밥도 고기구나. 고기다, 고기!

"옷에 묻은 건 뭐지?"

"응? 뭐가 묻었어?"

카이텔의 말에 옷을 내려다봤지만 묻긴 개뿔. 아무것도 없었다.

대체 뭐 보고 그런 거야? 내가 입고 있는 옷은 아이보리색의 원피스였다. 단지 다 민무늬에 소매 끝만 포인트로 보석들이 박혀 있었는데……. 설마?

"아, 이거? 이거 그냥 장식인데."

"……."

애비가 말이 없다. 카이텔은 그대로 고개를 돌려서 마저 식사를 시작했다. 음?

"아빠."

"……."

"아빠?"

포크로 고기를 쿡 찔러 먹으며 연신 애비를 불러 보지만 카이텔은 묵묵부답. 대답은커녕 내 쪽으로 고개도 돌리지 않는다.

"아빠, 민망하지?"

그치? 그런 거지?

내가 웃으며 묻자 카이텔이 살짝 시선을 돌린다. 나는 해맑게 웃었다.

"에이, 다 알아. 솔직하게 말해도 돼. 민망하지? 그치?"

애비가 더욱 고개를 돌린다. 묵묵히 밥을 먹는 모습이 애처로웠다.

애비야, 이를 어쩌니? 네가 이래도 나는 그냥 넘어갈 생각이 없구나. 내 의지가 전해지기라도 한 건지, 말없이 고기를 씹던 카이텔이 한참 만에 입을 연다.

"음식이 너무 짜군. 주방장이 더위라도 먹은 건가?"

"아빠, 지금 부끄럽구나?"

괜찮아. 나는 다— 이해해.

내 말에 카이텔이 그대로 날 노려본다. 정말 죽일 듯한 시선이어서 나는 깜짝 놀랐…… 을 리가 있나! 맨날 보던 건데. 그냥 생긋 웃었다. 옛말에 웃는 얼굴에는 침을 안 뱉는다면서요? 애비야, 내가 일부러 그러는 건 아니라는 거 알지? 다 내가 널 좋아해서 그래. 이런 걸 세간에서는 애정 표현이라 부른단다.

그래, 애정 표현이야. 아마도.

"오늘은 뭐했지?"

음, 뭐했더라?

"살았지."

"……."

그래, 살았다. 그것도 열심히.

그것 말고는 따로 할 말이 없네. 어쩐지 내 대답에 순간 두 남자가 나를 불쌍한 눈으로 본 것 같으나……. 분명 착각일 거다. 착각이어야 해.

"쌍둥이들이 왔다 갔다고 들었는데?"

"아……."

그랬었지. 잊고 싶었던 기억이라 저도 모르는 사이 기억에서 지워진 모양이었다. 그 쌍둥이랑 엮이면 좋은 꼴을 통 못 봐서.

"아빠는 오늘 뭐했어? 뭐 재미있는 일이라도 있었어?"

나는 역시 천재였나 보다. 이렇게 자연스럽게 말을 돌릴 줄 알다니. 하, 나의 재능에 나조차 놀랍구나.

그러나 어쩐지 내 질문에 대한 카이텔의 반응이 심상치 않았다. 먹던 수저를 내려놓고 카이텔이 시선을 돌린다. 설마 내 질문이 좋지 않은 곳을 건드린 건가.

"앤시프 사신의 목을 벨 뻔하고, 프레치아에서 올라온 서류를 불태운 것 정도?"

"……대체 무슨 일이 있었던 거지?"

이건 좋지 못한 정도가 아닌 것 같은데.

내 표정이 일그러지자 빤히 내려다보던 카이텔이 픽 웃었다.

"별거 아냐. 적어도 네가 신경 쓸 일은 아니지."

그건 신경 쓰지 말라는 소리인가, 아니면 역으로 신경 써 달라는 말인가? 고개를 갸웃해 봐도 더 이상 부가 설명은 없었다.

뭐, 그렇구나.

숟가락을 입에 물고 빤히 쳐다보자 카이텔이 뭘 보느냐는 듯 시선을 준다. 우리 둘은 한참을 그렇게 마주 보고 있었다.

갑자기 애비가 웃으며 손을 뻗는다. 그리고 그대로 내 머리를 쓰다듬었다. 저기, 근데 애비야, 다 좋은데 좀 살살 쓰다듬어 주면 안 되겠니? 너 때문에 내 머리가 개털이 되고 있거든?

그러나 언제 내 말을 듣는 사람이 있었어야 말이지. 이번에도 내 말은 고이 씹혔다. 내 말이 정말 맛있나 보다, 망할.

"나 이거 먹을래!"

"내 건데."

응. 네 건지 알아. 네 거라서 먹으려는 거거든.

카이텔의 앞에 있는 접시를 잡으며 나는 방긋 웃었다.

"그래서 안 줄 거야?"

내가 이렇게 예쁜데?

생긋생긋 웃으며 쳐다보니 처음엔 어이없다는 표정을 짓더니 곧 봐준다는 듯 그릇을 넘겨준다.

"먹어라."

그럼 그렇지. 이렇게 나오셔야지요, 폐하. 아싸! 환호하며 날름 그릇 위의 해산물을 집어 먹으니 카이텔이 나를 신기한 눈으로 쳐다본다. 대체 뭐가 신기해서 그렇게 쳐다보는 거니?

"맛있나?"

"응!"

맛있으니까 뺏어 먹는 거지 맛없는 걸 왜 뺏어 먹겠니. 하지만 무엇보다 카이텔 걸 뺏어 먹는 거라 더 꿀맛이었다. 아, 진짜 나에게 이런 날이 올 줄이야. 어릴 때 받았던 취급을 생각하니 갑자기 눈물이 날 것만 같았지만 나는 괜찮다.

그래, 나는 강해졌어!

다 먹은 모양인지 카이텔이 턱을 괸 채 내가 먹는 모습만 쳐다본다. 내가 정말 행복한 표정으로 그릇을 비워 나가니 그게 그렇게 맛있냐는 한심한 시선이 날아오는 것 같았지만……. 맛있는 걸 어쩌냐!

"그러다 돼지 된다."

꼭 말을 해도!

아무튼 언젠가 카이텔은 저 입 때문에 큰일을 치를 인간이었다. 어쩜 저렇게 사람을 짜증나고 열 받고 재수 없게 만들 수 있는지. 그런 인간이 내 아빠라는 사실이 제일 슬퍼.

하지만 입에 맛있는 게 자꾸 들어와서 그런지 기분이 도무지 나빠지지 않는다. 이게 익숙한 나도 슬퍼.

"괜찮아!"

"왜 괜찮아? 돼지 되면 시집 못 가는데."

"그래도 괜찮아!"

"왜 괜찮냐니까?"

이런 악담을 한두 번 들었어야 서럽지. 돼지는 기본이고, 못생겼다는 말을 매일 듣고 사는 터라 이젠 그러려니 하는 심정이었다. 내 인성이 걱정되지도 않는다. 이미 충분히 더러워졌어, 엉엉. 그래도 자꾸 귀찮게 물으니까 대답은 해 줘야겠지.

자, 받아라. 나의 필살기!

"크면 난 아빠랑 결혼할 거니까!"

"그건 불법인데."

이 자식이? 내가 그걸 모르냐! 네 딸이 그렇게 천치일 거 같냐고! 하지만 생각해 보니 애비는 나를 바보라 생각할 것 같다. 아, 나, 천치가 된 리아.

"불법?"

"어, 법으로 금지되어 있어. 나랑 결혼하려면 내 딸 하면 안 돼."

카이텔의 말에 나는 잠시 두 눈을 깜빡였다. 그리고 활짝 미소.

"뭐, 그럼 아빠랑 결혼 안 할래."

그리고 상큼하게 앞에 있는 요리를 마저 먹어 치웠다. 카이텔이 어쩐지 인상을 구긴다. 그게 꼭 어라, 이게 아닌데 싶은 표정이라 나는 속으로 더 고소했다. 낄낄.

그래도 내 말이 듣기 좋긴 했던 모양이다. 카이텔이 웬일로 먹을 걸 내 앞으로 들이밀어 준다.

"그래, 나 같은 남자랑 결혼해 봤자 좋을 거 하나 없다. 이거나 먹어."

일단 주니까 먹긴 하는데. 어쩐지 그렇게 말하는 애비의 목소리가 좀, 좀 그랬다.

아 씨, 저러니까 욕할 마음도 안 생기잖아. 잘못 말한 건가 싶어서 수저를 입에 물고 빤히 쳐다보는데 카이텔이 웃는다. 그러면서 내 머리를 쓰다듬었다. 아니, 아버지 이건 됐지 말입니다.

"왜 아빠랑 결혼하면 좋을 게 하나 없어?"

"없으니까."

"아냐. 한 가지는 있어!"

바로 나처럼 예쁜 딸을 공짜로 얻는다는 것!

……은 개소리고, 잘생긴 남자를 남편으로 두게 된다는 점이었다. 그러고 보니 이제 서른이 넘어가는 데도 우리 애비는 아시시랑 똑같이 달라진 점이 하나도 없다. 애비야, 넌 나이 안 먹니? 있는 것들이 더한다고 미모도 되는 주제에 동안까지 해먹으려고 그러는 거니. 하, 더러운 세상.

뭐, 내가 매일 보는 얼굴이라 달라진 점을 못 느끼는 것일 수도 있겠지만 확실히 카이텔은 내가 막 태어났을 때랑 비교해서도 전혀 달라지지 않았다. 여전히 미모로 세계 정복도 가능해 보이는 정도? 뭐, 굳이 꼽으라면 위압감이랄까 위화감이랄까 항상 느껴지는 그 어둡고 무거운 분위기가 조금 옅어졌다는 것뿐이었다. 이런 걸 성숙했다고 표현하는 건가? 근데 진짜 나이를 안 먹는 건가. 어떻게 주름도 하나 안 보이지?

"구경은 다 한 건가?"

"……그런 거 안 했는데."

거참, 주름 찾으려고 좀 빤히 쳐다본 것 가지고 팍팍하게 이러지 맙시다, 아버님.

그냥 밥이나 먹으려고 숟가락을 드는데, 카이텔이 묻는다.

"말해 봐."

"뭘?"

"나랑 결혼하면 좋은 점. 하나는 있다며?"

아, 그거.

별걸 다 궁금해 한다. 나는 아무렇지 않게 바로 대꾸했다.

"황후가 되잖아!"

그것도 대아그리젠트 제국의 황후였다. 프레치아를 정복하고 중앙 대륙의 삼분의 일을 집어삼킨 거대한 제국의 여주인이 되는 것. 황후가 되어 좋은 점을 나열해 보라면 밤을 새워도 모자랄 지경인데, 어찌 좋지 않겠는가.

근데 내 대꾸에 애비의 표정이 어째 별로 좋지 않다. 내가 뭐 잘못 말한 건가?

"그래."

그리고 특유의 비웃음이 카이텔의 입가에 걸렸다.

"그 하나를 위해 몸을 던진 나비들이 꽤 많긴 했지."

어째 입맛이 씁쓸하다. 물론 카이텔 본인을 보고 달려드는 여자도 많았지만 황후 자리를 노리고 달려든 여자가 없다고 말할 수는 없으니 더 그랬다. 괜히 대답했네.

순식간에 식당의 분위기가 가라앉는다. 아시시마저도 침울한 표정으로 식사를 하는데……. 그래요. 내가 대역 죄인입니다. 내가 죽일 년이에요.

"아빠, 내가 웃긴 얘기 해 줄까?"

어떻게 이 무거운 분위기 좀 없애 버리고 싶다. 다행히 카이텔도 그런 생각인지 선선히 고개를 끄덕였다.

"해 봐."

"어떤 남자애 할아버지가 치매에 걸려서 밥 먹는 데도 장난치면서 먹었대. 그러니까 그 남자애가 뭐라고 했게?"

설마하니 이 세계에서 답을 알고 있는 이는 없겠지만 그렇다 해도 정말 감이 잡히지 않는 얼굴이다. 심지어 아시시도 모르겠는지 고민하고 있다. 나는 바로 이어 말했다.

"할아버지, 진지하게 진지 드세요."

순식간에 카이텔의 표정이 굳어진다. 정색을 한 건 아시시도 마찬가지였다. 나 혼자 웃음보가 터져서 낄낄거리는데 두 남자가 나를 노려봤다. 아, 어떡해!

"아빠, 모래가 어떻게 우는지 알아?"

"모른다."

"흙흙."

식당에 한기가 흐른다. 나는 박장대소가 터져서 죽으려고 했다.

아이고, 재밌어라. 카이텔은 손에 쥔 테이블을 부수기 일보 직전이었고, 아시시는 해탈해서 밥 먹는 데만 열중하고 있다. 둘 다 왜 그러지? 진짜 재미있는데. 왜 저래? 아이고, 웃겨.

"아빠, 아몬드가 죽으면 뭐게?!"

신이 나서 알고 있는 하이 개그를 전부 풀어 볼 요량이었으나, 그 순간 카이텔이 깊게 숨을 들이마시며 내게 딱 한마디 했다.

"그만해라."

"네."

……나는 재밌는데.

* * *

내 나이가 딱 세 살에서 네 살로 넘어가던 해.

프레치아 정복 전쟁이 끝나고 카이텔은 더 이상의 전쟁을 일으키지 않았다. 그 전쟁광에 피에 미친 황제가 전쟁을 그만둔다는 소식에 다음은 우리 차례라며 덜덜 떨던 주변국들이 하나같이 만세 삼창을 외쳤단다.

하긴, 나라도 그랬을 거야. 아마 나는 거기에 한술 더 떠서 그날을 기념일로 지정해 매년 기리고 기렸을 터다. 이런 날은 놀아야 돼 하면서.

아무튼 뭐 그렇게 가슴을 쓸어내리던 주변국과는 달리 우리나라 고위 귀족들의 반응은 대부분 한결같았으니. 그래 봤자 육 개월이 한계다, 어차피 일 년도 못 넘길 거다, 심심하면 또 피바람이나 불러일으킬 거다, 쯧쯧쯧, 그걸 믿냐 등등.

……틀린 반응은 아니지만 말이지, 뭔가.

그러나 그것도 벌써 사 년 전의 일, 처음과 달리 지금은 황제가 드디어 제정신 차렸다느니, 딸이 생기더니 인간이 되었다느니, 온갖 감탄과 탄성이 쏟아지고 있었다. 물론 다 개소리지만.

하, 누가 우리 아빠더러 인간이래? 우리 아빠 미친놈이야!

"아시시는 알아? 아빠가 전쟁 그만둔 이유?"

"공주님께서 태어나셔서가 아닐까요?"

……아니, 전혀 아닐 것 같은데.

그 미친놈이 나 하나 때문에 전쟁을 그만둘 리가 있나. 정말 말도 안 되는 일이었다.

내가 떨떠름하게 얼굴을 구기자 아시시가 내 반응에 의문을 표한다. 왜 아닐 것 같냐는 표정이지만 순수한 아시시한테 이런 말을 할 수는 없지. 아시시는 어째서인지 처음 본 순간부터 내가 엄청 사랑 받는 딸이라고 착각하고 있었다. 대체 어쩌다 그런 어마어마한 착각을 하게 된 걸까.

내가 지금까지 살아 있는 건 다! 나의! **눈물 나는 노력!** 때문이야, 아시시!

하긴 아시시는 내가 태어나서 처음 본 아빠한테 멱살 잡힌 걸 모르고 있지. 말이 좋아서 멱살 잡힌 거지 그건 교살 미수였다. 갑자기 살얼음판을 걷던 내 어린 시절이 새록새록 기억나는군. 그나마도 내가 모태 사랑스러움으로 이만큼 버틴 거지, 나 아니었으면 누구라도 죽어 나갔을 거다. 역시 나야!

"괜찮으십니까?"

"응? 아, 응."

"다리 안 아프십니까?"

나는 슬그머니 아시시를 돌아보았다.

"아시시, 지금 그거 오 초마다 묻고 있는 거 알아?"

"⋯⋯."

아시시가 말이 없다. 민망한 모양이었다. 은근히 내 시선을 외면하는 모습에 웃음이 절로 나온다.

미치겠네, 진짜.

이 남자 정말 알기 쉽다. 어떻게 이렇게 속이 빤히 보일까. 정말 누구누구랑 달리 아시시는 속이 너무 빤히 보여서 오히려 그게 문제였다. 이렇게 순수한 남자를 대체 어떻게 해야 할까.

아, 그래, 내가 인심 쓰마. 옜다.

"안아 줘!"

두 팔을 벌리고 올려다보니 아시시가 기다렸다는 듯 나를 안아 들었다.

아, 편해라. 아무래도 어렸을 때 안겨 다닌 기억밖에 없어서 그런 건지 나는 이 자세가 너무 편했다. 그래, 나는 아직 어리니까 이래도 돼. 이걸 어릴 때나 해 보지 나이 먹어서 어떻게 해 보겠어. 안 그래?

"근데 아시시, 나 안 무거워?"

"괜찮습니다."

정말 가뿐한 표정이라 괜히 더 의심이 간다. 저기, 아시시, 내가 딱히 널 신뢰하지 않는 건 절대 아닌데 말이지. 근데 아시시는 내가 뭐만 하면 다 좋다고 하니까. 게다가 카이텔은 날 안을 때마다 무겁다고 난리였다. 벌써부터 이렇게 무거우면 어디다 쓸 거냐고. 몰라! 어디다 쓸 줄 내가 어떻게 알아!

"정말입니다. 공주님은 깃털처럼 가벼우니까요."

"어, 이십 킬로그램짜리 깃털도 있어?"

"……."

농담인데. 그렇게 심각하게 받아들이지 않아도 되는데. 왜인지 소리 없이 좌절하는 아시시를 보니 괜히 미안해진다.

윽, 괜히 양심에 찔리네. 그치만 아시시가 그렇게 반응하니까 괴롭히게 되는 거잖아. 반응하면 할수록 괴롭히고 싶어진다. 이건 어쩔 수 없는 본능이라고!

"근데 포더르 궁에 이렇게 막 가도 되는 걸까? 아빠는 회의할 때 나 오는 거 별로 안 좋아하던데."

"폐하께서 오라 명하셨으니 괜찮을 겁니다."

"그렇긴 하지만……."

페르델이 거짓말을 친 게 한두 번이 아니라서 말이지.

나의 불신 어린 표정에 아시시가 의문을 표한다. 나는 그냥 어깨를 으쓱였다. 아무것도 아니다. 너에게 이런 더러운 세상에 대해 알려 줄 수는 없지. 너의 순수함은 지켜져야 한다고!

"지금 대회의가 진행 중이오니 공주님께선 잠시만 기다려 주시면 감사하겠습니다."

어느새 도착한 대회의장 앞에서 병사가 잠시 길을 가로막는다. 멋대로 들어가도 딱히 막지는 않을 것 같지만 날 생각해서 말을 걸어 준 병사 아저씨에겐 고마움을 담아 웃어 주었다. 병사 아저씨가 좋아서 죽는다.

아무튼 이놈의 인기. 난 진짜 죄 많은 여자야.

"폐, 폐하!"

두꺼운 문 너머로 누군가의 외침이 들려왔다.

설마 우리 애비가 또 미쳐 날뛰고 있는 건 아니겠지.

나는 조금 불안해졌다. 그도 그럴 게 말이지. 흠, 사실 카이텔이 더 이상 정복 전쟁을 하지 않아 지난 몇 년 아그리젠트는 그야말로 태평성대. 전쟁도 학살도 없는 평화로움 그 자체였다.

단 한 곳만 빼고.

"폐하, 한 번만 용서해 주십시오! 한 번만 더 기회를 주신다면 이 문제를 해결해 보이겠사옵니다, 폐, 폐하!"

뒷말은 숫제 비명이다.

아, 누가 또 가차 없이 끌려 나가는구나.

그렇다. 아그리젠트 전역이 평화롭건만 유난히 비명이 끊이지 않는 곳이 있었으니, 바로 아그리젠트 정치 중심부! 솔레이에 딸린 포더르 궁이었다.

즉, 한마디로 우리 애비가 일하는 곳.

나는 고개를 설레설레 흔들었다.

"아시시, 또 누가 잘렸나 봐."

"예, 그런 모양입니다."

아시시마저 깊은 한숨을 내쉰다. 그래, 네가 생각해도 저 미친놈은 답이 없지? 동감이다, 야.

하루가 멀다 하고 말단부터 시작해서 여차하면 대신까지 단박에 잘려 나가며, 지난 몇 년간 카이텔은 새로운 악명을 써 내렸다. 아무튼 누가 폭군 아니랄까 봐 하는 짓 좀 보게. 아무리 절대 권력자인 황제라고 해도 분명 대귀족에 대신까지 겸하는 신하를 그렇게 막 자를 순 없다고 배웠는데, 이건 대체 어떻게 되어 먹은 나라인지 하루가 멀다 하고 주요 공직의 인사가 뒤바뀐다. 일단 수틀리면 카이텔이 막 잘라 대서 지금 아그리젠트 정부는 때아닌 인재난에 시달리고 있었다.

옛날엔 잘 차려 입은 뚱땡이 대신들이 막 끌려 나가는 게 나름대로 문화 충격이었는데 이젠 너무 봐서 그런지 신기하지도 않다. 하, 내 인생 어디로 가고 있는 건지. 다시 태어나서 새로운 경험 참 많이 해.

"아시시, 그냥 들어가자."

"……괜찮으시겠습니까?"

아시시가 걱정스러운 얼굴로 날 물끄러미 내려다본다.

괜찮긴 뭐가 괜찮겠니? 당연히 괜찮을 리가 있나.

아시시가 걱정하는 건 그거였다. 카이텔이 신하들을 막 다루는 모습은 정말 교육적이지 못했으니까. 근데 아시시, 그거 아니? 우리 애비가 그런 건 하루 이틀 일이 아니거든?

아니나 다를까, 안에 들어가니 정말 진풍경이 펼쳐지고 있었다. 칼을 들고 설치는 건 아니라서 다행인데, 대신 다리를 꼬고 거만하게 앉아서 제 앞에서 손이 발이 되도록 빌고 있는 신하를 보는 폼이 참. 저게 내 아빠라니. 이미 페르델은 만사 다 포기하고 차나 마시고 있었다. 나도 차나 마시고 싶다.

"폐하, 한 번만 더 기회를 주신다면 소신 성심 성의껏 해결해 보이겠나이다. 폐하, 부디!"

저 아저씨 아직 잘리진 않고 잘릴 위기인 모양이었다. 나는 얌전히 입구에 멈춰 서서 돌아가는 상황 추이를 살폈다. 애비가 서늘한 시선으로 그 대신을 내려다본다. 그 입가엔 진한 비웃음이 걸려 있었다.

저 아저씨는 틀렸구나.

"그래?"

"예!"

나였다면 기회를 한 번 더 주었겠지만 역시 애비는 나랑 달리 비범했다.

"그럼 기어 봐."

이게 갑자기 무슨 소리요. 나도 놀라 두 눈을 동그랗게 뜨니 카이텔이 상냥하게 웃는다.

"내 앞에서 기어 보라고. 그럴 만한 성의가 있어야 기회를 주든 말든 할 것 아냐?"

아……. 그, 그런 심오하고 깊은 뜻이 있었구나. 그렇구나.

그대로 회의장의 분위기는 싸늘해졌고, 한 번만 더 기회를 달라던 대신은 딱 굳어서 입만 뻐끔뻐끔거렸다. 아저씨, 지켜 주지 못해 미안해요.

"끌고 나가."

차가운 명령에 대기 중이던 근위병이 대신을 끌고 나간다.

저 아저씨가 귀족으로 태어나 이런 취급은 난생처음일 거라는데에 내 생일 선물 전부를 건다!

"아시시, 아무리 생각해도 우리 아빠는 정상이 아닌 것 같아."

"……저도 그렇게 생각합니다."

어휴, 저 미친놈.

미쳐도 저렇게 미치진 말아야겠다. 나는 곱게 미쳐야지.

내가 새로운 다짐을 하고 있으려니 저 홀로 차를 마시던 페르델이 자리에서 일어났다.

"회의는 이쯤 하도록 하죠. 나머지 결재는 재상 관저 쪽으로 올리도록 하세요."

그리고 곧바로 나를 돌아보며 방긋 웃는다. 두 손까지 흔들어 대는 폼을 보니 갑자기 격한 회의감이 몰려왔다.

……대체 지금 누가 내 아빠인 거지?

"누가 회의 끝나기 전에 멋대로 들어오랬지?"

"그럼 다시 나가?"

나갈까? 나가?

아니, 나가라시면 저야 좋지 말입니다.

내 대꾸에 카이텔이 말없이 손을 내민다. 뭐?

"이리 와."

"싫은데."

"와."

"싫어."

너무 튕겼나. 슬슬 카이텔의 이마에 혈관이 튀어나올 시점이라 나는 바로 안면을 바꾸며 해맑게 웃었다.

"아빠!"

아, 요새 간덩이가 부었어. 카이텔을 놀리는 데 재미가 붙어서 큰일이야. 그래도 딸이라고 나름대로 신경 써 주는 모습을 보면 페르델이 말하는 대로 인간이 된 것 같기는 한데.

그 순간 카이텔이 날 안으며 갑자기 인상을 썼다.

"무겁군."

……이게 꼭 욕먹을 짓만 골라 해요.

뭐라고, 이 자식아! 나 아직 이십 킬로그램도 안 넘어. 이게 지는 내 세 배는 족히 나가면서 어디서 무겁대! 죽을라고!

하지만 여기서 발끈하면 내가 지는 거다.

나는 최대한 화사하게 웃었다.

"그래, 아빠는 못생겼어."

"……."

"푸핫!"

뒤에서 다가오던 페르델이 웃음을 터뜨린다. 카이텔의 표정이 급속히 굳는 걸 보며 나는 해맑게 웃었다.

설마 이렇게 귀여운 나를 때리는 건 아니겠지, 애비야? 그래도 자꾸 이렇게 까불면 맞을 것 같다. 나는 재빨리 애비의 품에서 떨어졌다.

"아시시!"

아시시를 방패 삼아야지. 아시시, 이리 온!

내 목소리에 아시시가 바로 달려온다. 으챠! 두 손을 벌리니 아시시가 자연스럽게 날 안아 들었다.

헤헤, 안전지대다!

이제 안전해졌다고 안심하며 애비를 돌아보니 애비가 뭐가 그렇게 불만인지 인상을 찌푸린 채 날 본다. 왜, 뭐?

페르델이 그런 카이텔의 어깨에 턱하니 손을 올렸다.

"너 못생겼대."

"죽고 싶나?"

그다음은 아시시가 내 눈을 가리는 바람에 알 수 없었다.

"정서상 좋지 않은 장면입니다."

……늘 보던 건데.

* * *

넷이 하는 점심 식사는 아침이나 저녁보다 유난히 푸짐했다.

네 명이 먹어서 그런 건가, 아니면 다른 이유가 있는 건가. 잘 모르겠지만 어쨌든 하루 일과 중 점심 먹을 때가 제일 행복하다. 어쩜 우리 솔레이의 주방장은 나날이 그 손맛이 발전하는 건지. 먹으면 먹을수록 엄마의 손맛이 느껴지는 게 말 그대로 감동의 도가니탕.

나중에 결혼하자고 꼬셔 볼까. 이런 남편이라면 얼굴도 안 보고 결혼할 수 있을 것 같아. 이렇게 맛있는 음식을 매일 먹다니, 역시 난 행운아.

맛있게 내 밥을 냠냠 쩝쩝 흡입하고 있는데, 페르델이 자기 밥 먹는 것도 잊고 날 바라본다. 뭐냐, 내가 밥 먹는 게 그렇게 맛있어 보이니? 하긴 내가 복스럽게 먹는다는 소리를 자주 듣긴 했지. 네 맘 다 이해해.

"우리 리아 공주님, 오전엔 뭐하셨어요?"

음, 뭐했더라.

"공부!"

"우와, 착실하시네."

내가 좀 착실하긴 하지. 포크로 샐러드를 콕 집어서 먹으며 고개를 끄덕이니 페르델이 또 웃는다. 뭐냐, 그 흐뭇한 미소는. 그 옆에 정작 내 애비란 놈은 전혀 관심도 없이 묵묵히 밥만 먹고 있는데 페르델은 두 눈을 반짝이며 연신 나에게 이것저것 말을 시키고 있었다. 어째 네가 내 아빠 같다, 야.

"이제 오후엔 뭐하실 거예요?"

내가 뭘 하겠냐.

"아시시랑 놀 거야!"

"부, 부러워."

페르델은 진심으로 부럽다는 표정이었다. 별걸 다 부러워한다.

뭐, 하긴 이해를 못할 건 아니었다. 애기 때는 그래도 간간이 얼굴을 보곤 했는데 지금은 아예 내가 집무실이랑 인연을 끊은 상태라 하루 중 유일하게 우리가 만나는 시간이 이 점심시간뿐이었으니까. 그것 외에도 페르델의 일이 엄청 늘어났다는 사실도 한몫했다.

흑, 불쌍한 놈.

"아시시, 많이 먹어! 이따가 엄청 뛰어놀 거니까!"

하지만 내 관심은 온통 아시시에게로 가 있지. 특히 아시시는 나랑 놀아 줘야 하니까 더 많이 먹어야 했다. 내 말에 아시시가 웃는다. 그걸 보니 또 기분이 묘— 해지는 게 처음 내 수호기사가 됐을 땐 웃는 것조차 어색해 했었는데. 이젠 웃는 게 너무 자연스러워서 도리어 내가 곤란해. 웃는 거 너무 예뻐, 오빠, 엉엉.

"공주님께서도 많이 드십시오."

"이게 또 공주님이래."

리아 님이라고 부르라고. 넌 진짜 인간이 왜 그러냐!

우리의 친목을 한껏 다져 보자는 의미에서 나도 아시시를 기사 님이라고 안 부르고 부러 이름으로 부르는 중이거늘. 아시시는 나랑 그렇게 붙어 있으면서도 아직 내가 많이 어려운 모양이었다. 불편한 건 아닌데 어색하고 대하는 게 서투른 거면 어려운 거 맞는 거지? 어, 아닌가?

"아시시."

"예?"

"아시시?"

"……네."

대체 내가 어떻게 해 줘야 아시시가 날 편하게 대할 수 있는 걸까? 그건 네 살 이후 한시도 내 머릿속을 떠나지 않는 의문이었다.

밥 먹는 것도 멈추고 턱을 괸 채 아시시만 빤히 바라보고 있으니 옆에서 불쑥 튀어나온 다른 손이 내 머리를 헤집어 놓는다.

"아시시 괴롭히지 말고 밥이나 먹어라, 따님."

이 자식이?

"누가 괴롭힌다고 그래!"

이놈의 애비가 딸을 민폐로 만드네!

발끈해서 쳐다보니 애비가 비웃는다. 아오, 짜증 나.

"아시시, 나 절대 아시시 괴롭히는 거 아니지?"

"네."

"봐봐, 아니라잖아!"

아시시가 아니라는 데도 카이텔은 슬쩍 그를 돌아보더니 특유의 비웃음으로 딱 한마디 대꾸했다.

"표정은 맞다는데."

……이놈이?

아빠를 때리고 싶다는 생각이 든 건 처음이 아니다. 아, 진짜 불효라서 참는다, 내가. 아마 내가 여기서 카이텔을 때리면 월간 아그리젠트에 실릴지도 몰랐다. 〈리아 공주, 하극상?!〉 뭐 이런 제목으로 거하게 실리겠지.

"부, 부러워. 공주님께서 저렇게 애교를 부리시다니. 아시시, 부럽다, 부러워. 저도, 저도요!"

"넌 저리로 가."

"힝."

페르델은 괜히 끼어들었다가 한 소리 들었다. 유난히 페르델한테만 매정한 것 같지만 기분 탓이겠지. 나한테 차인 페르델이 좌절하자 그 옆에서 카이텔이 비웃는다. 아시시는 그런 둘의 모습을 지켜보다 나지막이 한숨을 내쉬었다.

……뭐냐, 이 삼총사.

"너 이 자식, 대체 우리 공주님에게 무슨 독약을 먹인 거냐! 우리 상냥한 공주님이 나한테만 매정하잖아!"

"뭐래."

"다 너 때문이야! 다 너 때문이라고!"

"시끄러우니까 꺼져."

애비랑 페르델이랑 싸우든 말든 나는 웃으며 내 옆에 앉은 아시시랑 느긋하게 점심을 먹었다. 우리의 모습을 지켜보다 페르델이 급격히 우울한 표정으로 무너진다.

"아시시, 나랑 자리 바꿀래? 난 맨날 우중충한 사내놈들하고 서류 전쟁이나 치르는데. 엉엉, 나도 공주님 기사. 엉엉, 공주님 기사 할래!"

"페르델도 검 쓸 줄 알아?"

"아니요."

뭐하자는 거지, 지금. 검도 못 쓰면서 기사하고 싶다고 한 거야? 장난 치냐! 굳어진 내 표정은 보이지도 않는지 페르델이 수저를 입에 문 채 내게 질문했다.

"리아 공주님은 아시시가 좋아요? 제가 좋아요?"

"아시시!"

당연한 건 묻는 게 아닙니다.

아무리 그래도 페르델이 아시시 상대로는 좀.

하지만 일말의 기대라도 품고 있었던 건지 내 대답에 페르델이 눈에 띄게 낙담한다. 그러더니 이내 하는 말이라는 게 '괜찮아, 나도 아시시를 좋아하니까.' ……야, 너 좀 무섭거든.

"그럼 카이텔이 좋아요? 제가 좋아요?"

"아빠!"

카이텔이 이 자리에 없었으면 어쩌면 대답이 달라졌을지도 몰랐겠으나 애비가 이 자리에 있으니 당연히 내 대답은 아빠였다.

이럴 때 점수를 따 놔야지, 언제 따 놓겠니.

내 대답을 듣고 페르델이 더욱 좌절한다. 어째 아까와는 전혀 다른 반응이었다. '내가 저놈한테 밀리다니, 말도 안 돼!' 이런 반응? 어째 무언가가 이상하다고 생각되지만 기분 탓이겠지.

반면 카이텔은 당연하다는 표정이다. 저 인간이?

"음, 카이텔이랑 아시시 중에서는요?"

……이거 일종의 그거지? 엄마가 좋아? 아빠가 좋아?

엄마가 좋다 그러면 아빠가 서운하고, 아빠가 좋다 그러면 엄마가 서운하고, 그렇다고 둘 다 좋다고 그러면 훈훈하긴 하지만 무언가 찜찜한, 어느 세계에나 존재하는 사 대 난제 중 하나. 전이었다면 고민 좀 해 봤겠지만 지금 나에게 망설임 따윈 없었다.

"아시시!"

대답과 동시에 페르델의 얼굴에 환희가 번진다.

오냐, 너도 이걸 바랐구나?

카이텔 혼자 뭐 씹은 표정으로 변한 상황에서 아시시는 좋지만 좋다고 표현할 수 없는 딜레마에 휩싸여 있었다. 괜찮아. 네 맘 다 이해해, 우쭈쭈.

"힘내, 아버지."

"죽을 테냐?"

아무튼 저건 꼭 깐죽대다가 한 대 맞아요.

괜히 한 대 맞은 페르델은 놔두고, 내 관심은 어느새 식사가 끝나서 시녀들이 내오는 후식에 온통 쏠려 있었다. 아시시나 카이텔의 것은 후식이라는 사실이 믿기지 않을 정도로 단출했다. 달지 않은 과일에 쓴 차. 이름을 듣긴 들었는데, 내가 기억을 못해서 뭘 먹는지는 모른다. 반면 내 앞으로 나온 후식은 화려함 그 자체였다. 초콜릿 스펀지에 달달한 살구 잼을 바른 뒤 케이크 전체를 초콜릿으로 코팅하고, 그 위에 설탕으로 만든 장식을 올린 자허 토르테! 거기에 맞춰서 내 음료도 살구로 만든 생과일주스였다.

맛있겠다!

"우와, 공주님 후식 정말 화려하네요."

"그치? 대따 맛있어!"

역시 이럴 때는 공주로 태어나길 잘한 것 같다. 어째 뭐 먹을 때만 그런 생각을 하는 것 같지만…….

넘어가, 넘어가.

그나마 작은 파베 초콜릿이 여러 개 쌓여 작은 성을 이루는 페르델의 후식이 제일 후식다웠다. 역시 후식은 이렇게 먹어 줘야 제맛이지!

"아시시, 이거 먹을래?"

"리아 님 드세요."

"난 먹고 있잖아."

카이텔과 마찬가지로 아시시도 단 걸 별로 좋아하지 않았다. 단지 카이텔과 달리 아시시는 내가 자꾸 먹이고 싶은 충동이 샘솟는다. 왠지 모르겠지만 먹이고 싶어! 자꾸 먹여 주고 싶은 이 마음을 어찌하리! 왜 이걸 모르는 거야! 이렇게 맛이 있는데! 초콜릿의 멋짐을 모르는 아시시가 불쌍해!

"아시시, 이것 좀 먹어 봐. 이거 진짜 맛있어."

"예."

"자, 먹어 봐. 응?"

달다고 싫어하면서도 먹으라고 주니까 먹는다. 그 모습이 어쩜 그리 귀여운지. 먹여 놓고 흐뭇한 미소로 아시시를 보고 있으려니 앞에서 페르델이 서글픈 표정으로 훌쩍였다.

"나도 잘 먹을 수 있는데……."

네 후식이나 먹으렴. 내 거 탐내지 말고.

그 와중에 애비가 뭔가 심기가 불편한 건지 자꾸 헛기침을 해 댄다.

뭐냐? 뭘 원하는 거지?

뭐, 그러든지 말든지 신경은 안 쓰지만. 냠냠 쩝쩝 마치 아기 새를 기르는 어미 새의 마음으로 아시시를 먹이고 있으려니 아시시가 불편한 표정으로 입을 연다.

"리아 님."

"응?"

왜, 뭐가 불만이야.

아시시는 말하는 대신 옆을 살폈으나 나는 부러 못 알아들은 척 고개를 갸웃했다.

"저기, 그러니까."

"으응?"

내가 모르는 척하니 아시시가 죽으려고 한다. 울상인 아시시를 보며 속으로 혼자 좋아라 하는데, 어느새 차를 다 마신 건지 카이텔이 테이블에 찻잔을 내려놓는 소리가 크게 울렸다.

깜짝이야! 애비야, 갑자기 왜 그러니?

그러고 보니 카이텔이 어쩐지 엄청나게 심기가 불편해 보인다.

설, 설마 질투라거나, 질투를 한다거나, 질투였다거나 한 건 아니겠지? 에이, 설마. 그럼, 우리 애비가 어떻게 그런 걸 하겠어. 안 그래?

"아시시."

그렇게 생각하는 순간 카이텔의 목소리가 낮게 울렸다.

뭐냐, 애비야.

원래 목소리 톤이 낮긴 낮았지만 지금 목소리는 정말 섬뜩할 정

도로 낮았다. 잠시 정말 진지하게 내가 뭐 잘못한 줄 알았네. 나랑
마찬가지로 아시시도 몸을 움찔하며 떤다.

그걸 보고 나는 우리 애비를 노려봤다. 야, 너 왜 우리 아시시를
핍박하고 그래!

"수석 서기에게 이번 사신 방문 일정은 어떤지 물어보고 오도
록. 들었는데 까먹은 것 같아서 말이지."

"예, 폐……."

응? 듣다 보니 내용이 이상하다?

나는 아시시가 알았다며 냉큼 사라지기 전에 끼어들었다.

"에이, 파파, 그런 건 시녀를 시켜야지 왜 아시시를 시켜. 그렇
죠, 각하?"

내 눈초리에 페르델이 얌전히 차를 마시다가 놀란 듯 두 눈을 동
그랗게 뜬다. 어서 그렇다고 말해, 빨리!

내가 두 눈을 부릅뜨자 페르델이 얼떨떨한 표정으로 고개를 끄
덕였다.

"으, 응? 아, 네, 그렇죠. 당연히 시녀를 시켜야지!"

봐봐, 내 말이 맞지? 나는 승리의 미소를 지으며 그대로 내 옆에
서 있던 시녀에게로 시선을 돌렸다.

"자, 물어보고 와."

"예, 공주님."

카이텔의 표정은 이제 가관이었다. 인상 찌푸린 채로 과일은 손
도 대지 않고 날 죽일 듯한 기세로 노려보고 있다. 다분히 한 방
먹었다는, 어이없는 표정이었으나 나는 아무것도 모르는 양 해맑
게 웃었다.

헤헤, 애비야, 나는 아무것도 모르느니라.

왜 그러느냐? 인간사는 원래 이런 것이다.

그 옆에서 페르델이 끅끅대며 웃는다. 웃겨서 죽으려고 하는지 웃음을 참는 데도 나오는 소리가 참으로 애처로웠다. 물론 그러다 결국 애비한테 한 대 맞는다. 쯧쯧.

"악!"

아프겠다.

페르델 머리에서 나는 소리가 워낙 대단해서 나까지 머리가 아플 지경. 페르델도 정말 아팠는지 그렁그렁 눈물을 글썽였다. 그러게 누가 까불래, 응?

"야, 아프잖아!"

페르델이 열심히 항의해 보지만 카이텔은 묵묵부답.

그거 하나 때렸다고 기분이 나아지기라도 한 건지 그저 무시한 채 차를 마시는 데 열중한다. 페르델은 그걸 보며 더 열을 내고.

불, 불쌍한 놈, 내가 널 동정한다. 힘내라!

"가여운 내 인생."

그래, 네 인생이 좀 가엾긴 하지.

내가 알만하다는 표정으로 어깨를 토닥여 주니 페르델이 별들이 반짝이는 눈동자로 올려다봤다. 아차, 실수. 저기, 다 좋은데 부담스러운 그 눈은 좀 치워 주지 않겠니? 슬금슬금 물러나 아시시 옆에 붙었는데도 나를 바라보는 페르델의 눈초리는 여전히 반짝였다. 저거 진짜 무섭다고.

"그나저나 우리 공주님도 곧 가정교사가 붙을 나이네요."

"가정교사?"

뭔 헛소리인가 싶었는데, 그 말에 카이텔이 반응한다.

"확실히. 벌써 그런 때가 왔나."

그 말은 곧 본격적으로 공부를 해야 한다는 소리인가. 그런 것이냐!

갑자기 국영수사과의 악몽이 떠올랐지만 학교를 가는 것도 아니고. 그런 건 아니겠지? 근데 가정교사라고 하면 궁에서 수업을 받는 건가? 고위 귀족이나 황족들에겐 당연한 것이겠지만 모태 황족이 아닌 나는 이런 게 좀 신기했다. 와, 가정교사라니! 과외도 아니고 가정교사!

"그런 의미에서 내가……."

"누구로 하지?"

저기, 아빠, 방금 페르델이 뭐라고 한 것 같은데……. 페르델의 말은 우리 애비에 의해 바로 묻혔다.

"내가……."

"아시시, 네가 해 볼래?"

"저기, 내가."

"아니요. 전 공주님을 제대로 가르칠 수 없을 겁니다."

하긴 맨날 놀 테니 그건 그렇지.

그건 그렇다 치고 둘 다 페르델의 목소리가 들리지도 않는 모양이었다. 대체 몇 번 무시를 당한 거니. 두 손을 같이 흔들고 두 사람 앞에 고개를 내밀어 보지만 두 사람 다 페르델은 눈에도 보이지 않는 사람 취급하며 태연했다. ……진, 진짜 불쌍해.

"저기, 여러분, 내 말이 들리지 않나요?"

안 들릴 리가 있니? 바로 옆에서 떠들고 있는데.

페르델은 이제 울고 싶다는 표정이었다.

"아니야. 들려."

자꾸 이유도 없이 묻히는 게 안타까워 한마디 했건만 즉시 괜히 했나 싶다. 페르델은 감격에 찬 표정으로 나를 올려다보았다. 왜인지 저 눈동자가 '내 천사, 오, 마이 선샤인' 이러는 것 같지만 기분 탓이겠지.

근데 왠지 속마음이 읽히는 거 같은 건 나만의 착각인가? 나, 이제 독심술도 하는 건가?

"하지만 페르델은 재상 일로 바쁘잖아."

"그럼 재상을 은퇴하면 되죠!"

한 나라의 재상이라는 인간이 하는 소리 봐라.

"악!"

그 순간 페르델의 비명 소리가 울려 퍼진다.

이번 건 맞을 만했다고 본다. 카이텔은 이런 놈은 더 패야 한다는 표정으로 한 대 더 때렸다. 그래, 보스 앞에서 부하가 업무 태업을 선언하는 데 카이텔 같은 폭군이 아니라도 가만있을 사람이 있을까. 어쨌든 그 바람에 페르델은 머리를 쥔 채 비명도 지르지 못하고 그대로 주저앉았다.

쯧쯧, 못난 놈.

*   *   *

자라기만 하면 됐던 유아 때와는 달리 어린이가 되니까 역시 해야 할 일이 늘었다.

갑자기 이게 뭔 소리냐면……. 나 이제 공부한다고.

하, 뭐 어차피 해야 하는 거긴 하지만 그래도 귀찮은 건 사실이 잖아! 평생 네 살로 살고 싶었거늘. 글자를 써 내려가면서 한탄을 하니 옆에 있던 일린이 나를 쳐다본다. 그러거나 말거나 나는 내 가 해야 하는 글자 공부에나 집중했다. 그나마 예절 수업은 더 이 상 받지 않아서 참 다행이야.

"공주님, 생일 선물로 받은 거 아직도 안 풀어 보셨어요?"

응?

갑자기 이게 무슨 소리인고. 뒤를 돌아보니 일린이 무언가를 흔 들었다.

……저건 반년도 더 된 내 지난 생일 선물들 몽땅이냐.

청소하다가 찾은 건지 아니면 안 되겠다 싶어서 들고 나온 건지 이유는 모르겠지만 내 생일 선물들인 건 확실했다. 저것도 일부분 이고, 나머지는 어딘가에 처박혀 썩어 가고 있겠지. 나는 어깨를 으쓱였다.

"앞으로도 안 풀 거야. 내버려 둬."

"왜요? 그래도 뭐 선물 받으셨는지는 확인해야죠."

일린이 한 소리 했지만 그래도 풀어 보고 싶은 마음은 들지 않았 다. 나랑 가까운 사람들이 준 거나 어느 정도 안면이 있는 사람들 이 준 건 바로 바로 풀어 봤으니까. 고로 포장까지 되어서 구석에 처박혀 있다는 소리는 나랑 친하지 않은 사람들이 준 선물들이란 소리였다. 대부분은 고위 귀족들이 준 것들로 너무 많아서 그냥 구석에 처박아 놓고 잊어버렸던 거지만.

"어차피 다 비슷비슷할 텐데, 뭐. 귀찮아."

여차하면 네가 풀어 보든가. 선물의 대부분이 드레스와 보석이라는 데에 내 손목을 건다.

그리고 그건 사실이었다. 일린이 시험 삼아 풀어 본 상자 안엔 작은 티아라가 들어 있었다. 일린은 귀엽다며 좋아했지만 하도 매일 봐서 그런가 심드렁하다.

어차피 다른 선물들도 다 똑같겠지.

이 나라가 어찌 되려고 이러는지. 어딜 가나 꼼수를 위한 아부성 선물은 근절이 안 돼. 간만에 저쪽 세상의 상사였던 김 부장까지 생각나 고개를 젓는다. 아무튼 사람 사는 데는 다 똑같구나.

괜히 한숨을 내쉬었다가 문득 인상을 찌푸렸다.

근데 내가 언제 이렇게 드레스랑 보석을 우습게 보는 사람이 된 거지? 하도 황족 스케일에 익숙해져서 그런가, 만 원 한 장에도 벌벌 떨떨 소시민이 이제는 5캐럿 다이아몬드에도 심드렁했다.

내가 돈을 보고도 심드렁하다니!

믿을 수 없는 사실이었지만 현실이다. 하긴 돈이 워낙 넘쳐야 말이지. 돈만 넘치는 게 아니라 보석도 넘치고, 드레스도 넘쳐났다.

나 정말 출세했구나.

이것이야말로 인생역전! 아니지, 환생으로 이리 된 거니 환생역전!

그러고 보면 이 일상이 늘 꿈꾸던 생활이었는데 막상 현실이 되고 나니 그저 그랬다. 나도 여자인지라 신데렐라가 되고 싶다는 생각을 해 봤었는데, 이렇게 환생으로 꿈을 이룬 거잖아. 몸이 애가 되니 그 좋다는 다이아보다 초콜릿에 더 환장하게 되긴 했지만 내 주제에 공주라니. 감사합니다, 신이시여!

근데 다 좋은데 우리 애비만 없었으면 더 좋을 뻔했네요. 아쉬워라.

"공주님."

죽을상을 하고 만년필을 찍찍 그어 대고 있으려니 앞에서 아시시가 나직이 부른다.

응, 왜?

시선이 마주치자 아시시가 조용히 꼬부랑 지렁이가 기어가는 내 글자를 가리켰다.

아, 망할! 또 글자 틀렸네.

정말 문제였다. 아니, 왜! 좋은 만년필에 좋은 종이로 공부를 하고 있는데 이렇게 글씨 연습이 안 되는 거야!

무엇보다 이 나라 문자는 한글보다 어려웠다. 심지어 영어보다 어려워. 그래서 죽을 것 같다. 그냥 한글로 쓰면 안 되나? 한글이 이렇게 소중한 것이었구나. 갑자기 한국에서 다시 태어나고 싶다, 엉엉. 이참에 그냥 내가 한글을 창제해 버려? 내가 만든 글자라고 범차원적인 사기를 치면……. 천국에서 세종대왕님께 사기죄로 고소당하겠구나, 썩을.

"이 철자, 틀리셨습니다."

"그래, 나도 봤어."

대체 이렇게 언어적 재능이 없어서 어찌한담.

그나마 다행인 건 듣기랑 말하기는 이미 마스터했다는 점이었다. 이제 쓰기랑 읽기만 하면 되니까. 근데 문제는 둘 다 어려워, 엉엉. 이 나이 먹고 글자 공부라니. 하, 케이크나 더 먹었음 좋겠다.

"이건 드레스네요. 공주님 입으면 예쁘겠어요."

"그래?"

"어머, 이건 귀여운 귀걸이네요. 지금 해 보실래요?"

"아니."

"어라, 이건 처음 보는 건데. 아, 옷 장식이구나. 귀엽다."

……야, 집중 안 돼!

저건 풀어 보려면 지 방 가서 풀어 보지 왜 여기서 난리야! 그냥 일린이 떠드는 것도 방해되어서 죽을 지경인데 말까지 시키니까 진짜 미쳐 버릴 것 같다.

일린도 이제 스물둘이나 먹었는데 어쩜 십 대일 때랑 그렇게 똑같은지. 덜렁거리는 건 좀 나아지긴 했는데, 그게 평범함의 경지는 진작 벗어난 일린 기준에서의 나아진 거라 이제 이 솔레이의 그 누구도 그녀의 부상에 놀라거나 하지 않았다. 아무튼 지 밑에 시녀가 여섯이나 있는데 선배의 위엄이라곤 눈곱만큼도 보이지 않는다. 쯧쯧, 저것도 재능이라면 재능이야.

"일린, 그거 풀어 볼 거면 나가서 풀어. 시끄러워."

"제가 뭐가 시끄러워요!"

일린은 억울하다는 듯 발끈했지만 나는 전혀 동의하지 않았다. 시끄러워. 머리부터 발끝까지 시끄럽다. 앞으로 시집갈 그 상대가 불쌍해질 정도로 시끄러웠다. 물론 시끄러운 게 일린의 매력이긴 하지. 하지만 그 매력을 지금 발산할 이유는 없잖아! 그것도 나 공부 중이라고!

"아, 시끄러워. 내가 시끄럽다면 시끄러운 줄 알아!"

"공주님, 너무해요!"

"네가 더 너무하거든!"

"어차피 거의 다 외우셨잖아요!"

"아직 다 못 외웠거든!"

내 대답에 일린이 입을 꾹 다문다. 나를 노려보는 눈초리가 매서운 걸 봐서 삐지긴 잔뜩 삐진 모양이었다.

뭐, 어쩌라고? 가서 달래 주기라도 할까?

그러게 누가 내 옆에서 그렇게 시끄럽게 굴래?

나도 같이 입을 다물고 노려보니 한참 동안 노려보던 일린이 갑자기 횡하니 돌아섰다.

"그래요. 제가 죽일 년이에요."

그리고 그대로 방을 나간다. 아오, 저게 진짜!

"쟤는 뻑하면 죽일 년이래. 죽지도 않을 거면서!"

나가서 이차전이라도 할까 하다가 그러면 세르이라한테 혼날 게 뻔해서 그만뒀다. 칫, 내가 착해서 봐준다.

다시 만년필을 고쳐 쥐다 아시시랑 시선이 마주쳤다.

아시시가 웃는다. 뭐지?

뭐 때문에 웃는지는 모르겠지만 그냥 살짝 입가에 띠운 옅은 미소였는데, 그 하나로도 너무 예뻐서 나는 조금 곤란해졌다. 어허, 무슨 남자가 이렇게 예뻐? 저 예쁨을 나에게도 좀 나누어 줬으면. 하지만 그건 힘들겠지, 칫.

"아시시, 요새 일린이 너무 예민하다고 생각하지 않아? 애라도 가졌나?"

"……처녀 아니었습니까?"

"당연히 농담이지. 그걸 진심으로 받아치면 어떡해."

"……."

아시시가 조용히 고개를 숙인다. 부끄러운 모양이었다.

아, 미치겠네.

순간 터져 나오려는 웃음을 참기 위해 입을 틀어막았으나 별 도움이 되지 않는다. 방금까지만 해도 일린하고 싸워서 기분이 저 밑바닥을 기고 있었는데 아시시의 반응 하나에 금세 성층권으로 뛰어올랐다. 그래, 내가 이 맛에 살지.

대체 어떻게 해야 그걸 진담으로 받아칠 수 있는 거지? 내가 연신 끅끅대고 웃자 아시시가 헛기침을 한다. 나는 이제 대놓고 끅끅 웃었다.

우리 아시시, 민망하구나?

근데 이걸 어쩔까, 나는 그냥 넘어가 줄 생각 없는데.

아시시의 얼굴이 빨개진다. 이대로 토마토가 될 기세였다. 어휴, 고놈 참 귀엽네.

"아시시."

"예?"

당황해서 허둥댈 법도 하건만 그래도 금세 평소 제 페이스를 되찾았다.

쳇, 괜히 아쉽네. 좀 더 놀려 먹을 수 있을 줄 알았는데.

그래도 처음엔 정말 당황해서 몇 시간을 허둥지둥대더니 요새는 꽤 침착해졌다. 흐, 순진했던 시절이 좋았는데. 우리 아시시가 변했어. 난 널 이리 키우지 않았는데!

물론 키운 적도 없다.

"……."

"……."

말없이 입술만 삐죽이고 있으려니 같이 입을 닫고 있던 아시시가 신경이 쓰인 건지 나를 빤히 쳐다본다. 처음엔 맨날 도망가고 눈도 제대로 못 마주치던 게 이제는 좀 익숙해졌다고 대놓고 눈을 마주치는데, 그럴 때마다 괜히 내 기분이 다 묘했다.

왜, 어째서! 내가 아시시보다 어린데 오히려 내가 나보다 어린놈을 가지고 노는 기분이 드냐 말이다. 뭔 죄라도 지은 것마냥! 이 죄악감은 대체 뭔데! 정말 미스터리였다. 어떻게 내가 아시시를 타락시키는 기분이 드냐고…….

아니야! 난 잘못 없어. 그래! 난 결백하다고!

이게 다 저 눈 때문에 그래. 그래, 전부 저 눈 때문이야! 아무것도 모른다는 듯한 저 순수한 눈망울이 내 안의 죄책감을 자극하는 거라고!

유난히 푸르른 주제에 더 반짝이는 게 아시시의 눈동자는 꼭 눈에 별이라도 박아 놓은 것만 같았다. 거기에 늘 촉촉하게 젖어 있어서 우수에 차 보이는 것이 은근히 사람의 마음을 뒤흔든다.

아, 아시시가 아무것도 모르는 순수한 아이라서 다행이었다. 아니었으면 정말 죄 많은 남자가 되었을 거야.

"뭐, 하실 말씀이라도?"

민망한지 시선을 돌리며 슬그머니 묻는다. 내가 자꾸 빤히 쳐다보는 게 부담스러우냐?

그러면서 곤란해 하는 표정이 은근히 귀여워서…….

나도 망했어. 나보다 나이도 많은 아저씨를 귀엽다고 생각하다니. 저 남자는 이제 서른인데! 하기야 정신 나이로는 동갑이지만.

근데 이젠 내가 몇 살인지도 모르겠다.

"아니야. 아무것도."

정말 큰일이었다. 비록 환생했다지만 그래도 전생의 기억 때문에 더 이상 어린아이로는 살 수 없을 것만 같았다. 그런데 웬일인지 어린애로 사는 건 완전 내 적성에 딱 맞고, 오히려 내 정신 연령은 환생한 순간부터 전혀 자라지 않은 것만 같은 기분이 든다. ……회춘했으니 좋은 건가.

"공주님."

"응?"

"펜이 멈추셨습니다."

아, 그건 내 앞날과 내 처지와 내 미래를 걱정하느라.

그리고 네 인생도 좀.

"근데, 아시시."

"예?"

내 목소리에 아시시가 고개를 든다. 마주치는 그 예쁜 눈동자를 보며 빙그레 웃다가 나는 곧 도끼눈을 떴다.

"왜 이름 부르라니까 또 공주님이래? 죽을래?"

대체 이름을 부르라고 허락한 지가 언제인데, 아직도 공주님 타령이냐!

아시시가 입을 다문다. 자기가 불리할 때마다 하는 행동이었다. 할 말 없을 때 입 꾹 다물고 아무 말도 안 하는 거 봐라, 저거 저거. 거기다 대고 나는 잔뜩 으름장을 놓았다.

"다음부턴 이름 불러! 이름 안 부르면 대답 안 할 거야!"

"예, 공주님."

……이름 부르라고 말한 지 십 초도 안 지났거든.

또 공주님 소리에 내가 입을 벌리고 빤히 넋을 놓고 쳐다보자 본인도 민망했는지 몸 둘 바를 몰라 한다. 설마 나 엿 먹이려고 일부러 그런 건 아니지?

쭈뼛쭈뼛 내 눈치를 보다가 아시시가 헛기침을 한다.

"리아 님."

"그렇지!"

그래, 그렇게 부르란 말이야! 얼마나 듣기 좋아!

내 칭찬에 아시시가 작게 웃는다. 아이고, 좋단다.

"잘했어요, 우리 기사님, 우쭈쭈!"

이왕이면 머리도 쓰다듬어 주고 싶었지만 그건 앉은 자세라도 손이 안 닿아서 포기했다. 아시시가 당황하는 틈을 타서 한 번 웃어 주고 나는 다시 펜을 곱게 손에 쥐었다.

공부해야지, 공부, 헤헷.

"이것만 다 쓰고 우리 놀자. 공차기 어때?"

그새 진정한 아시시가 고개를 한 번 끄덕인다. 나는 해맑게 웃었다, 헤헤.

"노는 건 찬성하지만 저는 공차기보다 좀 더 안전한 놀이를 하시는 게……."

"어, 그럼 술래잡기?"

"술래잡기보다 더 안전한 놀이를……."

술래잡기만큼 안전한 놀이가 또 어디 있다고 이러는 걸까. 그래도 고민해 본다. 아, 하긴 뭐 술래 잡다가 육탄전 벌이면 순식간에 무서운 놀이가 될 수도 있는 거니까. 그럼 부딪히지 않는 놀이를 하는 게 좋으려나?

"그럼 달리기 경주는 어때?"

"그것보다 더 안전한 놀이가……."

근데 이 자식이! 아니, 거기서 더 얼마나 안전해야 되는 건데!

"그냥 해!"

내가 소리를 지르자 아시시가 진지하게 입을 다문다. 그리고 하는 말이라고는…….

"그래도 안전……."

죽을래, 너!

*   *   *

그레시토랑 노는 날이 줄어든 건 작년부터였다. 아무래도 남자아이다 보니 검술을 배우기 시작한 것 때문이었는데, 그것 때문에 온몸이 비명을 지른다며 나랑은 놀아 주지도 않고 맨날 자거나 검술 연습하는 게 요새 그레시토의 하루 일과였다.

치사한 놈.

그래도 자기 아빠가 대단한 검사였다며 꼭 그렇게 되고 싶다고 말하는 그레시토를 보면 벌써부터 어린 게 대단하다 싶기도 하고. 뭐, 그래서 응원한다고.

"오늘은 훈련 없어?"

간만에 쉬는 것 같아서 놀자는 말도 못하고 주방장을 불러서 맛있는 것 잔뜩 해서 먹이고 있는데, 그레시토가 까맣게 탄 얼굴로 해맑게 웃는다.

"웅! 그래서 리아랑 놀려고 왔어!"

"힘들다며."

난 여자아이라 검술 같은 건 배우지 않아서 잘 모르지만 보통 지도하는 교관들이 애라고 봐주지는 않는다고 들었다. 전쟁터에선 봐주는 게 곧 죽음을 의미한다고. 그래서 부러 쉬지 않고 몸을 움직이게 시키고, 무거운 갑옷을 입히고, 무거운 검을 들게 한다고 한다. 그것 때문인지 고작 아홉 살이면서 그레시토의 몸은 비테르보 쌍둥이에 비해 다부졌다.

어린 게 벌써부터 식스팩도 있어.

"괜찮아! 리아도 오빠 보고 싶었지?"

"아니거든?"

대체 누가 그러디. 내 표정이 썩어 가는 것도 모르고 그레시토가 환하게 웃는다.

그걸 보니 또 마음이 약해지는 게……. 하, 어쩔 수 없지. 네가 이렇게 이 몸을 좋아하는데 내가 널 뿌리치면 나만 나쁜 년 되는 거겠지. 그래, 뭐 어쩔 수 없지. 오늘은 이 몸께서 친히 너와 놀아주마.

"일단 맛있는 것부터 먹고 놀자. 좋지?"

일린에게 간단한 식사를 내오라고 말하고, 간만에 상봉하는 모자를 둔 채 아시시만 데리고 방을 나왔다. 아시시가 왜 그러냐는 듯 쳐다봤지만……. 저 모자에게도 자기들만의 시간이 필요한 거 아니겠어?

하지만 설명하려면 복잡하니 그저 어깨만 으쓱하고 아시시를 데리고 후원 쪽으로 발길을 돌린다. 먼저 후원에 가 있어야지. 그러면 세르이라가 알아서 시토를 데려오겠지.

아, 난 정말 착한 것 같아.

"응? 아시시, 왜 웃어?"

갑자기 아시시가 웃는다. 박장대소는 아니었지만 무언가 기분 좋은 듯한 미소라 더 의아했다. 얘가 갑자기 왜 이러지? 약이라도 먹었나?

"리아 님께서 기분 좋아 보이셔서요."

"어⋯⋯."

나 기분 안 좋은데.

하지만 아시시의 미소를 봤으니 그냥 넘어가도록 하자. 아시시가 웃는 건 정말 드물었다. 물론 요즘에 와서는 간혹 웃긴 하지만 맨 처음 내 기사가 되었을 땐 그 미소 한 번 보겠다고 내가 진짜 별짓을 다했더라지, 하.

그때를 생각하니 오히려 지금 아시시는 이빨이 다 빠져서 뭐랄까, 일종의 강아지 같았다. 그때엔 아이들은 물론이고, 궁 내의 시녀들도 가까이 하기 꺼릴 정도로 무언가 어둡고 음울한 분위기를 풀풀 풍기고 다녔는데.

이제 그런 느낌은 더 이상 찾아보기 힘들다. 물론 가끔은 느껴지지만⋯⋯.

"리아ㅡ."

응? 갑자기 누구지?

느긋하게 아시시를 구경하다가 들린 목소리에 나도 모르게 인상을 찌푸렸다. 궁 내에서 날 이런 식으로 부를 사람은 몇 없는데? 아니, 잠깐, 이 목소리는…….

"리아!"

"리아, 우리 왔어!"

악마의 쌍둥이!

괜히 간담이 서늘해진다. 이건 분명 발토르타의 목소리였다.

자, 잠깐. 오늘 온단 소리 못 들었는데?!

아직 마음의 준비가 안 됐단 말이야! 쌍둥이를 보려면 꼭 필요한 거라고!

발토르타, 산세바스티안.

페르델과 시르비아를 쏙 빼닮은 비테르보의 악동들.

악동이라고 하니 귀여운 이미지일 것 같지만 전혀 귀엽지 않았다. 하도 애기 때부터 봐서 이젠 아예 친동생 같은 놈들이지만 가끔씩은 진짜 진지하게 고민한다. 얘들을 어떻게 할지.

미운 여섯 살, 남들을 돌아 버리게 하는 일곱 살이라더니. 누가 그래? 착한 일곱 살의 이 나, 죽여 버리고 싶은 비테르보 쌍둥이였다.

진짜 얼마나 사고를 쳐 대는지, 두 쌍둥이가 놀러 오기만 하면 궁 내의 모든 시녀와 시종들이 긴장을 한다. 장난질이 그 정도로 끝나면 그나마 다행인데, 이 미친것들이 심지어 궁 내의 고위 대신들에게까지 장난을 쳐 대서 내가 얼굴을 들고 다닐 수가 없었다.

그나마 나한테는 얘들이 물러서 다행이긴 한데……. 다행히 우리 애비는 그냥 살기 위해 안 건드리는 듯. 어쨌든 하지 말란 것만 골라서 하는 놈들이었다.

당장이라도 어디론가 도망치고 싶은 나를 시간은 기다려 주지 않았다. 나는 달려오는 두 마리의 비글에게 붙잡혀 꼼짝 없이 내 하루를 헌납해야 하는 상황에 처했다. 이제 나에게 평화 따윈 없다. 아니, 원래 없었지만.

"리아, 보고 싶었어!"

"리아, 우리 안 보고 싶었어?"

내 품에 안겨서 보고 싶었다고 징징대는 산세바스티안과 오자마자 안 보고 싶었냐고 조르는 발토르타가 이것은 꿈이 아니라 현실이오, 하고 나에게 처절하게 깨우쳐 주었다.

아, 이런 친절 별로 원하지 않는데.

갑작스런 쌍둥이들의 등장에 당황한 것은 나뿐만이 아니었다. 아시시와 아시시랑 아시시가 또 당황하고 있었고, 지나가던 궁의 시녀들이 벌써부터 어지러워질 궁 걱정에 한숨만 내뱉었다. 어이, 너네 너무 노골적으로 한숨 쉰다.

"시, 시르는?"

일단 날 붙잡고 늘어지는 쌍둥이들은 포기하고 재빨리 이 두 비글을 통제할 수 있는 유일한 아군을 찾아봤다.

그러나 시르의 모습은 그 어디에서도 볼 수 없다. 서, 설마! 아닌데, 분명 같이 왔을 텐데. 내 질문에 발토르타가 고개를 갸우뚱 했다.

……네가 그러면 어떡해. 네 엄마잖아.

"엄마? 글쎄, 산세, 넌 아냐?"

"나도 모르는데."

엄마를 버리고 온 거냐고.

갑자기 이런 아들을 둘이나 낳은 시르비아가 격하게 불쌍해졌다. 아, 시르. 어째 널 닮은 건 한 마리도 없고, 다 페르델을 닮은 비글뿐이야. 물론 자식은 자기 마음대로 정할 수 없는 거라지만 그래도 이쯤 되면 심각했다.

"리아! 오늘은 그거 하자, 그거!"

발르가 신이 나서 떠든다. 산세는 그 옆에서 입을 모으고 가만히 나만 쳐다봤다.

역시 쌍둥이는 쌍둥이인지라 생김새는 정말 똑같은데, 두 녀석들은 하는 행동만 봐도 누가 발르고 누가 산세인지 금방 알아차릴 수 있을 정도로 달랐다. 무엇보다 발르는 희대의 악동이고, 산세는 희대의 악동 부하니까. 이게 무슨 소리냐면 한 마디로 모든 사건의 중심엔 발르가 서 있다는 그 말이다. 산세는 그냥 쌍둥이인 죄로 발르에게 끌려다녔다. 하지만 야단은 같이 맞지.

아, 가여워.

"오자마자 뭘 하려고. 일단 가만히 서! 삼촌한테 인사해야지, 너네!"

아시시는 이미 만사 포기하고 우리를 외면하고 있었다.

아시시, 안 돼. 날 이 악동들에게서 구해 줘야지!

아무래도 어린아이에겐 공포증마저 있는 아시시가 두 쌍둥이와 잘 지낼 리 만무했다. 그래도 자기 조카라고 그레시토가 놀러 오면 그렇게 나한테 꼭 붙어서 경계를 해 대면서도 두 쌍둥이가 놀러 오면 피하기 바쁘다. 물론 시르비아 혼자 와도 피하기 바빴다.

……뭐지, 이 남자.

"아, 삼촌."

"삼촌, 안녕하세요!"

거리낌 없이 인사하는 발토르타와 달리 산세는 뭐가 무서운지 내 옷소매를 잡고 아시시를 똑바로 쳐다보지도 못한다.

아시시는 그러거나 말거나 도망치고 싶어 하는 기색이 역력하다. 나만 아니었으면 이미 도망치고도 남았을 표정. 하, 천하의 검은 기사의 약점이 여자도 아니오, 돈도 아니오, 달려드는 어린애라니. 말세로다.

"그럼 리아, 우리!"

"잠깐!!"

근데 이거 정말 큰일인데.

빤히 쳐다보는 두 비글을 보며 나는 격한 갈등에 빠졌다. 이대로 대체 어떻게 돌려보내지? 지금 궁엔 그레시토가 먼저 와 있고, 무엇보다 그레시토랑 먼저 놀기로 선약이 되어 있었다. 딱히 쌍둥이들이 싫은 건 아니지만 시토랑은 오랜만에 본다고.

그냥 다 같이 놀 수 있었으면 좋겠지만 한 가지 문제가 있었으니, 바로 그레시토와 쌍둥이들의 사이가 정말 좋지 않다는 사실이었다. 어쩌지?

"리아— 리아!"

"리아!"

이대로 세 명이 만나면 〈축, 전쟁〉일 텐데, 어떻게 해야 잘 해결했다고 소문이 날까. 두 명은 이미 옆에서 정신 사납게 자꾸 내 팔을 잡고 흔들어 대고 있었으나 이제 이 정도 방해로 내 정신은 산란해지지 않았다.

하, 이것들 때문에 내가 정신 수양을 하네.

"둘 다 이거 놔! 그리고 누나라고 부르랬지?"

"싫어! 리아는 내 거야!"

발르가 내 품에 안기며 외친다. 그 바람에 소외된 산세가 잔뜩 볼을 부풀리며 내게 딱 달라붙은 발르를 떼어 냈다. 그리고 지가 안긴다.

"발르, 저리 가! 리아는 산세 거야!"

"형한테 까분다! 리아는 내 거거든!"

"둘 다 놔라. 난 내 거다."

이것들이 어디서 날 가지고 쟁탈전이야.

아, 정말 날 사랑하는 마음은 잘 알겠지만 이래서 인기인은 사는 게 참 피곤했다. 뭐만 하면 나 좋다고 난리니. 이 죽일 놈의 인기.

"리아는 산세 거야!"

"산세가 저리 가! 리아는 발르 거야!"

난 내 거라고, 이 자식들아!

하지만 잔뜩 열이 오른 쌍둥이들의 싸움을 그걸로 말릴 수 없었다. 이걸 어쩌지? 이 망할 놈의 꼬맹이들. 대체 이 사탄의 비글들을 어떻게 물리쳐야 할까 고뇌 아닌 고뇌를 하는데, 갑자기 발르가 두 눈을 반짝인다.

"어, 리아! 저건 뭐야?"

······이거 뭔가 좀 불안한데. 나는 불안한 시선으로 발르가 하는 양을 지켜보았다. 그리고 발르는 곧 솔레이 궁 복도에 장식된 무언가를 향해 다가갔다. 은으로 된 조각상이었는데, 문제는 그게 아니었다.

바로 그 구석탱이에 내가 숨겨 둔 무언가! 그 무언가가 문제였다! 왜 항상 안 좋은 예감은 빗나가지 않는가.

"어! 크리스탈 조각상이다!"

"우와, 나 이거 처음 봐!"

저건 안두르스 장인이 유리를 한 칼 한 칼 조각한 겨울나무였다. 참고로 카이텔에게 들어온 조공이었고, 내가 예쁘다고 하자 나한테 준 선물이다. 정말 아끼는 건데. 분명 쌍둥이들한테 걸리면 좋지 못한 꼴을 볼 게 뻔했으므로 전에 왔을 때 숨겨 놨던 것이었다. 아, 저기다 놓으면 절대 못 찾을 거라 생각했는데. 이 망할 놈들은 관찰력이 왜 이렇게 좋은 거지.

나는 최대한 침착하기 위해 애썼다. 아니야. 고작 한 번 본 걸로 무슨 일이 일어나진 않을 거야. 그래, 그럴 거야!

"그거 만지지—."

쨍그랑!

내가 미처 말을 다 끝마치기도 전에 큰 소음이 울린다.

"……."

"……."

……아, 그는 좋은 조각상이었습니다.

"리, 리아."

어쩌지? 죽을까. 그냥 죽어 버릴까. 죽으면 편해지려나.

나는 조용히 저승행 기차 티켓을 끊고 싶은 기분이 들었다. 어이, 저승사자님, 그 티켓 값 얼마 정도 할까요? 이왕 죽을 거 먼저 가 있고 싶은데.

"리아, 미안해."

"산세도 미안해!"

그래도 미안하긴 한 건지 두 놈들이 갑자기 울기 시작한다. 야, 울고 싶은 건 바로 나라고! 지금 울고 싶은 게 누군데 먼저 울고 난리야! 하지만 나까지 울면 안 그래도 애 달래는 거 못하는 아시시가 그냥 도망칠 것 같아 그만두었다. 엉엉.

이게 대체 무슨 일이야? 왜 난 하루라도 편하게 사는 날이 없는 거야! 신이시여, 저 좀 편히 살고 싶은데 어떻게 좀 안 될까요? 네? 안 된다고요? 네…….

"울지 마, 못난 것들아!"

에라 이, 나도 모르겠다.

나는 그냥 다 해탈했다. 일단 저건 치워야겠지. 뒤를 돌아보니 이미 시녀들이 치울 준비를 하고 있었다. 어쩔 수 없지.

"일단 치워 봐. 버리지는 말고."

"예, 공주님."

이 사실이 카이텔 귀에 들어가면 이 쌍둥이는 다신 내일을 볼 수 없을 게 분명했다. 그건 이놈들이 제아무리 카이텔의 조카여도 어쩔 수 없었다. 카이텔은 원래 그런 놈이니까!

"그만 울어, 이것들아!"

내가 달래니까 두 녀석들이 울다가도 울음을 뚝 멈춘다. 눈이 벌개져서 히끅히끅거리면서도 참으려는 모습을 보니 꽤 귀엽…….

아니야! 속으면 안 돼! 저 안엔 악마가 살고 있다고!

……뭐, 하지만 그래도 귀여운 건 사실이었다. 그래, 너희들의 내일을 위해 내가 이 한 몸 희생해 주마.

"일단 이 일은 비밀이야. 알았어? 페르델이나 시르비아한테도 말하면 안 돼!"

"어, 엄마한테도?"

산세가 눈물을 훔치며 되묻는다. 나는 그 예쁘장한 얼굴을 빤히 쳐다보다가 싱긋 웃었다.

"말하고 싶으면 말해. 대신 그러면 우리 아빠랑 일대일 면담을 해야겠지?"

나도 시르비아를 속이는 건 좀 그렇지만 이건 너희들 생명이 달린 문제란다. 순간 페르넬은 속여도 아무 상관 없다는 듯 무시된 것 같지만 기분 탓이겠지. 넘어가.

카이텔을 들먹거린 보람이 있었는지 두 녀석들은 새하얘진 얼굴로 잔뜩 울상을 지었다. 그래, 니들도 아는 모양이구나. 그놈한테 걸리면 국물도 없다는 걸. 아무리 발르랑 산세가 천하의 지랄견이라지만 역시 카이텔 앞에서만은 얌전했다. 애들도 본능적으로 아는 모양이었다. 미친놈은 애라고 봐주지 않는다는 걸.

"리아—."

그때 뒤에서 날 부르는 또 다른 목소리가 들려왔다.

나는 본능적으로 몸을 굳혔다. 망했다.

또 다른 사고가 터지는 바람에 잊고 있었는데, 사실 나에겐 그보다 다른 더 크나큰 시련이 기다리고 있었다. 방금 전의 그 사건은 사실 이 일을 위한 전주곡에 불과했던 것인가?

아직 이 쌍둥이를 처리하지도 못했는데! 그레시토, 너 왜 이리 빨리 온 거야! 설마 하는 마음에 뒤를 돌아봤지만 역시나. 나에게는 꿈과 희망 같은 건 존재하지 않았다. 망했어요.

"어라?"

"응?"

복도에서 마주친 세 꼬맹이가 순식간에 날을 세운다.

쌍둥이들은 언제 울었냐는 듯 멀쩡한 얼굴로 그레시토를 보더니 인상을 찌푸렸다. 그레시토는 잔뜩 찡그린 표정으로 나에게 달라붙은 쌍둥이들을 쳐다본다.

"너네가 여긴 왜 있나?"

"그러는 너는!"

……대체 왜 이리 싫어하는 거냐고, 양쪽 다.

그레시토야 매번 자기랑만 놀던 내가 쌍둥이랑 놀아 주기 시작하니 나를 뺏긴 것 같다고 싫어하는 건 알겠는데, 도무지 쌍둥이들의 마음을 모르겠다. 그냥 분리 불안인가. 아무튼 큰일 났다.

나는 크게 한숨부터 내쉬었다. 벌써부터 머리가 지끈거린다. 아, 그냥 처음부터 돌려보낼걸. 괜히 마주치게 해서 왜 일을 이렇게까지 키운 거야. 엉엉, 나란 녀석, 못난 녀석.

"리아, 저놈이 왜 여기 있어?"

"리아, 오늘은 나랑 놀기로 했잖아!"

삼각관계는 정말 좋지 않은 것 같다. 난 앞으로 절대 삼각관계에는 빠지지 말아야겠다는 다짐을 했다. 사각관계는 괜찮으려나?

하지만 그 전에 나에겐 이놈의 삼각관계부터 끝내야 하는 희대의 난제가 남아 있었다, 하.

"내가 리아랑 놀 거야!"

"아니야! 리아는 나랑 놀 거야!"

"리아는 나랑 더 친해!"

"아니야! 내가 더 친해! 그치?!"

갑자기 머리가 아프군.

이제 세 놈들은 날 내버려 두고 지들끼리 모여서 목청 높여 소리치고 있다. 목청 큰 사람이 이기는 대한민국도 아니고, 대체 이게 무슨 일…….

"난 리아랑 세 살 때부터 친했어!"

"우리도 리아랑 세 살 때부터 친했어!"

너넨 한 살 때부터거든.

태어나자마자 옹알이할 때부터 놀아 줬는데 무슨 세 살 때부터 친해! 그럼 너네가 애기 때 나만 보면 방긋 웃었던 건 그냥 인사치레였던 거냐! 어린것들이 벌써부터 까져 가지고는.

"너 저리 가! 너랑은 안 놀 거야!"

"너네야말로 저리 가! 리아는 나랑 놀 거야!"

도와줘, 아시시!

도무지 이 지옥이 끝날 기미가 보이지 않는다. 차라리 아까가 나았어! 세르이라도 난감한 표정으로 우리를 지켜보고, 일린은 재미있는 구경이라도 났는지 신난 표정이었다. 저것이!

그건 그렇다 치고 이곳에서 날 구해 줄 수 있는 건 내 수호기사밖에 없지.

자, 아시시, 날 구해! 당장!

그러나 아시시는 내 시선을 받자마자 우물쭈물하더니 그대로 도망쳐 버렸다.

"…….."

아시시가 죽었다고 합니다. 그리고 세상은 멸망했다, 에라 이!

아시시, 너무해! 날 버렸어! 세상의 모든 위험으로부터 날 지켜 주겠다 맹세한 수호기사잖아! 이건 명백히 위험이라고!!

하지만 제국의 검은 기사도 아이들의 공세에서는 지켜 줄 수 없는 모양이다. 그래도 그렇지. 네가 어떻게! 나한테! 이럴 수가 있어!

"리아는 분명 오늘 나랑 먼저 논다고 했어. 그치, 리아?"

"……그냥 혼자 놀면 안 될까?"

나 혼자서도 진짜 잘 노는데.

그러나 나의 마지막 바람은 산산이 부서졌다.

"리아는 우리 거야! 우리가 찜했어!"

"리아는 내 동생이야! 나랑 노는 걸 더 좋아해!"

저기, 얘들아? 여보세요? 여러분?

어쩐지 페르델의 마음을 잠시나마 느낄 수 있는 순간이었다. 아, 잠깐 눈물 좀 닦고.

그래, 니들은 싸워라. 나는 놀란다. 이젠 포기하고 후원으로 발길을 돌렸다. 이제 아시시도 없고, 정말 세상 참 좋네, 에이!

"웃기지 마! 자꾸 이러면 너 우리 아빠한테 이를 거야!"

그러나 웃긴 건 내가 셋을 떼어 놓고 혼자 후원으로 가자 싸우면서도 날 따라온다는 사실이었다. 제발 날 잊어 줬으면 좋겠지만 그건 나의 부질없는 꿈이겠지.

"난 우리 엄마한테 이를 거야! 우리 엄마 짱 세!"

쌍둥이들의 말에 시토가 외친다. 가만히 듣다가 나는 바로 수긍했다. 세르이라가 좀 세긴 세지.

엄마를 이길 수 있는 건 이 세상에 없다!

"우리 아빠가 더 짱 세! 우리 아빠는 비테르보 백작이야!"

"우리 아빠도 백작이거든! 페이스트릴 백작이야!"

"너네 아빠 없잖아! 까불지 마! 우리 아빠는 있어!"

"지금 이 자리엔 없잖아!"

"그건 그래!"

이것들이 지금 뭐하는 거지?

분명 누가 나랑 놀 것인지를 두고 싸웠던 것 같은데 어째 지금 대화는 뭔가 이상했다.

"그, 그래도 우리 집안은 후작가야!"

"그래서 어쩌라고! 우리 집도 백작가야!"

"우리 아빠는 재상이야! 너 까불지 마! 너 우리 아빠가 한마디만 하면 너네 집은 끝이야!"

"헹, 웃기시네. 우리 엄마가 한마디만 하면 넌 이제 이 궁에 못 오거든!"

대체 왜 싸우는 걸까? 이해를 못하겠다.

어린아이들의 생각과 사상은 내겐 너무 위험했다. 아, 역시 난 어른이야. 왜인지 다행스럽다. 저런 순수한 마음을 이해하지 못하는 건 안타까웠지만 괜찮다. 몰라도 돼.

내가 이러거나 말거나 세 놈들은 여전히 자기가 더 잘났다고 싸우는 중이었다.

"우리 아빠가 더 세!"

"우리 엄마가 더 세!"

"우리 아빠가 더 세다니까! 서류 맛 좀 볼 테냐!"

"우리 엄마가 더 세! 넌 잔소리 폭탄 모르지?!"

그냥 겁나 가마니가 되고 싶다. 무생물이 되고 싶었던 적은 지금이 처음이었다. 하, 빨리 정자로 들어가서 마음의 평화를 되찾아야지. 뒤에서 또 이상한 배틀이 시작되고 있었지만 나는 그냥 무시했다. 왜인지 신경 쓰면 죽고 싶을 것 같아.

"이건 뭐지?"

어, 이 목소리는?

"아빠!!"

애비다!!

나는 반가움에 당장 눈에 보이는 카이텔에게 달려갔다.

애비야! 어서 와라! 내가 자기를 보자마자 달려오니 카이텔이 조금 의아한 눈치였다만 그런 건 상관없었다. 난 대인배니까!

것보다 애비야! 나 좀 살려다오. 나 죽는 줄 알았다. 이렇게 카이텔이 반가운 순간은 정말 난생처음이다. 하, 살다 살다 카이텔이 반갑기까지 하고. 정말 사람은 살고 볼 일이구나.

나는 희망찬 목소리로 당장 카이텔을 붙잡았다.

"아빠, 얘네 싸워. 막 지네 집이 후작가고 백작가래. 자기 아빠 짱 세대!"

그러니까 네가 좀 말려 봐! 응?

그러나 내 말을 듣던 카이텔이 갑자기 한껏 비웃는다. 그러더니 하는 말이라고는.

"그래? 난 황젠데."

"……."

네가 얘냐!

* * *

낮에 날 놓고 사라진 아시시는 그날 저녁 궁으로 돌아온 뒤 죽을

죄를 지은 죄인처럼 내 앞에서 닥치고 기었다. 물론 진짜 기고 있는 건 아니고, 표현이 그렇다고, 표현이.

아무튼 그 앞에서 나는 잔뜩 골이 난 채 팔짱을 끼고 거만하게 아시시를 노려보았다.

"아시시, 어떻게 그럴 수가 있어? 날 놓고 가다니! 너무해!"

"죄송합니다."

"지금 죄송하다면 다야?!"

내 호통에 아시시가 움찔한다. 진심으로 반성하는 표정이었으나 죽을 것 같은 얼굴을 보니 왜인지 용서해 주고 싶지 않았다. 어차피 반성은 하지만 다음에 또 이럴 거 아니야! 아시시가 날 놓고 간 게 처음도 아니고, 익숙해질 대로 익숙해진 일이지만 그래도 절대 이해할 수는 없었다.

대체 그 어린것들이 뭐가 무섭다고 도망질이냐고! 날 두고!

오히려 내가 다칠 위험에 처하거나, 암살자가 들었다거나 했을 땐 잘도 날뛰더니. 정말 이해할 수 없었다. 그 때문에 더 골을 내는 것일지도. 절대로 내가 쌍둥이한테 시달렸던 분풀이를 하는 건 아니다, 절대로!

"날 지켜 준대 놓고, 이 거짓말쟁이!"

"그, 그게……."

"지금 변명하는 거야? 아시시, 나빠! 어떻게 변명을 하려고 그래?!"

내 비난을 한껏 받던 아시시가 난감한 표정으로 고개를 숙인다. 그러더니 무언가 큰 결심이라도 한 듯 주먹을 불끈 쥐고 고개를 들었다.

"예, 제가 죽을 죄인입니다. 죽을까요? 어떻게 죽을까요, 이렇게 죽으면 되겠습니까? 아니면 특별히 원하는 방식이라도?"

"……."

그런 게 있을 리가 있냐.

그러면서 아시시가 칼을 뽑아 들었다. 그 폼이 어째 예사롭지가 않은 게 나는 덜컥 겁부터 집어 먹었다. 아, 어떡해. 저거라면 진짜 자살할 거야. 능히 그러고도 남을 놈이었다.

나는 다급히 아시시를 뜯어 말렸다. 이 자식이 진짜 이젠 화도 못 내게 만드네.

"아냐, 됐어. 인간이 뭐 살면서 그럴 수도 있는 거지!"

그래, 공수래공수거. 인간이 한 번 죽지 두 번 죽냐! 여차하면 그냥 내가 죽으면 되는 거지. 안 그래? 물론 쌍둥이들이 날 진짜로 죽일 일이야 없겠…… 지? 아, 어쩐지 확신을 할 수가 없어.

"허나 아이들은 대체 어떻게 대해야 할지 도무지 모르겠습니다."

"그냥 평소 하던 대로 하면 되잖아?"

그게 뭐가 어렵다고. 그러나 아시시의 대답은 조금 남달랐다.

"알겠습니다. 그럼 앞으로는 보이는 즉시 베겠습니다."

"미안, 그냥 도망가."

내가 겁나 잘못했어.

나는 대체 이놈에게 무얼 기대했던 것인가. 그냥 내가 뭐든 잘못한 것만 같다. 하, 인생 헛살았어. 그래, 내가 너한테 뭘 바라겠니. 그저 내 업보인 것을.

아시시를 혼내는 것도 일단락이 된 것 같으니 지켜보던 일린이 입술을 삐죽이며 묻는다.

"근데 공주님, 이건 어쩌실 거예요?"

일린이 가리키는 건 완전히 바스라진 내 크리스털 조각상이었다. 아, 아직 저게 남아 있었구나. 내 안색이 심히 좋지 않은 건지 옆에 있던 아시시까지 난색을 표시한다.

뭐랄까, 아시시. 인간은 왜 사는 걸까?

아, 모르겠다. 잔뜩 고민해 보다가 역시 그래도 버리는 건 좋지 않다는 결론 때문에 일단 깨끗한 비단에 잘 싸서 내 방 서랍 가장 밑에다가 숨겨 놓았다.

이러면 안 들키겠지.

하지만 이제 앞으로가 걱정이었다. 내가 금이야 옥이야 아끼던 거라 갑자기 눈에 안 보이면 분명 우리 애비가 물어볼 텐데. 말은 안 했지만 내가 그걸 아끼는 걸 카이텔이 무지 흐뭇하게 바라보곤 했었다. 이유는 모르겠지만. 아, 나 대체 뭐라고 둘러대야 하는 거야? 친구한테 빌려 줬다고 할까?

……근데 나 친구가 없구나. 쳇, 더러운 인생.

"너무 걱정하지 마세요. 물어보시지 않을 거예요."

잔뜩 걱정하는 나를 세르이라가 상냥하게 달래 준다. 나는 이때다 하고 세르이라에게 달라붙었다. 엄마, 힝힝.

"자, 공주님, 씻으셔야지요?"

"응. 알았어."

이제 씻으러 가야지.

도대체 일곱 살짜리 어린 여자아이가 씻는데 왜 그렇게 많은 물이 필요한 건지는 모르겠지만 어쨌든 이름도 모르는 향긋한 꽃잎을 둥둥 띄운 목욕물에 목욕하러 가야 했다.

내가 씻을 준비로 움직이자 아시시가 말없이 동행으로 따라붙는다. 욕실 앞에서 지키고 있으려는 모양인데……. 몰라.

이제 난 아시시를 포기한 모양이었다. 제국을 수호하는 기사가 고작 내 욕실 앞을 지키고 있다니. 진짜 말세야, 말세.

그래도 뜨끈뜨끈한 물에 몸을 담그는 건 기분 좋았다. 거기에 나는 가만히 있어도 내 시녀들이 알아서 씻겨 주니 얼마나 편한가. 여기 공주들이 하나같이 때깔이 좋은 건 다 이런 이유였다.

역시 공주가 좋아. 단지 그럼에도 한 가지 불만인 건…….

때를 밀고 싶다는 것이었다!

엉엉, 때 좀 밀고 싶었는데, 여긴 때를 미는 문화가 없어서 그럴 수 없어 엄청 슬펐다. 엉엉, 때 미는 게 얼마나 시원한 건데.

때 밀고 싶어!

하지만 때를 밀어 달라고 말하면 진짜 거짓말 안 하고 꽃 단 미친년 취급을 받는 게 현실이지, 하.

"대체 폐하께서는 언제 공주님을 독립시키시려는 걸까요?"

내 머리를 감으며 일린이 갑자기 이상한 이야기를 한다.

이게 대체 무슨 소리람. 나 독립하나?

세르이라는 그저 한숨을 내쉴 뿐이었다.

"글쎄, 나도 잘 모르겠구나."

"독립시킬 시기도 한참 지났는데. 아직도 끼고 사시는 게 신기해요. 그것 때문에 공주님이 더 총애 받는다고 소문은 나서 좋지만……."

머리 거품에 눈에 들어갈까 눈을 감고 있었는데, 도무지 안 되겠다. 나는 고개를 돌렸다.

"나 독립해?"

내 질문에 두 사람이 그저 웃기만 한다. 그것도 뭔가 기분 좋은 미소가 아니라 설명해 주기 애매해서 짓는 그런 미소. 기분이 좀 요상했다.

뭐지, 뭘 숨기는 거지?

"아직은 안 하세요."

"독립해야 되는 거야?"

하라는 대답은 안 하고 일린이 한숨을 내쉰다. 세르이라의 표정도 별반 다를 거 없는 것을 보니 내가 알면 별로 좋지 않은 내용인 모양이었다. 뭐야, 이러니까 더 궁금해지잖아!

"아니에요. 아무 걱정 마시고, 자, 머리 좀 들어 보실래요?"

말 돌리는 것 좀 보게. 반응이 별로 좋지 않아서 더 독촉하진 않았지만 그럼에도 조금이라도 더 입을 열면 내가 바로 독촉해 올까 두려운지 두 사람은 그 이후로는 입을 꼭 다물었다.

봐봐, 뭔가 있는 게 틀림없어!

욕실은 순식간에 조용해졌다. 그리고 나는 괜히 쓸데없는 궁금증에 끙끙댔다.

뭐지, 뭐가 있는 거지?

두 사람은 아무 말도 안 하고 얼버무렸으나 그 때문에 결국 언제나 산뜻했던 내 목욕 시간은 찝찝한 기분으로 끝내야 했다.

목욕이 끝나고, 어디 귀한 기름으로 만든 향유를 바르고 마사지까지 받았건만 그래도 전혀, 정말 전혀 기분이 나아지지 않았다.

괜히 더 궁금하기만 하잖아! 아무튼 일린은 저놈의 입이 문제야, 아오.

그래도 이제 곧 잘 시간.

총총히 별이 박힌 하늘이 어서 잠이나 자라고 독촉하는 것 같다. 그래, 어서 잠이나 자 주마.

편하게 잠옷으로 갈아입고 이제 잘 준비를 시작하는데 아직 젖은 머리가 다 마르지 않아서 잠시 머리를 말려야 했다. 난 젖은 채로 자도 상관없는데 그러면 우리 애비가 짜증 내겠지. 어쩔 수 없지. 말려야지, 뭐.

젖은 머리를 다 말리고 세르이라가 내 머리를 곱게 빗어 준다. 내 머릿결이 좋은 건 다 이유가 있다. 얌전히 앉아서 큰 빗으로 쓱쓱 내 머리를 빗어 주는 걸 얌전히 받고 있으려니 문득 내 눈에 어색한 풍경이 들어온다.

"일린, 뭐해?"

"일기 써요."

"일기?"

네가?

다시 태어나서 일기 쓴다는 사람도 처음 봤지만 그게 일린이라니 괜히 놀랍다. 네가 일기도 쓴다고? 믿기지 않아서 쪼르르 달려가니 일린이 제가 쓰던 일기를 숨긴다. 헐, 너무해.

"앗, 공주님은 안 돼요."

기겁을 하면서 일기를 숨기는 자세에 나는 괜히 약이 올랐다.

"뭐야, 그거. 치사해."

"그래도 공주님은 안 돼요."

뭐라고 쓰는지 궁금하단 말이야!

내가 잔뜩 골이 난 표정으로 일린을 노려보니 일린이 절대 안 된다는 듯 고개를 가로젓는다. 나쁜 여자 같으니라고.

그때 세르이라가 내 어깨를 다독이며 나를 끌어당겼다.

"공주님에 대해 쓰고 있어서 그래요."

"세르이라 님!"

어, 이건 또 무슨 소리람.

일린은 순식간에 새빨개져서 세르이라를 불렀다. 나는 기분이 풀려서 세르이라를 돌아봤다.

"나에 대해?"

일린은 왜 그런 걸 말하냐는 듯 잔뜩 붉어진 얼굴로 입을 뻐금뻐금한다. 네가 붕어냐. 세르이라는 그런 일린의 모습을 귀엽다는 듯 보고 웃다가 다시 내 머리를 쓰다듬었다. 아, 머리.

"나중에 공주님이 다 크면 드릴 거라고 잔뜩 벼르고 있어요."

"우와!"

육아 일기, 뭐 그런 건가?

전혀 생각지도 못한 거라 더 신기하다. 그래서 나는 못 보게 하는 거구나. 하지만 그러니까 더 보고 싶은 게 사람의 마음. 아, 뭐라고 썼는지 괜히 궁금해진다. 어떻게 뺏어서 읽을 수 없을까?

그런 생각을 하며 일린을 쳐다보는데, 일린은 자신의 비밀이 들킨 게 부끄러운지 고개조차 들지 못하고 있었다. 뭐, 그게 부끄럽다고. 울 것 같은 얼굴로 입술만 깨물던 일린이 불현듯 외친다.

"세르이라 님, 미워요!"

그러고는 갑자기 달려 나갔다. 저건 뻑하면 나랑 엄마가 밉대.

물론 다른 시녀가 따라갔지만 이미 데려오기는 글러먹었다. 정작 세르이라는 아무 상관이 없는 표정으로 혼자 유유자적이다.

나도 살짝 걱정은 되는데, 엄마, 너는 걱정도 안 되는 거니? 예쁘게 머리도 빗고 척척 묶는 걸 보며 나는 괜히 한숨을 내쉬었다. 어차피 아침에 일어나면 다 흐트러질 머리이건만.

"근데 세르이라는 요새 일린이 왜 그렇게 멍한지 알아?"

전에는 좀 몰랐는데, 이젠 좀 알 것 같다. 일린은 요새 들어 부쩍 멍청해졌다. 원래도 덜렁대는 건 좀 있었다지만 그래도 나름대로 자기 일은 잘하는 아이였는데 확실히 요새 일린은 어딘가 이상했다.

대체 뭐지? 그냥 지나가듯 물어본 건데 왜 그런지 세르이라가 의미심장한 미소를 짓는다.

"다 이유가 있죠."

"뭔데?"

네가 그러니까 갑자기 더 궁금해지잖아. 그러나 세르이라는 그저 연신 미소만 지을 뿐이었다. 그리고 한쪽 눈을 찡긋하더니 하는 말이라고는.

"비밀이에요."

……엄마, 미워.

엄마가 오늘따라 나한테 불친절한 것 같은데, 기분 탓이겠지?

내 뾰로통한 표정을 보더니 세르이라가 웃는다. 내가 인상 찌푸리는 게 웃겨?! 웃기냐고! 엄마라 용서해 주는 거지 일린이었으면 국물도 없었다.

아, 국물 하니까 김치찌개 먹고 싶네.

요새 통 매운 걸 못 먹었더니 입맛이 달아져서 걱정이다. 갑자기 얼큰한 거 먹고 싶다. 거기에 소주도.

왜인지 소주 한 잔이 생각나는 밤이네요. 나는 술이야—.

"자, 이제 주무셔야지요."

"응!"

내 방은 따로 있는데 왜 자는 방은 또 다른 건지 나도 모르겠다. 마지막으로 세르이라 뺨에 뽀뽀하고, 아시시를 쳐다보았다. 아시시가 웃는다.

"아시시도 잘 자."

"공주님도 잘 주무십시오."

아시시 뺨에 뽀뽀하는 걸 마지막으로 내 방을 나온다. 그리고 매일 자고 일어나는 침실에 도착!

이미 카이텔은 잘 준비를 다 끝내 놓은 상태였다. 많이 기다렸나? 테이블에 앉아 책을 읽고 있는 애비의 모습을 보려니 괜히 한숨이 다 나온다.

아, 어째 나이 서른이 넘었는데 저렇게…… 저렇게 생긴 걸까. 정말 세상은 참 불공평한 것 같았다.

내가 한숨을 내쉬니 애비가 고개를 든다.

순간 허공에서 둘의 시선이 마주쳤다.

"다 씻고 온 건가?"

"응. 깨끗해. 이것 봐."

내가 확인해 보라는 듯 손을 내미니 책을 덮으며 카이텔이 웃는다. 자연스럽게 뻗어 오는 손에 애비 품에 안기며, 나는 그 미소를 가까이서 쳐다보았다.

이놈, 역시 잘생기긴 잘생겼다. 보는 것만으로도 눈 정화가 되는구나. 그래, 여기서 입을 다물고 평생 이렇게 동상처럼 존재하기만 하면 참 좋겠어.

근데 이놈을 보니 갑자기 아까 들었던 이야기가 떠오른다. 이놈한테 물어보면 알 수 있을 것 같기도 한데, 음. 요는 어떻게 물어보는가였다.

에라, 모르겠다. 그냥 물어보지, 뭐.

"아빠, 근데 나 독립해?"

"그게 무슨 소리지?"

무슨 소리긴 나도 처음 듣는 소리다. 그래도 나는 성심 성의껏 열심히 설명했다.

"일린이랑 세르이라가 나 언제 독립할 건지 막 그러던데."

"쓸데없는 소리를 하는군."

비웃는 건지 아닌지 모를 소리. 나는 더 혼란에 빠졌다.

뭐래, 이 자식이. 그런데 그것만 듣고도 알아듣긴 한 모양이다?

그래서 더 궁금했다. 카이텔이 별거 아니라는 듯 말해서 더 궁금하다고! 나 이제 일곱 살인데 왜 벌써부터 독립 이야기가 나오는 건데!! 설마 황족은 일곱 살에 독립하는 그런 독립적인 생물인 거냐! 그런 거냐!

전생엔 독립을 회사 다니고도 못했는데, 이번 생은 일곱 살부터 독립을 해야 하는 모양이었다. 역시 세상은 살고 볼 일이야.

"근데 왜 나 독립해야 돼?"

애비야, 너만 알지 말고 나도 같이 알면 안 되겠니?

최대한 깜찍하고 예쁜 표정으로 올려다보니 애비가 날 빤히 내

려다본다. 그 시선이 어째……. 뭔가 좀 그랬다. 왜, 애비야, 내가
안쓰러우냐. 사실 나도 그래. 예쁨 받기 위한 이 처절한 몸부림이
라니!! 아, 잠시 눈물 좀 닦고.

"원래 황족은 태어난 순간부터 궁을 따로 가지고 황궁 내에서
독립하는 게 일반적이라 그런 거다. 신경 쓸 필요 없어."

설명 같은 거 안 해 줄 줄 알았는데, 우리 애비는 내 생각과는 달
리 조금쯤은 상냥한 사람이었던 모양이다.

근데 뭐시라? 궁을 따로 가지고 황궁 내에서 독립하는 게 일반
적이라고? 그 독립이라는 게 내가 생각했던 그런 게 아닌 모양이
다. 이건 또 뭔 소리지? 그런 거 처음 들어 보는데.

"그게 일반적인 거야? 그럼 난 왜 아빠랑 같은 궁에서 살아?"

"내가 원하니까."

……설마 그게 다인 거니?

싸늘하게 식는 내 시선도 모르고 카이텔이 웃는다.

"좋은 거야?"

"총애 받는다는 표시니까?"

안 좋은 거구나.

너한테 총애를 받아 봤자 나한테 뭐가 좋겠니?

그러고 보니 확실히 내가 좀 특이한 경우라는 건 인지하고 있었
다. 무엇보다 나한텐 엄마가 없고, 카이텔 말 한마디면 위태위태
해지는 이름뿐인 공주이니까.

하지만 그렇다고 이런 건 필요하지 않다고!! 이런 인간한테 총애
받아 봤자 하나도 안 기뻐!

"자, 잠이나 자자."

그래, 그냥 자 버리자. 이따위 세상!

이대로 있으면 애비를 한 대 치고 싶어질 것 같으니 나는 서둘러 침대 위로 향했다. 아, 자유라니. 그런 건 나한테 있을 수가 없어. 그냥 잊고 사는 게 속 편하지.

푸른 실크로 만들어진 침대는 베개부터 이불까지 하나같이 얇고 보드라웠다. 과연 아르트사노의 장인이 한 올 한 올 수놓은 최고급 비단! 작년부터 침대가 바뀌어서 좀 더 커졌는데, 듣기엔 카이텔이 그 기념으로 아르트사노의 장인들을 닦달해서 얻어 낸 초프리미엄 침구 세트라고 했다.

아무튼 별걸 다 따진다.

하지만 좋으니까 넘어가 주지. 침대 위에서 뒹굴뒹굴 이 안락함을 만끽하는데, 옆에 누운 애비가 날 쳐다본다. 왜, 뭐?

"안 오나?"

오긴 뭘 와. 이미 와 있건만.

자기 옆에 안 오냐는 소리인 것 같았는데. 아, 이럴 거면 대체 침대는 왜 이렇게 넓은 거니, 애비야. 응?

진짜 농담이 아니라 카이텔이랑 나 이렇게 딱 둘이 자는 침대가 무슨 성인 남성 여섯은 뒹굴 수 있을 정도로 넓었다. 실제로 내가 잠꼬대를 아무리 심하게 해도 절대 침대 밑으로 떨어지지 않는 이유가 침대가 너무 넓어서라니 말 다했지.

근데 왜 이렇게 넓은 침대에서 꼭! 나를! 네! 옆에서! 자게 만드는 거냐고, 이 망할 애비야!

"으챠!"

그래, 간다, 가. 치사해서 가고 만다.

자꾸 노려보는 시선을 견디지 못해 데굴데굴 굴러서 카이텔 옆으로 안착하니 애비가 자연스럽게 자기 품 안으로 나를 끌어당긴다.

아, 편해라.

아무래도 나는 글러먹은 모양이다. 고새 이 편안함에 안주하고 말다니. 망했어. 난 이미 글렀다고, 엉엉.

"헤헤."

하지만 그른 건 그른 거고, 편한 건 편한 거였다. 아, 편해라.

"좋은가?"

"어, 아빠 품 따뜻해."

이 품이 그렇게 불편했었는데, 역시 사람은 적응의 동물. 이제는 혼자서 자면 옆이 허해서 잠이 안 올 지경이었다. 물론 카이텔이 어딜 가거나 하면 인형을 끌어안고 자지만, 이 온기는 인형으로는 흉내도 낼 수 없는 걸.

"잘 자라."

이마에 카이텔의 입술이 닿는다. 짧은 키스에 나도 모르게 웃음이 터져 나왔다. 매일 받는 인사이건만 뭐가 그렇게 간지러운 건지. 그래도 좋긴 좋으니까 어쩔 수 없지. 카이텔의 뺨에 똑같이 키스해 주며 방긋 웃는다.

"아빠도 좋은 꿈!"

하루의 마지막 인사를 끝내고 그대로 카이텔 품에 안겨 눈을 감았다.

아, 오늘도 정말 힘든 하루였어. 어린 나이에 벌써 이만큼의 중노동이라니. 나중에 크면 더 힘든 정신노동이 기다리고 있을 것 같았지만 나중 일이니까 상관없겠지. 자야지, 자자.

눈을 감으니 편안함과 아늑함이 뭉게뭉게 몰려든다. 점점 잦아드는 숨결에 느껴지는 건 내 몸을 안고 있는 카이텔의 존재감. 항상 이렇게 잠들었건만 오늘따라 새삼스럽다. 거기에 약이라도 먹었는지 잠도 안 와.

잠이 안 와서 그런지 몰라도 갑자기 문을 열어 보고 싶은 충동도 슬그머니 들기 시작했다. 어쩐지 문을 열면 아시시가 서 있다가 깜짝 놀랄 것만 같다고 해야 할까? 결국 신경이 쓰여 눈을 뜨니, 바로 눈앞에서 붉은 눈동자와 딱 시선이 마주쳤다.

"왜 안 자?"

깜짝이야! 그러는 애비, 너는 왜 잠을 안 자고 그러니.

"잠이 안 와."

내 대답에 카이텔이 말없이 내 머리를 쓸어 넘겨준다. 물론 머리칼이 길어서 쓸어 넘기다 머리카락이 손안에서 엉켰다. 그러자 내 머리를 한 움큼 가만히 쥔다.

뭐냐, 애비야? 네 생각에도 내 머리가 너무 길지? 나도 그렇게 생각해. 맨날 단발만 하고 살아서 그런지 이런 치렁치렁한 긴 머리는 귀찮았는데, 이게 귀족의 로망이래서 절대로 자를 수 없었다.

엉엉, 이렇게 내 의사는 항상 무시당하지. 하, 더러운 세상.

근데 애비는 왜 안 자는 걸까? 빼꼼히 카이텔을 올려다보니 애비가 날 내려다보다 픽 웃는다. 왜 웃니? 내가 그렇게 웃기게 생겼냐?

"다음 달에 아빠 생일이네. 선물 뭐 줄까?"

내 말에 카이텔이 또 웃는다.

"달라면 뭐든 줄 수 있는 건가?"

"······나대서 죄송합니다."

그냥 얌전히 구석에 찌그러져 있을 게요.

내가 눈을 깔자 카이텔이 위에서 낮은 소리로 웃는다. 뭐가 그렇게 웃기냐, 씨. 한 대 때리고 싶은데, 그러면 내일 아침을 맞이하지 못할 게 뻔하니 괜히 손에 잡히는 카이텔 머리나 뜯었다. 이게 은근히 아파.

"기사단은 왜 안 쓰는 거지? 기껏 선물해 줬더니만."

이 자식이 뭐래?

나는 좀 어이가 없었다.

"아빠 내가 진짜 그 기사단을 쓸 수 있을 거라 생각했어?"

"어."

"대체 어떻게?"

이거 진짜 진심으로 궁금해서 묻는 거거든? 진지한 내 시선에 카이텔이 생각에라도 잠긴 듯 답이 없다. 설마 진짜로 그걸 생각하고 있는 거냐?

그러나 진짜로 생각한 모양이었다. 잠시 후 카이텔이 싱긋 웃으며 답을 내놓는다.

"기사단하고 단체 술래잡기?"

······고작 그런 거에 쓰라고 기사단씩이나 넘겨준 거냐고.

한심함을 이루 말할 수가 없다. 나는 푹 한숨을 내쉬었다.

"아빠."

"왜?"

"그러고도 부하가 남아 있어?"

"……."

카이텔은 말없이 그냥 입을 다물었다. 네가 생각해도 네 밑에 부하가 남아나질 않지? 그치? 하기야 그런 대접을 받는데 누가 남아 있겠냐만.

내 한심하다는 시선이 제대로 닿은 건지 갑자기 애비가 내 눈을 억지로 감겨 버린다. 이 자식이!

"자라. 내일 못 일어날라."

괜히 할 말 없으니까 자래. 속으로 불평했지만 순간 날아온 다음 질문에 나는 카이텔의 말을 격하게 찬성했다.

"근데 그건 왜 안 보이지? 유리 조각상? 맨날 끼고 놀지 않았던가?"

……아버님, 잠이나 자는 게 좋을 것 같습니다. 이러다 날이 밝겠어요.

"아빠, 빨리 자! 내일 못 일어난다!"

내가 서두르자 카이텔이 의아한 듯했지만 별다른 추궁은 없었다. 단지 인사 대신 카이텔의 입술이 내 이마에 닿았다가 떨어진다.

나는 문득 웃었다. 처음엔 이러는 거 낯간지럽다고 생각했는데.

기분 좋다. 이젠 제대로 잘 수 있을 것 같았다. 바로 코앞에서 들리는 숨소리를 자장가 삼아 잠을 청한다. 꼭 자야지. 그 바람이 통한 건지 금세 내 의식은 서서히 아찔할 정도로 아득히 저 밑으로 푹 꺼졌다.

꿈도 꾸지 않고 푹 가라앉은 게 대체 언제인지, 구름 위에 둥둥 떠 있는 평온함에 몸을 맡기고 어둠 속을 한참이나 유영했다. 생각이 하나씩 올라오다 하나씩 꺼져 간다. 무엇을 생각했는지도 제대로 기억나지 않았다. 그저 어둡고 어두운 물속을 한참 동안 헤엄친 것 같았을 뿐.

그러다 갑자기 눈이 번쩍 떠졌다.

대체 왜 갑자기 잠이 깬 거지?

본인마저 의아할 정도로 갑작스럽다. 나는 내가 두 눈을 떠 놓고도 어안이 벙벙했다.

왜 눈을 뜬 거더라? 보통 웬만하면 바로 눈을 감을 텐데 제 자신이 잘 자다가 갑자기 눈을 떴다는 상황에 본인이 놀라서 나는 한참이나 그렇게 두 눈을 뜨고 있었다.

두꺼운 커튼에 가려져 별빛마저 닿지 않는 방 안, 그 안에서 가만히 숨만 죽이고 있으려니 문득 앞에 놓인 카이텔의 얼굴이 눈에 들어온다.

역시 우리 애비야.

자고 있는 모습은 나만 볼 수 있는 굉장히 희귀한 광경이었다. 자고 있는 카이텔은 다른 건 몰라도 진짜 천사 같으니까. 긴 속눈썹이 유려하게 뻗은 걸 보니 괜히 설렌다. 어째 여자보다 더 긴 것 같다?

그나저나 잘도 자는구나. 이렇게 자는 얼굴을 느긋하게 지켜보는 건 굉장히 오랜만이었다. 하긴 카이텔이 나보다 늦게 잠들고 항상 나보다 일찍 일어나니까.

조심스레 손을 뻗어 카이텔의 뺨을 만져 본다. 다행히 환상 같은 건 아니었다. 손끝에서 느껴지는 촉감은 정말 생생했으니까.

그래, 너 잘생겼다, 자식.

여전히 빛나는 미모를 보니 왠지 모르게 안심이 된다. 익숙해져도 또 익숙해져야 하는 미모지만 그래도 좋았다. 잘생겼으니까. 누구 애비인지는 몰라도 눈 정화는 확실히 된다니까.

나는 다시 눈을 감았다. 다시 자야지. 어쩐지 이번엔 깨지 않고 푹 잘 수 있을 것만 같다. 좋은 꿈 꿔야지. 이왕이면 초콜릿 호수에서 헤엄치는 꿈을 꾸고 싶었지만 꿈이라는 놈이 내 마음대로 되는 게 아니라 말이지.

문득 내 머리를 쓰다듬는 손길을 느낀다. 어쩐지 투박하고 어쩐지 다정한 그런 손길. 아, 기분 좋아. 그렇게 딱 잠들락 말락 하는 정신이 부유하는 경계에서 나는 어쩐지 나지막한 애비의 목소리를 들었다고 생각했다.

"잘도 자는군."

* * *

희사원과 달리 후원의 정취는 작고 아담한 데에 있었다. 물론 그 작고 아담하다는 기준이 황족 스케일이라는 건 좀 무섭지만 어쨌든 희사원에 비한다면 후원은 충분히 작은 곳이었다. 뭐, 그래도 어린애가 뛰어놀기엔 턱없이 크지만.

거기에 계절마다 분위기도 사뭇 달라져서 희사원 못지않은 구경거리가 많았다. 도시 숲만 보고 살았던 내 눈엔 마냥 낙원 같아 보이는 게 사실이니까. 그러고 보니 곧 겨울이 오네. 정자로 불어오는 바람이 꽤 쌀쌀했다.

아그리젠트는 중앙 대륙에서 유일하게 사계절, 즉 봄, 여름, 가을, 겨울이 뚜렷한 나라였다. 그건 겨울 정령 때문이라고 하는데, 가령 이웃나라, 그러니까 랑그르 같은 경우엔 기후가 여름밖에 없고, 앤시프는 일 년 내내 봄이며, 파르텐-키헤른은 봄과 여름이랑 가을뿐이라고 했다. 그래서 아그리젠트의 눈을 보면 같은 중앙 대륙 사람이라도 신기해 한다고. 아무튼 별게 다 신기해.

"공주님!"

『단기 완성! 중앙 대륙의 계절!』이라는 책을 건성건성 읽고 있는데, 일린이 갑자기 정자 안으로 뛰어 들어온다. 나는 고개를 갸웃했다.

대체 무슨 일이지? 일린의 표정은 꼭 똥마려운 강아지였다.

"공주님, 큰일 났어요!"

"응? 왜 그래?"

세르이라까지 의아해 한다. 아시시는 아예 긴장한 표정이었다. 어이.

"폐하께서!"

"폐하께서?"

뜸들이지 말고 말해라. 긴장하는 것도 힘들다. 내가 자세를 바로 하고 고개를 드니 일린이 심각한 목소리로 소리쳤다.

"폐하께서 공주님의 부서진 조각상을 발견하셨어요!"

띠링! 내 머릿속에서 큰 종이 울린다.

어, 음, 내가 대체 무슨 소리를 들은 거지? 두 눈을 깜빡여 보지만 눈앞의 일린은 그 모습 그대로였다. 고개를 돌려 세르이라를 본다. 그리고 아시시를 보았다. 헐.

"어떻게? 왜?!"

"예? 저, 저도 그건 잘."

"대체 왜?! 왜 들킨 거지?"

"폐하께서 시녀들한테 물어보셨다고 그러더라고요. 시녀들은 워낙 폐하께서 험악하시니까 어쩔 수 없이 말했다고……."

지들 목숨만 소중하냐?! 내 목숨은! 내 인권은!

눈앞이 깜깜해진다. 아, 빛이 보이지 않네. 벌써부터 뭐라 둘러 댈지 걱정된다. 망했어요.

언젠가 들통 날 줄은 알았지만 이렇게 빨리 들통 날 줄은 몰랐다. 이게 뭐야! 숨긴 보람이 없잖아!

"아빠, 지금 어디 있어?"

일린을 쳐다보니 모른다는 듯 고개를 내젓는다. 나는 아시시를 돌아보았다.

"아마 회의하고 계실 겁니다."

"그럼 저녁 시간 때 보겠네?"

문제는 그 저녁 시간이 '곧'이라는 거겠지만. 벌써 해가 지기 시작한다. 노을 진 후원은 더할 나위 없이 아름다웠지만 그게 눈에 들어올 리 만무했다.

아, 다 필요 없어. 모두 나가 주세요. 혼자 있고 싶네요.

"하지만 공주님께서 그러신 것도 아니고……."

여기 설득력 없는 설득을 하는 사람이 있습니다. 일린의 말에 내가 더 울상을 지었다. 그런다고 카이텔이 봐줄 것 같으냐.

내가 심각한 표정으로 머리를 짚고 있자니 세르이라가 내 어깨를 토닥거렸다. 엄마, 설마 그거 위로야? 지금 잘 죽으라는 인사처럼 느껴지는 건 그냥 나의 착각인가요? 엉엉.

"괜찮습니다. 폐하께서도 이해해 주실 겁니다."

아시시가 뿌듯한 표정으로 말한다. 막 던지는 위로에 나는 더 좌절했다. 말을 말자.

지금 난 내 앞에 닥칠 일련의 사태에 이루 말할 수 없는 기분을 느끼고 있었다. 이건 하느님이 날 시기해서 던져 주는 인생의 위기 같은 게 아니라고! 난 지금 게임을 시작하자마자 보스를 만난 기분이야!! 인생의 게임 오버!

"어쩌지, 어쩌지! 어쩌지?"

머리를 쥐어뜯으며 돌아다녀 봤자 뾰족한 수는 없었다. 아, 그냥 닥치고 잘못했다고 무릎 꿇고 빌어 볼까. 손이 발이 되도록 빌면 손이 발이 되겠구나. 안 돼. 그럴 순 없어! 난 아직 살고 싶단 말이야! 이런 일로 죽을 수 없다고!

도대체 이 역경과 위기와 고난을 어떻게 넘겨야 하는 걸까 머리를 굴려 보지만 초조하게 시간만 갈 뿐 뾰족한 수는 떠오르지 않았다. 그리고 마침내 돌아온 지옥의 시간.

"공주님, 저녁 드실 시간입니다."

아무것도 모르는 순진한 시녀가 내가 죽을 때를 알려 준다. 나는 정말 죽고 싶지 않았다.

"그냥 안 먹으면 안 돼? 나 배 안 고픈데."

"아프십니까? 태의를 부를까요?"

"아니, 그냥 안 먹고 싶다고."

지금 밥 먹으면 진심 체할 것 같아. 아니, 체해서 죽을 것 같다. 내가 이 구역에서 체해서 죽은 공주가 될지도 모른다고! 그러나 내 진지한 표정에 세르이라가 어깨에 손을 올린다. 그리고 다독이면서 하는 말이라는 게.

"그럼 폐하께서 더 기분 나쁘시지 않을까요?"

"……."

엄마는 왜 항상 옳은 말만 하는가. 엄마는 왜 이런 때에 정곡을 찔러서 사람을 심난하게 만들어, 엉엉.

결국 그 한마디에 나는 패배했다. 이를 악물고 식당으로 출발하려니 내 손을 잡은 아시시가 서글픈 시선을 보냈다. 그러지 마. 너까지 그러지 말라고! 네가 그러니까 정말 내 인생이 끝장난 것 같잖아!

질질질 가기 싫은 길을 끌려가고 있으려니 꼭 도살장으로 끌려가는 돼지의 기분이다. 이해할 수 있을 것 같았다.

그래, 돼지야, 이런 기분이었구나.

이렇게 슬프고 절망적인 기분이었구나.

엉엉, 근데 넌 정말 맛있어. 최고야. 버릴 데 없이 모든 부위가 맛있다고! 그치만 아빠, 돼지는 삼겹살이 제일 맛있어요. 상추에 삼겹살에 소주가 진리라고! ……는 아빠가 소주를 모르는구나. 쯧쯧, 우매한 놈.

어느새 다 도착한 식당 문을 불편한 표정으로 노려보다 이제는 해탈의 경지에 이르렀다. 그래, 인생 한 번 죽지 두 번 죽냐. 오늘 갈 데까지 가 보자, 어디.

그렇게 벌컥 문을 열고 들어선 지 어언 십 초.

나는 급격한 후회에 시달려야 했다. 내가 왜 이렇게 패기 돋게 들어온 거지? 대체 왜 그랬을까. 대체 왜 그런 걸까! 으아아아!!

"아, 아빠!"

애써 해맑은 표정으로 애비를 불렀으나 애비에게서 들려오는 말은 없다. 나는 일단 그 옆에 가서 앉으며 애비의 눈치를 살폈다. 카이텔아, 뭐 어디 불편한 데 있니? 무릎이라도 꿇을까?

그런데 무심한 게 평소와 다를 바 없는 모습이라 살짝 긴장을 풀었다. 화난 거 아니었나? 괘, 괜찮나?

"아빠, 나 있잖아, 오늘 말이야."

······그리고 세계는 멸망했다.

으흑, 으흐흐흑, 괜찮은 게 아니었어. 괜찮은 게 아니었다고! 그냥 세계가 멸망했으면 좋겠다.

최대한 해맑게 웃으며 말을 붙이자마자 나는 내 주둥이를 원망했다. 아, 그냥 닥치고 밥이나 먹을걸. 저 반응, 저 표정, 저 분위기의 대체 어디가 괜찮은 거야!! 잠시나마 괜찮다고 생각한 내 눈알이 원망스러웠다. 시력이 마이너스냐고.

카이텔의 시선에서 살기마저 엿보였다. 아, 사람을 시선으로도 죽일 수 있을 것 같아. 왜 맞지도 않았는데 벌써부터 아픈 거지? 패기? 패기가 실려 있나?

"하하, 하하하."

이건 애교로 어찌 될 무게가 아니었다. 그냥 나 죽었소 해야지. 그래도 혹시 몰라 빼꼼히 고개를 돌려 카이텔 앞으로 얼굴을 들이밀었는데, 그와 동시에 카이텔이 홱 고개를 돌린다. 말도 하기 싫다는 그 표정에 나는 살짝 절망했다. 답이 보이지 않아.

나쁜 놈, 아무리 그래도 그렇지. 이렇게 귀엽고 사랑스런 딸내미가 예쁜 목소리로 아빠 아빠 하며 앵겨 드는데, 그렇게 내빼?

"아빠."

"……."

"아빠?"

그냥 화를 낸다면 차라리 편하겠는데, 냉기만 풀풀 풍겨 온다. 어색한 식은땀을 흘리며 나는 그냥 밥을 먹기 시작했다. 그래, 먹고 죽은 귀신이 때깔도 좋다 그랬다. 먹고 죽자!

애비야 화가 난 건지 삐진 건지 말이 없고, 아시시는 원래 말이 없었으니 나까지 입을 다물자 식당 안에는 무거운 침묵이 찾아왔다. 난 가라앉은 정적이 무겁건만 그놈의 정적이 무겁거나 말거나 오늘도 황궁 주방장의 솜씨는 예술이었다.

이건 가히 신의 경지를 넘나드는 수준이로구나. 원래 브로콜리가 이런 맛이 나던가? 이건 채소고 고기고 전부 다 맛있다. 나는 변비는 안 걸릴 거야. 이런 영양 만점에 맛있기까지 한 밥을 매일 먹고 있는데, 어떻게 변비에 걸려.

밥을 너무 맛있는지라 기운이 없어도 맛나게 먹어 치우는데, 갑자기 옆에 쾅 소리가 들렸다.

깜작이야!

웬 소리에 고개를 드니 밥을 다 먹은 카이텔이 일어선다. 그러더니 맛있게 잘 먹었습니다란 인사도 없이 식당을 빠져나가 버렸다. 그리고 순식간에 혼자 남겨진 나. 아니, 아시시도 있으니 혼자는 아니지만 아무튼.

쯧쯧쯧, 애비란 놈이 저렇게 속이 좁아서야. 말세야, 말세. 더불어 내 인생도 말세, 으아.

"아시시."

"네?"

"아시시가 봐도 우리 아빠 삐진 것 같지?"

조용히 밥을 먹던 아시시가 진지하게 고민에 잠긴다. 그러더니 이내 진지하게 고개를 끄덕였다.

"예, 화나신 것 같습니다."

아시시는 화났다고 표현했지만 아무리 봐도 내 눈엔 삐진 걸로밖에 안 보였다. 화난 거였음 그 성질에 가만있을 리가 없지. 이미 이곳은 개판 오 분 전이 되고, 세상은 멸망했다.

아, 마주하지 않을 땐 마냥 무서웠는데 또 얼굴을 마주치고 나니 이젠 골치가 아프다. 대체 이걸 어쩌지. 애교도 안 통하고, 말도 안 하고. 분명 나한테 뭔가 서운한 게 있는 건 확실한데.

저녁밥은 무사히 먹었다지만 진짜 문제는 지금부터였다. 이것이 바로 진정한 위기다!

잠은 또 어떻게 자지?! 진짜 충격과 공포다.

"공주님, 아자아자!"

일린과 세르이라가 응원을 해 주지만 그건 오히려 내 기분만 상하게 할 뿐이었다. 뭐냐, 그건. 애비한테 압사당해 죽으라는 거냐? 응원도 할 때가 있고, 안 할 때가 있는 거지. 아, 가출하고 싶다.

천하에 애비가 삐져서 딸을 가출하고 싶게 만드는 건 이 나라밖에 없을 거야. 아, 부끄러워.

그래도 잠은 자야지.

마음을 가다듬고 문을 여니 아니나 다를까 방 안엔 카이텔이 존재하고 있었다. 없었으면 살짝 서운했을 텐데, 있으니 그건 또 나름대로 마음을 심난하게 만든다. 도대체 어쩌지?

꾸물꾸물 안으로 들어서니 무슨 말이라도 날아올 법한데 아무 소리가 없다. 나는 조용히 한숨을 내쉬었다.

이 새끼, 이거 안 되겠어. 빨리 어떻게든…….

"아빠."

조그마한 목소리가 카이텔을 부른다. 일부러 옷소매도 잡아당겼건만 책을 보고 있는 카이텔은 미동조차 하지 않았다.

이렇게 일부러 냉대하지 않아도 내가 잘못한 건 다 알고 있다, 이놈아! 머리를 한 대 치고 싶지만 그러면 진짜 사형당할 것 같으니 일단 참고.

하, 어쩔 수 없지. 너보다 어른인 내가 참는다.

잘 봐라, 중생아, 이것이 득도한 자의 여유다. 애교도 안 통하고 변화구도 안 통한다면, 이쯤 되면 막 나가자는 거지요? 나는 대뜸 애비가 보고 있는 책을 덮어 버렸다. 그리고 두 손을 들어 카이텔의 뺨을 쥐고 내 쪽으로 돌렸다.

"아빠님, 내가 뭐 잘못한 거 있어요?"

내 눈동자에 나와 똑같은 붉은 눈동자가 들어온다. 시선에도 온기가 있다면 항상 이 시선은 나에게 따뜻했는데 오늘만큼은 따끔따끔할 정도로 차갑고 날카로웠다. 그래도 피하지 않고 마주 보고 있으려니 무표정이던 얼굴에 무언가가 떠오른다. 나는 그때를 놓치지 않고 살갑게 웃었다.

"잘못한 거 있구나? 그렇지?"

물론 애비에게서 돌아오는 답은 없었다. 괜찮아. 이 정도에 굴

할 내가 아니다!

"내가 뭘 잘못한 건진 모르겠는데. 아빠, 미안해요. 그러니까 화 풀어라. 응?"

그래, 내가 이 정도 했는데 안 넘어오면 아빠도 아니다!

내가 이렇게 귀엽고! 깜찍하고! 사랑스러운데 네가 나를 거부할 수 있을쏘냐! 역시 카이텔은 내게 넘어왔다. 역시 넌 나의 노예!

"잘못한 건 아는 건가?"

아니!

그치만 여기서 아니라고 대답했다간 더 삐지겠지. 나는 그냥 배 시시 웃었다.

"응. 근데 나 뭐 잘못했는데? 아빠가 말해 주면 안 될까? 응?"

천진하게 웃으며 말하자 카이텔이 인상을 찌푸린다. 애비야, 네 딸내미가 이렇게 애교를 부리는데 얼굴을 찌푸리다니. 어허, 어 허, 그러면 안 되느니라.

"저기, 있잖아, 아빠. 아빠가 말해 주지 않으면 난 내가 뭘 잘못 했는지도 모르고 아빠가 나한테 왜 화가 났는지도 모르겠는 데……."

손을 꼬물락꼬물락 움직이며 주춤주춤거리니 카이텔이 한숨을 내쉰다. 이거 항복한다는 의미지? 그렇지?

반색도 잠깐. 나는 내 앞에 나타난 천 뭉치에 바로 당황하고 말 았다. 이건 내가 조각상 조각들 넣어 뒀던 주머니인데, 이건 대체 어떻게 찾은 거람? 아니, 그 전에 설마 그걸 하루 종일 가지고 다 닌 거냐.

카이텔은 친절하게 내가 기억이 나지 않을까 봐 그 안에 내용물까지 친히 열어 보여 주었다. 하, 이런 친절함. 정말 눈물 나게 고맙네요. 참, 고마워라. 아버지, 정말 상냥하세요.

"이게 뭐지?"

"어, 그게."

쌍둥이가 깼다고 그러면 분명 그 둘에겐 미래라는 게 삭제될 텐데. 게다가 아마 모르긴 몰라도 괘씸죄로 얻어터질 게 분명했다. 거기에 감히 내 따님의 조각상을 부서뜨리다니 '당장 출입 금지!'라는 명이 떨어질 테지. 안 봐도 너무 선하게 그려진다.

아, 진짜 어쩔 수 없지. 그래, 너희들의 미래를 위해 이 한 몸 희생해 준다.

"아빠가 준 건데, 내가 잘못해서 깨뜨렸어."

눈 질끈 감고 실토하니 애비의 표정이 눈에 띄게 살벌해진다. 이 나이 먹도록 이놈한테 한 번도 혼나 본 역사가 없는 나이거늘. 그래서 그런지 카이텔 표정이 더 무서웠다. 애비야, 네 인상이 참으로 더럽구나.

"그럼 그냥 말을 하면 되지 대체 왜 숨긴 거지?"

"그치만……."

카이텔의 표정이 무서워서 그런 건지, 그래도 나름 애지중지하며 아끼던 게 부서져서 그런 건지 갑자기 눈에 왈칵 눈물이 솟구쳤다. 아냐, 이건 다 억울해서 그래. 난 잘못한 것도 없는데 혼나고 있는 거잖아.

이놈의 쌍둥이, 잡히면 가만 안 둬! 그래도 눈물이 나는 걸 억지로 억지로 참아 가며 겨우 대답했다.

"아빠가 준 거잖아."

눈물 때문에 울먹이는 목소리가 고스란히 흔들렸다. 그 대답에 카이텔의 표정도 흔들린다. 나는 최대한 눈물을 참느라 훌쩍였다.

아, 사람 부끄럽게 이러지 마라. 눈물아, 이러면 안 된다. 서러운 건 알겠지만 여기서 울면 안 된다. 네 주인, 부끄럽다.

"아빠도 좋아하던 건데, 내가 억지로 가진다고 해서 가진 거잖아. 근데 내가 깨뜨렸다 그러면 아빠 서운할 거 아니야……. 나 정말 좋아했는데, 가지고 놀다가……."

엉엉엉, 모르겠다. 그냥 울고 보자.

눈물이 나오는데 어떻게 참아. 어떡해? 눈물이 안 참아져, 엉엉. 일단 흘러내리는 눈물을 훔치고 있는데 도무지 눈물이 멈출 생각을 안 한다. 이건 다 카이텔이 슬프게 생겨서 그래. 카이텔이 너무 슬프게 생겼어, 엉엉.

"아빠, 미안해. 다 내가 못나서 그래. 엄청 예뻤는데. 그걸 깨뜨리다니."

울어서 그런지 몰라도 카이텔은 잔뜩 당황한 표정이었다.

그 표정마저 슬퍼, 엉엉. 카이텔이 너무 슬프게 생겼어. 너무 슬퍼.

내가 울어 버리니 두 손을 대체 어떻게 해야 할지 모르는 표정으로 카이텔이 헤맨다. 그러거나 말거나 나는 죽어라 울어 댔다. 우니까 아빠가 화를 안 낸다. 모르긴 몰라도 눈물이 나오니까 그냥 울자, 엉엉엉.

"하."

카이텔의 한숨이 내 귓가에 생생하게 들려왔다. 그리고 나를 안아 주는 따스한 온기. 애비구나. 훌쩍이며 고개를 드니 한심하다는 표정으로 카이텔이 날 내려다보고 있었다. 뭐, 왜!

"못생긴 얼굴이 더 못생겨졌군."

뭐래? 지는 얼굴이 슬프게 생겼으면서.

내가 네 얼굴 때문에 슬퍼서 우는 거잖아, 지금! 울음 때문에 말은 할 수가 없어서 잔뜩 노려보니 카이텔이 웃는다.

뭐야? 내 얼굴이 웃기다는 거야, 뭐야!

"그렇다고 우냐."

"씨이."

그래도 애비 화는 풀린 모양이었다. 뭔진 모르겠지만 잘됐다.

언제 동안인지는 모르겠는데, 정말 한참을 울어 댔다. 뭐가 그리 슬펐던 건지 너무 울어서 눈가가 아플 정도였으니까. 내 울음소리가 잦아들고 이제 눈물이 거의 마를 때쯤 카이텔이 눈가에 맺힌 눈물을 닦아 주었다. 애비 품에 안긴 채로 훌쩍이다 다시 고개를 든다.

"아빠, 이제 화 풀렸어?"

"그래."

못 말린다는 표정이었지만 기분은 나쁘지 않았다. 덤터기 썼는데 많이 혼나지는 않았네. 게다가 카이텔 기분도 풀린 모양이었다. 역시 아이와 여자의 눈물이란. 노린 건 아니었는데, 아이와 여자의 눈물이 무기라는 말이 새삼 증명된 기분이었다.

내 뺨을 만지작거리다 카이텔이 한숨을 내쉰다.

"다음부턴 부서지면 그냥 말해. 숨기지 말고. 알았나?"

"응."

내 대답에 카이텔이 픽 웃는다. 나도 따라 웃었다. 내가 웃으니 카이텔이 갑자기 심각한 표정을 지었다. 응?

"웃으니까 진짜 못생겼다."

이 자식이!

*　*　*

어제 너무 울었나. 아침에 일어나서부터 머리가 울리는 느낌이
라 통 기분이 좋지 못했다. 애비의 분노를 피해서 다행이긴 한데.
이번 일을 겪으며 내가 새로 한 다짐이 하나 있다. 다음부터는 그
냥 쌍둥이들이 했다고 그래야지!

"눈이 부으셨어요."

"나도 알아."

진짜 엄청 울어 댔나 보다. 거기에 나는 울면 다음 날 얼굴에 다
티가 나는 타입이라는 것도 새삼스레 알 수 있었다. 거울을 들여
다보다 괜히 한숨을 내쉬었다.

예쁜 얼굴이 완전 붕어가 됐어.

세르이라가 갖다 주는 찬 수건으로 눈의 붓기를 빼고 있는데, 갑
자기 방문이 벌컥 열리며 일린이 들어왔다.

"공주님, 공주님!"

이건 또 왜 이래? 어제도 이랬지만 이미 한차례 폭풍은 다 지나
간 터라 나는 거리낄 게 없었다. 이번엔 뭔데!

"응? 왜?"

내 물음에 일린은 대답하지 않았다. 그저 자기 뒤로 들어오는 시종들을 쳐다보았을 뿐.

대체 뭘 보고 저러나 심드렁하게 고개를 돌렸는데……. 나는 고개를 돌리자마자 떡하니 입을 벌렸다.

대체 이게 뭐지?

다름이 아니라 거기엔 겨울나무를 조각한 유리 조각상이 열 개씩이나 들어오는 중이었다. 분명 저거 쌍둥이들이 부서뜨린 내 조각상 맞지? 대체 이게 무슨 일이지?

넋을 놓고 있으려니, 곧 그 뒤로 우리 애비가 들어온다. 나는 그대로 애비를 쳐다보았다. 아버지야, 지금 이거 무슨 짓?

"다 깨트려도 돼. 또 갖다 줄 테니."

뿌듯한 얼굴로 카이텔이 지껄인다. 나는 잠시 기가 막혀서 말을 하지 못했다. 아니, 물론 좋지만, 좋긴 하지만……. 그래, 좋기는 하지만 뭐랄까.

"이거 비싼 거라며? 전에 희귀한 거라고 막……."

"괜찮다."

괜찮긴 뭐가 괜찮아. 나는 이루 말할 수 없는 기분에 휩싸였다. 아니, 딸내미가 자기가 부서뜨린 조각상 때문에 울어서 그걸 다시 사 준다. 뭐, 이건 괜찮아. 근데 이거 분명 조각하는 데 최소 삼 개월은 족히 걸리는 장인정신이 녹아든, 일 년에 한 번 나올까 말까 한 그런 조각상 아니었니? 대체 이걸 하루 만에 어떻게 가지고 온 거지?

이해가 되지 않아 혼란스러운 표정으로 끙끙거리고 있는데, 이걸 감격한 걸로 받아들인 건지 뭔지 애비가 뿌듯한 표정을 짓는다. 그리고 자랑스럽게 말하기를.

"아빠는 권력도 있고, 돈도 많으니까."

아, 이 또라이.

2. What the hell?

2. What the hell?

시간은 화살처럼 빠르다더니 벌써 일 년을 훌쩍 채우고 어느새 나는 여덟 살이 되었다.

아, 나이 한 살을 더 먹어 버렸어. 왜 나이를 먹을 때마다 좌절하는 건지 모르겠지만 어쨌든 썩 그리 좋은 기분은 아니었다. 아냐, 난 아직 여덟 살이야! 파릇파릇한 여덟 살이라고!

"우리 공주님께서 벌써 여덟 살이 되셨다니."

"감격스럽네요!"

세르이라와 일린이 유난히 좋아한다. 정작 생일을 맞이한 꼬맹이는 시무룩한데 어른 둘이 좋아하고 있으니. 이건 또 무슨 상황이지?

그나저나 애기일 때가 바로 엊그제 같은데, 이곳의 성인은 열일곱이니 이제 구 년만 있으면 어른이 되는 거다. 끄앙, 싫어!

"근데 내 생일과 이 드레스는 대체 무슨 상관관계가 있는 걸까?"

거기에 머리는 돌돌 말려 있고, 얹어진 티아라는 유난히 삐까뻔
쩍하고, 내 목에 달린 이 목걸이와 팔에 주렁주렁 매달린 팔찌는
이렇게 화려하다. 왜죠?

내 의문에 일린이 결의에 찬 목소리로 대꾸한다.

"그건 당연히!"

당연히?

"공주님의 생일 파티 때문이죠!"

그러나 정작 대답은 뒤에서 들려왔다. 그리고 난 기다렸다는 듯
외치는 엄마의 목소리에 살짝 좌절했다.

세르이라……. 아니, 엄마. 엄마가 파티를 이렇게 좋아하는 사람
이었지 말입니까? 내 기억 속 엄마는 수수하고 소박한, 파티 따위
전혀 좋아하지 않는 그런 분이었지 말입니다. 그러나 내 떨떠름한
반응에도 불구하고 세르이라는 마냥 신이 나 있었다.

"이번 생일 선물은 뭐가 있을까? 우리 공주님께서도 궁금하시
죠?"

전혀 궁금하지 않거든.

세르이라가 웃는 얼굴로 이리저리 떠들어 댔지만 도리어 나는
이번엔 또 무슨 선물로 날 충격과 공포로 밀어 넣을지 극심한 걱
정에 시달리고 있었다. 그놈의 황족 스케일이 뭔지.

제발 이번엔 정상적인 걸 선물로 받고 싶다!

적어도 선물을 받고 나서 이 나라가 이러고도 잘 돌아가는 건가
싶은 생각은 안 하고 싶다고!!

어쩐지 한참 후에 역사가 기록될 쯤에 '황제 카이텔, 딸 생일 선
물로 국고를 탕진하다' 이런 서술이 한 문장 정도는 들어갈 것만

같아서 나는 너무 무서웠다. 내 의지와 상관없이 '사치 공주, 아리아드나' 이따위로 역사에 기록될 것만 같다고. 그러면 이런 대사도 날려야 할 것 같잖아.

빵이 없으면 케이크를 먹으면 되지, 흥!

"그래, 보석이 없으면 정령석으로 꾸미면 되는 거고."

음울한 내 중얼거림과 상관없이 나를 꾸미는 데 여념이 없는 일린과 세르이라는 마냥 신났다. 이제 커서 꾸밀 맛이 난다느니, 앞으로 더 자라면 얼마나 예뻐질까 걱정이라느니 이어지는 수다를 들어가며, 나는 조용히 한숨을 내뱉었다.

주님, 제발 제가 정의로운 공주가 되는 걸 허락해 주세요. 사치로 나라 망하게 했단 소리는 안 듣고 싶습니다.

"이번엔 폐하께서 뭘 준비하셨으려나?"

"그것보다 세르이라 님, 전 이번에 얼마나 많은 생일 선물이 들어올지 궁금해요! 적어도 오천 개는 넘어가겠죠?"

"작년엔 이천 개 정도였으니 그 정도는 오지 않을까?"

"올해는 해외에서도 공주님 생일 축하해 주려고 무려 왕족들까지 왔잖아요! 아마 더 많을 거예요!"

많건 적건 간에 난 지금이라도 단언할 수 있었다. 분명 그 수많은 선물 중 카이텔의 선물을 이길 수 있는 선물은 없을 거라는 걸! 아직 무슨 선물을 받을지 종류조차 몰랐지만 그래도 나는 알 수 있었다. 제발 정상적인 걸 선물해 줬으면 좋겠다. 아, 이미 우리 애비가 정상이 아니구나. 정상이 아닌 놈한테 정상을 바라다니, 내가 잘못했네.

"근데 엄마는 내 생일 선물 왜 안 줘?"

"아, 맞다."

머리를 빗던 세르이라가 품 안에서 작은 선물을 꺼낸다. 열어 보니 그 안에는 숄이 담겨 있었다. 세르이라가 직접 한 코 한 코 정성스레 따던 숄이었다. 작년에는 스웨터였는데, 직접 만들어서 주는 사람이 없어서 그런가 유난히 엄마 선물은 더 정성이 들어간 것처럼 느껴진다.

"일린은?"

"여기요."

기다렸다는 듯 일린이 작은 상자를 건넸다. 열어 보라는 소리가 없었어도 나는 그 상자를 받는 즉시 열어 보았다.

"이게 뭐야?"

"전에 좋아하시는 것 같아서 가지고 왔어요, 헤헷."

상자 안에 있는 건 작은 악기 모형이었다. 섬세하고 정교하게 깎은 물건은 아니었지만 작고 귀여워서 좋아했던 적이 있었는데, 그걸 일린이 기억하고 있을 줄은 몰랐다. 내가 바이올린 모형에 눈을 떼지 못하자 일린이 뿌듯해 하며 웃는다.

"좋으시죠?"

"아니!"

"씨!"

그러면서도 상자에 잘 담아서 화장대 위에 올려놓았다. 괜히 쌍둥이들이 보고 망가뜨리면 안 되니까 나중에 다시 잘 놔둬야지. 이런 내 모습을 보고 세르이라가 웃는다.

잘 말린 머리를 살짝 올리고 나니 내 준비는 완전히 끝났다. 매년 같은 날 여는 생일 파티이건만 어째 준비하는 시간은 더 늘어

나는 기분이다. 대체 왜지?

"어머, 역시 우리 공주님이세요. 예뻐요."

"진짜?"

"그럼요."

그래, 내가 한 예쁨하지.

고개를 주억거리며 수긍하니 세르이라랑 일린이 웃는다.

둘이 반응이 왜 그래? 비웃는 거야? 둘의 심상치 않은 반응에 살짝 골을 내며 인상을 찌푸리니 세르이라가 내 어깨를 토닥거린다. 그리고 내 기분은 살짝 이상해졌다. 엄마, 뭐야, 이거? 위로? 그러나 내가 뭐라고 할 새도 없이 나는 그대로 아시시에게로 인도되었다.

"……."

물론 다 꾸몄으니 파티장에 같이 입장할 아빠한테 먼저 가야 되는 게 맞는 거긴 한데, 아시시가 내 수호기사가 된 이후로 엄마는 이런 일에서 해방되었다는 걸 알고 있긴 한데…….

뭐랄까. 알 수 없는 찝찝함이 생긴다. 뭔가 엄마가 나한테 소홀해진 느낌이야. 살짝 인상을 찌푸리고 서 있자니 여태껏 응접실에서 내가 다 꾸미기만을 기다리던 아시시가 다가온다. 그리고 날보더니 물었다.

"누구십니까?"

"네 주인."

"아."

납득한 듯 아시시가 입을 연다. 나는 좌절했다. 아는 뭔 놈의 아! 내가 변신이라도 했냐! 옷이랑 머리랑 장신구 빼고는 전부 평소랑 똑같거늘 대체 무슨 의도로 물어보는 거지? 너 안면 인식 장애라도 있냐고! 물론 작년에도, 재작년에도 똑같은 질문과 대답이 오고 갔었다.

……뭔가 더 우울하네.

하긴 아시시가 조금만 꾸미면 못 알아보는 게 하루 이틀 일도 아니고 나는 그냥 포기했다. 여자가 머리 모양만 조금 바꿔도 쌍둥이냐고 진지하게 물어보는 인간이니까. 그래서 아시시는 일린이 세쌍둥이인 줄 알고 있었다. 아무튼 이 허당.

그건 그렇고 그래도 받을 건 받아야겠지?

"아시시는 내 생일 선물 뭐 줄 거야?"

"뭘 드릴까요?"

새침하게 물어보니 아시시가 사뭇 진지하게 되묻는다. 나는 지체할 것 없이 바로 대꾸했다.

"집."

"……"

"아니면 땅."

자고로 대세는 부동산이다!

……물론 전생에 엄청 가지고 싶었던 목록이었으나 환생한 지금은 전혀 쓸모없는 선물들이었다. 대체 공주가 땅이랑 집 가져서 뭘할 건데. 애초에 이미 둘 다 가지고 있다는 게 문제였지만. 그러나 내 농담을 절대 농담으로 받아들이지 못하는 아시시가 진지한 표정으로 고개를 끄덕인다.

"제 전 재산을 드리겠습니다."

필요 없어!

기겁을 하며 거절하자 아시시가 고개를 갸웃한다. 너라면 진짜 줄 것 같아서 무섭거든.

다른 사람이 준다 그랬으면 덥석 받았겠지만 상대가 아시시라 절대 그럴 수 없었다. 일단 저건 농담이 아니라 진담이라고! 거기서부터 이미 저놈은 글렀다.

악덕 주인도 정도가 있는 법이지, 자기 수호기사 전 재산까지 뺏으면 그건 뭐냐고. 마왕? 근데 아시시는 자기 전 재산을 바치고도 잘 먹고 잘살 것 같다. 왜지?

아, 내가 사사건건 챙겨 주겠구나.

뒤늦은 깨달음에 설마 노린 건가 싶어 아시시를 돌아보는데, 어느새 애비가 있는 곳으로 도착했다.

그 이름도 찬란한 집무실.

그나저나 파티가 코앞인데, 아직도 집무 중이라니. 이놈도 미래가 깝깝해. 지체 없이 안으로 들어서니 역시나 카이텔은 그 와중에도 서류에 파묻혀 있었다.

평소와 다를 바 없는 모습이거늘. 단지 파티용 연미복을 쫙 빼입은 채로 서류 처리를 하는 애비를 보니 기분이 좀 묘했다. 옷 때문에 그런가, 조금 안쓰럽기도 하다. 이런 날까지 업무라니.

"왔나?"

너무 집중하는 것 같아서 방해도 못하고 가만히 서 있는데 다행히 카이텔이 먼저 손을 뻗는다. 나는 망설임 없이 바로 애비 쪽으로 걸어갔다. 다가가니 애비가 자연스레 날 들쳐 안는다. 언뜻 훔쳐보니 일은 거의 다 끝나 가던 시점이었다.

그나마 다행이네. 별로 남지 않은 종잇조각을 내려다보고 있는데, 갑자기 옆에서 빤히 쳐다보는 시선이 느껴진다. 나는 고개를 돌렸다.

"왜 그렇게 봐?"

"예뻐서."

"어, 정말?"

진짜? 내가 반색을 하니 카이텔이 웃는다. 뭐냐, 애비야.

"왜 웃어?"

내가 예쁘다는 게 웃기냐. 죽을래.

그러나 어째 웃는 게 평소와는 좀 달랐다. 맨날 비웃기만 하더니 지금은 진심으로 즐거운 미소다. 그래, 젠장, 내가 봐줬다.

뭔가 진 기분이지만 어쩔 수 없다. 나는 조용히 남모를 한숨을 내쉬었다. 이놈의 딸을 해먹으려면 이런 넓은 아량 하나쯤은 구비해야 정상 아니겠어? 그런데 오늘따라 애비의 분위기가 좀 다르다. 일 때문에 그런 건가? 서류를 너무 많이 봐서 그런 거니? 기분 탓일지는 모르겠지만 조금, 어쩐지 조금 지쳐 보였다.

문득 카이텔의 손이 내 머리를 쓸어 넘겨준다.

"제대로 축하 받고 있는 건가?"

"응? 뭐?"

"생일."

제대로 축하 받고 말고 애초에 매년 성대하게 생일잔치를 치러 주는 인간이 이런 걸 물으니 기분이 요상하다. 애비야, 나 매년 거국적으로 축하 받고 있거든? 거국적이다 못해 해외에서까지 축하해 주려고 오는데 대체 여기서 더 얼마나 축하해야 그게 제대로 된 축하인 거니?

의아했으나 삭막한 표정이 장난을 치는 것 같지는 않다. 나는 손가락을 꼬물거리며 괜히 더 환하게 웃었다.

"다들 나 좋아하잖아. 당연히 축하 받고 있지."

"당연히."

"응, 당연히."

애가 어디가 아픈가? 사람이 안 하던 짓 하면 죽는 거라던데.

평소와 다른 반응에 걱정스레 바라보니 다소 심각한, 어쩐지 허탈한 표정으로 애비가 웃는다. 별거 아닌 쓴웃음이었는데, 왜인지 모르게 그 조소가 불현듯 내 마음에 와 박혔다.

"나도 나이를 먹은 건가."

별거 아닌 한탄. 아무것도 아닌 흔한 탄식이었는데, 나는 그 말을 듣고 그 어떤 대꾸도 할 수 없었다. 정말 우리 애비가 어디가 아픈 게 아닐까 덜컥 겁이 났을 뿐.

그래서 괜히 애비의 옷자락만 꼭 붙들고 있는데, 나와 시선을 마주하며 카이텔이 잠시 내 머리를 쓰다듬었다. 평소와 같은 행동인데 묘하게 더 애정이 깃든 것 같다. 기분 탓인가. 어쩐지 날 보는 아빠의 시선이 조금은 다정하다고 생각했다.

"우리 따님은……."

"응?"

"모두에게 사랑 받는군."

나와 달리.

그가 삼킨 한 문장을 어쩐지 나는 들은 것만 같아 그저 조용히 입을 다물었다. 그리고 어째서인지 내 눈앞에 카이텔의 마음이 잡힐 듯 와 닿는 것을 느꼈다.

매년 나보다 더 화려한 파티를 열고 있지만 그 속에서 가장 우울한 생일 보내는 남자. 그 누구도 탄생을 기뻐하지 않는 사람. 잘 태어났다는 축하보다 왜 태어났냐는 저주를 더 많이 듣는 인간. 그게 바로 우리 아빠였으니까. 그래도 내가 태어난 이례로 그나마 매년 나아지고 있다고 생각했는데, 그건 그저 내 착각이었던 모양이다.

괜스레 숙연해진다. 내가 입을 다물고 있으니 애비가 웃었다. 그리고 내 이마에 그의 입술이 닿았다가 조심스레 떨어졌다.

"생일 축하한다."

낮고 깊은, 어쩐지 건조한 음성. 그래도 그 안에 담긴 마음만큼은 느껴진다.

"낳아 주셔서 감사합니다."

"낳은 건 내가 아니니, 네 어미 쪽이 그 인사를 들어야겠지."

카이텔은 평소처럼 비웃었지만 나는 그 비웃음이 비웃음처럼 느껴지지 않았다. 마치 부모 자격이 없다는 듯 말하는 것 같아 조금은 안쓰럽다. 그래도 넌 내 아빠야, 이놈아.

"그래도 나쁜 기분은 아니군."

살짝 스민 미소가 내 마음을 조금은 가볍게 만들어 준다. 나는 활짝 웃었다. 내가 줄 수 있는 거라곤 이런 것밖에 없으니까. 내 환한 미소에 카이텔이 눈도 깜빡이지 않고 날 응시한다. 하염없이 응시하는 것이 꼭 기억에 새기기라도 하겠다는 각오 같아 조금 무서웠다. 애비야, 이제 슬슬 웃는 게 힘들어지는구나.

"인사도 했으니 선물을 줘야겠지?"

드디어 왔는가!

나는 조금 긴장했다. 대체 이번엔 또 무슨 일을 벌이려고! 불안한 내 시선도 잠시, 애비가 갑자기 종이 뭉치 속에서 무언가를 꺼낸다. 그리고 테이블 위에 펼쳐진 그것은 나는 처음 보는 이 대륙의 지도였다.

와, 신기해라.

그걸 빤히 보고 있으려니 카이텔이 말한다.

"자, 골라."

"응? 뭘?"

내가 고개를 돌리니 애비가 단박에 대꾸했다.

"네 생일 선물로 네가 고른 나라를 주마."

"……."

필요 없거든요, 이 아버지야!

＊　　＊　　＊

당연한 말이지만 황실에선 파티라는 게 꽤나 자주 열리는 편이다. 이건 다 조금이라도 축하할 만하거나 기념할 만한 일이 있으면 파티부터 열어 재끼는 귀족들의 습성 때문이었는데, 꼭 국제적인 행사가 아니더라도 국내 행사도 꽤나 다양하고 많은 편이라 따지고 보면 거의 일주일에 한 번꼴로 황실 주재로 파티가 열리는 편이었다.

그래서 내가 매일 파티만 하며 흥청망청 보내느냐 하면은— 당연히 아니다. 미쳤나?

파티라고 하지만 모든 파티가 다 같은 파티는 아니었다. 그것도 일종의 급이 있는데, 일의 경중에 따라 파티의 종류나 열리는 장소가 달라졌다. 보통 국제적인 행사나 중요한 일일 때는 루나레 궁의 브릴로 홀을 썼고, 그 외 자잘한 파티는 루나레 궁의 다른 홀에서 열렸다. 이건 다 루나레 궁이 홀이 열두 개나 되는 거대한 궁이니까 가능한 일이었다. 가끔 같은 날 홀마다 빼곡히 다른 파티를 하는 날도 적지 않았다.

파티를 영 좋아하지 않는 우리 부녀의 특성상 우리 둘이 참가하는 파티는 거의 브릴로 홀에서 열리는 파티뿐이다. 그리고 내 생일 파티도 그 브릴로 홀에서 열리는 중이었다. 아, 귀찮아.

"오늘도 선물이 엄청 쌓이겠네."

저게 다 쓰레기지, 쓰레기. 이제 파티 시작한 지 겨우 사십 분이 지나가는데 나는 이미 진이 다 빠지고, 딱 죽기 일보 직전이었다. 보통 이런 파티는 주인공이 제일 늦게 등장하는 법이고, 그래서 늦게 왔는데도 이 정도였다.

하, 나중에 커서는 어쩌지? 지금은 어리다는 핑계를 대고 일찍 돌아간다지만 다 크면 얄짤없다. 아, 이렇게 내 미래가 다시금 또 어두워지는구나.

"공주님!!"

"어, 페르델."

헐레벌떡 페르델이 내 앞으로 다가온다. 이미 내 주변엔 수많은 귀족들이 있었건만 있든 말든 다 껌 씹어 먹고 페르델은 내 앞에 당당히 섰다. 늦게 온 주제에 아무튼.

뭐, 저것도 재상의 위엄이니까. 보통 황실의 파티는 황실에서 발송한 초대장이 없으면 절대로 파티장에 입장할 수 없었다. 그건 아무리 짱 센 고위 귀족들이라도 무시할 수 없는 아주 오래된 원칙이다. 하지만 이 원칙에 예외인 사람이 몇 사람이 있는데, 그건 바로 '권력 있는 고위 귀족'이었다.

이를테면 재상이라던가, 재상이랄까, 재상…….

그래, 넌 좋겠다. 이 나라 모든 파티의 자유이용권을 가지고 있어서. 아, 하긴 나도 가지고 있긴 하지만.

"생신 축하드립니다! 제 선물이에요!"

그래, 감사.

하지만 내가 손을 뻗어도 페르델이 준다는 생일 선물은 통 보이지 않았다. 뭐지?

의아해 하고 있으려니 페르델이 손을 내민다. 그 안에 있는 건 페르델이 아들 자랑한다며 하루도 빠짐없이 들고 다니는 손바닥만 한 크기의 쌍둥이들의 초상화였다.

갑자기 이건 왜 내미는 거지?

"자, 둘 중 고르세요. 제가 특별히 공주님이니까 아무나 드리겠습니다."

"……."

"그냥 둘 다 드릴까요?"

필요 없어! 필요 없다고!!

오늘따라 왜 이렇게 필요 없는 걸 준다는 사람이 많은 걸까. 아까는 하마터면 생일 선물로 나라를 받는 위업을 달성할 뻔했는데, 이제는 재상 아들을 생일 선물로 받게 생겼다. 아, 나, 왜 이런 미친 일은 나한테밖에 일어나지 않는 거야?

다행히 페르델은 조용히 아시시에게 잡혀 내 앞에서 사라졌다.
아오, 골치야.

"생신 축하드립니다, 전하."

"생신 축하드려요."

"감사합니다, 일리아드 후작 부인."

이제 나이가 마흔인데도 여전히 고고한 후작 부인이 부드럽게
웃는다. 내가 이 나라의 귀족들 얼굴을 전부 외운 건 아니지만 이
제 어느 정도 자리를 꿰찬 귀족들의 얼굴은 전부 파악했다. 하긴
바보가 아닌 이상 그렇게 봐 왔는데 그 정도는 외울 만하지.

일리아드 후작 부인이 물러나고, 또 다른 귀족이 내 앞으로 다가
온다. 매우 귀찮았지만 그래도 환하게 미소를 지어야만 했다. 그
래도 생일이랍시고 인사하는 건데 거절하긴 좀 그렇잖아? 일일이
받아 주는 건 귀찮고 힘들다만 겨우 일 년에 한 번이니까.

참자, 참자. 참는 자에게 복이 온다.

"어머, 공주님 인사하시는 것 좀 봐요. 자상하기도 하시지."

"우리 공주님께선 어쩜 저리 어여쁘시고 똑똑하신지."

"누가 대체 저 모습을 보고 이제 여덟 살이라고 생각하겠어요?"

그러게. 누가 날 보고 여덟 살이라고 생각할까. 내가?

대놓고 들으라는 건지 말라는 건지 귀족 부인들이 한데 모여 하
하호호 떠드는 소리가 여기까지 들린다.

"그러게 말이에요. 공부 성취도 좋으시고, 음악이면 음악, 미술
이면 미술, 못하는 게 없으시데요."

"정말요? 대단하시다. 역시 우리 공주님이셔."

"아, 저런 딸 하나만 있으면 좋겠다. 공주님이 제 딸이라면 정말

맨날 업고 다녔을 거예요."

······대체 어디서 그런 헛소문이 퍼진 거지.

달려가서 묻고 싶다. 내가 대체 언제 나도 모르게 음악과 미술을 배운 거람? 응? 이번에 겨우 글자 다 외운 것밖에 없는데, 나는 어느새 나도 모르게 천재가 되어 있었다.

역시 세상은 넓고, 소문은 다양해.

"폐하시다!"

"어머, 정말이네."

응? 갑자기 술렁이는 분위기에 고개를 돌리니 잠깐 자리를 비웠던 애비가 돌아와 있었다. 표정을 보아하니 이 자리를 걷어차고 돌아가고 싶은 기색이 역력했는데, 다른 사람에겐 그런 건 보이지도 않는 모양이었다.

무섭다. 우리 애비지만 정말 건드리고 싶지 않아.

피하고 싶은 나와 달리 이 파티에 참석한 모든 여인네들은 벌써부터 난리였다.

"본인 탄신일 땐 얼굴 비추고 그냥 들어가시는 일이 다반사인데, 아끼는 따님 생일이라고 저렇게 오래도록 계시네요."

"역시 딸 사랑이 가득하세요. 소문이 과장된 게 아니었어요."

"누가 저 모습을 보고 악명 높은 피의 폭군이라고 생각하겠어요! 정말 소문대로 인간이 되신 건가 봐요."

"공주님 좀 보세요. 저런 딸을 가졌는데 그 누가 성인군자가 되지 않겠어요?"

······은 개뿔.

하하호호 웃는 부인들의 말에 나는 그저 죽고 싶은 심정이었다.

그 딸 사랑 좀 받아 보고 싶네요. 도대체 어떻게 봐야 그렇게 보이는 거지? 저건 그냥 자리를 비우면 그동안 페르델이 날 데리고 이런 짓 저런 짓을 할까 봐 억지로 자리보전하는 것이었다. 내가 그 속을 모를까.

예전에 카이텔이 얼굴만 비추고 돌아갔을 때, 페르델이 내 옆에서 알짱대며 아버지 노릇을 한 적이 있었다. 뭐, 잊히긴 했지만 내 대부인 건 사실이니까. 아무튼 그 후에 페르델 멱살 잡고 내 따님이 왜 네 딸이냐고 둘이 엄청 싸웠다지.

아무튼 유치한 놈이야, 저거.

"그래도 여전하시네요."

"그러게요. 오히려 안 늙으시는 것 같지 않아요? 어째 매해 더 젊어지시는 것 같기도 하고……."

"저 눈빛하며, 저 손짓하며. 하아, 사교계의 모든 여성들이 선망해 마지않는 분이라는 건 여전하시네요."

"예, 단지 닿기 힘든 분이라는 게 문제지만."

"아직도 폐하께서 손만 뻗기만 하면 당장 침실로 달려갈 레이디들이 잔뜩 일 걸요. 손대기 힘든 분이라는 사실 때문에 범접할 수 없을 뿐."

노골적인 표현에 문득 인상을 찌푸리긴 했지만 곧 동감하고 만다. 나도 맨날 보는 얼굴이라지만 매번 볼 때마다 잘생겼다고 감탄할 정도니까. 뭐, 잘난 건 사실이지.

흘긋 돌아보니 역시나 이 잘난 사람들 틈바구니에서도 우리 애비는 단연 눈에 띄었다. 왕관조차 쓰지 않았는데 말 한 마디 없이 단지 앉아 있는 것만으로도 분위기를 주도하고 시선을 끈다. 하긴 그래서 황제라는 거겠지만.

　……근데 저 더러운 성질머리는 다들 알잖아? 근데도 좋은 거야?

　"어머, 검은 기사님!"

　"아시시 님은 정말 오랜만이네요."

　"그러게요. 공식 석상에 모습을 비추지 않은 지 꽤 오래되셨는데……."

　"저분도 죄 많은 분이시죠. 수많은 아가씨들이 노리고 있는데 한결같이 거절만 하시니."

　안타까운 한숨이 쌓여 간다.

　나는 조금 민망해졌다. 우리 아시시, 이렇게 인기가 많았구나. 맨날 시녀들이 무섭다고 수군거리기만 해서 잘 몰랐다. 여자한테 인기 없을 줄 알았는데, 아니었네. 오해해서 미안.

　"그래도 역시 폐하의 옆자리가 가장 어울리시는 분이세요."

　"피의 폭군과 검은 기사……. 여자들의 로망이죠."

　"어쩜 저리 과묵하실까! 항상 얼굴을 가린 모습만 뵀는데, 이제 공주님의 수호기사라고 간편한 제복만 입고 계시네요."

　"뭘 입은들 태가 안 날까요? 역시 저 과묵한 분위기와 무거운 중압감은 다른 기사님들에게선 느껴지지 않아요."

　응? 응? 과묵한 분위기와 무거운 중압감? 내가 지금 무슨 소리를 들은 거지? 그, 그래, 뭐, 과묵하긴 하지, 음.

　"두 분께서 대체 무슨 이야기 중이신 걸까요?"

　"저번 사신들에 대해 이야기하시는 게 아닐까요? 심각한 이야기 중이신 것 같은데."

　"그러게요. 이런 곳에서도 정사를 돌보시다니, 역시."

……할 말은 많지만 하지 않겠습니다.

그런 심각한 이야기를 할 리가 없다는 걸 확신에 맹세까지 할 수 있지만 그걸 말한다면 이 레이디들의 핑크빛 환상을 깨부수게 되는 거겠지. 나는 그런 잔인한 짓은 할 수 없어! 환상을 깨부수다니, 그 얼마나 잔인한가! 내 눈엔 저건 백 퍼센트 내 생일 선물에 대한 논의였다. 암, 그렇고말고.

"각하께서 오셨네요."

"드디어 세 분이 다 모이신 건가!"

"저렇게 세 분이 나란히 선 모습은 오랜만이에요!"

좋아하는 부인들의 호들갑이 유난히 시끄럽다. 나는 그냥 한숨을 내쉬었다.

"시르비아 백작 부인도 오랜만에 보네요."

"여전히 아름다우세요."

"티니아 공주님 젊었을 적을 쏙 빼닮으셨어요."

"그러게요."

티니아 공주라면 그 뭐냐, 선황제의 동생이었던가. 확실히 내 고모할머니이자 시르비아의 엄마인 그 공주님 이름이 맞았다. 태어난 이래로 한 번도 본 적은 없지만 워낙 유명한 분이라 나도 꽤 소문을 들었다. 아시시를 많이 아꼈다고 하던데. 반대로 카이텔은 엄청 싫어해서 카이텔이 황제가 된 이후로 아퀼레이아 영지에 처박혀서 한 발자국도 나오지 않았다고 했다.

"시르비아 님도 각하만 아니었다면 모든 신사들이 손꼽는 선망의 대상으로 사교계에 군림하셨을 텐데, 너무 어린 나이부터 임자가 있는 바람에……."

"어머, 그건 각하도 마찬가지셨죠. 자상하면서도 엄격한 각하를 남몰래 사모하던 숙녀들이 얼마나 많았는데."

"그건 그렇죠. 둘 다 선남선녀죠."

다들 고개를 끄덕이며 수긍하는 분위기다. 저 커플은 어딜 가나 잘 어울린다고 추앙받는구나. 더러운 커플천국 같으니, 엉엉.

"대체 무슨 이야기 중이신 걸까요?"

"세 분 다 진지해 보여요. 심각한 이야기는 아니었으면 좋겠는데."

그래, 진지하게 내 생일 선물에 대한 이야기 중이라니까.

저 순진한 귀족 여성들에게 차마 충격을 줄 수 없어 나는 고이 입을 다물었다. 아, 나 좀 착한 것 같아. 그래도 이제 슬슬 나도 저기에 끼어야지.

"응? 공주님, 왜 이제 오세요?"

다가온 이는 시르비아였다.

네, 잠시 귀족들 인사를 좀 받고 왔습니다. 여기 있으면 다들 우리 애비 눈치 봐서 나한테 못 다가오거든. 그러나 대답을 하기도 전에 시르비아가 내 팔을 잡아끈다.

"그나저나 저것 좀 보세요. 저 한심한 논의를요."

시르비아가 보라는 건 페르델과 아시시와 우리 애비였다. 응?

"난 리아 님께 내 아들을 선물하려 했는데, 거절하셨어! 그래서 두 놈 다 드린다고 그랬는데도 거절당했다고! 나보다 슬퍼? 니들이 나보다 슬프냐고!"

술주정 같은 페르델의 푸념에 가만히 있던 카이텔이 인상을 확 구긴다.

"지금 뭐라 그런 거지? 감히 내 딸에게 누구를 갖다 붙여?"

"내 아들을 갖다 붙였다! 왜!"

"이게 지금 정신이 나간 건가."

그리고 오늘도 페르델은 우리 애비에게 처맞는다.

쯧쯧, 저건 진짜 하루라도 안 맞으면 몸에 가시가 돋는 건가? 신기해. 페르델이 한 대 맞고 입을 다물자 옆에 있던 아시시가 진지하게 말했다.

"전 공주님께서 집과 땅을 원하시기에 전 재산을 드린다고 했는데 거절당했습니다."

그러자 카이텔이 의아하다는 듯 고개를 돌린다.

"집과 땅은 내가 이미 주지 않았나?"

"저도 왜 그런 걸 원하시는지 이해는 가지 않았습니다."

미안하다. 이상한 거 원해서. 그냥 던져 본 말이었는데 진지하게 받아들이는 너네가 이상하거든!

당장이라도 저 대화에 끼어들어서 결코 내가 이상한 게 아니라는 걸 주장하고 싶었지만 나에게 발언권이라는 건 존재하지 않았다. 더러운 세상!

"난 나라를 주겠다고 했는데 싫다더군. 우리 따님은 알다가도 모르겠어."

아, 저 인간이 진짜.

내가 다른 건 다 그렇다 치는데 카이텔의 말엔 절대 동의할 수 없다. 야, 인간적으로 넌 정말 심했다고! 내가 이상한 게 아니야! 아, 죽고 싶다, 진짜. 주변에 정상적인 사람이 없어.

저걸 보며 심각한 정사를 논하고 있다고 오해할 우리 귀족들이 불쌍했다. 나의 사회 지도층들은 이렇지 않아! 나의 사회 지도층

들은 이렇지 않다고!

"하, 이 나라의 앞날이 걱정되네요."

동감이야, 시르비아.

시르비아의 한숨에 깊은 공감을 느끼며 고개를 끄덕끄덕 흔드는데 갑자기 무언가 생각난 건지 그녀가 제 품에서 작은 상자 하나를 꺼내 내게 주었다.

"자, 공주님, 이건 제 생일 선물이에요."

"응? 뭔데?"

가볍게 포장된 상자를 벗겨 보니 그 안엔 열쇠 하나가 있었다. 뭐에 쓰는 물건이지? 의아해서 자세히 보는데, 시르비아가 웃으면서 대꾸한다.

"아퀼레이아가 보물창고 열쇠요."

"……."

저기, 시르비아? 이런 걸 갑자기 나한테 왜 주는 건데?

확 굳은 내 표정이 보이지도 않는 건지 시르비아가 화사하게 웃는다. 그러더니 하는 말이라는 게.

"오셔서 아무거나 마음에 드는 거 가져가세요!"

어이.

                    *   *   *

나무에 둥지를 튼 새들이 아침부터 지저귄다. 마치 산속에라도 들어온 듯한 그 새 지저귐을 들으며 나는 뜨거운 스콘에 차 한 잔을 느긋하게 마시고 있었다.

이것이 바로 여유! 황족의 여유다!

내 생에 가장 큰 걱정이었던 생일도 지났겠다, 제일 걱정되었던 생일 선물도 풀러 봤겠다, 나는 거리낄 게 없었다. 아, 난 정말 축복받은 인생이야.

"리아!"

"우리 왔어!"

품. 나도 모르게 먹던 차를 뿜어 버렸다. 세르이라가 바로 손수건을 가져다준다. 나는 입을 닦으며 필사적으로 내 마음을 안정시켰다. 화, 환청을 들은 걸 거야. 분명 그런 걸 거야.

"리아!!"

환청은 개뿔! 익숙한 쌍둥이들이 내 앞에서 고개를 빼꼼히 내밀고 있다. 나는 바로 좌절했다. 이게 지금 갑자기 무슨 날벼락이지? 너네 어제 나랑 놀았잖아! 근데 왜 또 온 거야! 어제 놀았으니까 오늘은 오지 않을 거라며 유유자적하고 있었거늘. 그것은 나만의 착각이었나 봅니다. 그랬나 봅니다.

그 착한 세르이라가 곤란한 표정을 지으며 슬금슬금 물러난다.

"……어제 왔잖아. 왜 또 왔어?"

"어제는 어제고! 오늘은 오늘이지!"

"맞아!"

여기 설득력 없는 설득을 하는 사람들이 있습니다.

주저주저하며 물었건만 쌍둥이들의 대답은 단호했다. 배시시 웃는 모습이야 더없이 귀엽다지만 난 속지 않는다. 저 안엔 악마가 있어. 아, 근데 그건 그렇다 치자. 뭐, 음, 근데 말이지…….

"시토, 오늘 훈련 없어?"

넌 또 왜 여기 있는 거니?

쌍둥이들만으로도 벅찬 나에게 대체 무슨 억하심정이 있어서……. 벌써부터 세 놈들이 치고 박고 싸울 미래에 한숨만 나온다. 내 표정에 시토가 두 주먹을 불끈 쥐더니 외쳤다.

"쌍둥이들만 너하고 노는 건 불공평하잖아!"

뭔 소리야, 이게.

내가 언제 쌍둥이들이랑만 논대. 너랑도 놀잖아!

그러니까 왜 하필이면 쌍둥이들이랑 같이 왔냐 그 말이지, 내 말은! 아, 벌써부터 머리가 지끈지끈한다. 불길한 예감이 엄습했다. 난 이제부터 아플 거야. 분명히 아플 거라고!

너넨 왜 이렇게 나에 대한 배려가 부족하니. 좀 따로따로 보면 안 돼? 에라, 모르겠다. 나는 그냥 고개를 설레설레 내저었다. 이제 셋이 싸우면 그냥 방관해야지. 니들끼리 싸우렴, 나는 모르겠다.

그런데 발르가 비장한 표정으로 내 앞에 선다.

"리아, 괜찮아. 우리 휴전하기로 했어."

"엉?"

"그래, 마음에 들지 않지만 한번 같이 놀아 보기로 했어!"

산세가 맞장구를 친다. 둘은 같이 시토를 쳐다보았다.

이게 대체 무슨 소리지, 뭔 휴전? 그레시토도 마음에 들지는 않지만 한번 참아 본다는 느낌으로 둘을 돌아보았다. 뭐래는 거야?

"매일 우리끼리 싸우다가 정작 리아랑은 놀지를 못하니까. 응응."

"그래, 마음에 들지 않지만. 응응."

"나도 니들 마음에 안 들거든."

으르렁대는 거야 전이랑 똑같은데…….

괜찮은 건가? 휴전한다고 했으니 안 싸우려나. 순간 혹했으나 어차피 놀다 보면 또 싸워 댈 게 뻔했으므로 나는 그냥 한숨을 내쉬었다.

끄응, 모르겠다.

내가 머리를 짚고 있으려니 옆에서 아시시가 비장한 표정으로 셋을 내려다본다. 왜 애들을 보는데 저렇게 비장한 표정을 짓고 있는 거지? 표정만 놓고 봤을 땐 어디 최전선으로 혼자 투입되는 기사였다. 하긴 아시시한텐 여기가 최전선이긴 하지.

"리아, 그럼 우리 이제 뭐하고 놀까?"

"산세는 술래잡기 하고 싶어! 그건 리아랑 해야 재미있어!"

쌍둥이들의 말에 그레시토가 코웃음을 친다.

"유치하긴. 땅따먹기가 제일 재밌거든?"

"뭐? 너 이 자식 싸워 볼 테냐!"

내 이럴 줄 알았지.

그럼 그렇지, 뭔 놈의 휴전이냐. 한심한 시선으로 셋을 쳐다보니 싸우려던 놈들이 갑자기 몸이 굳는다. 어라? 안 싸워?

"흠흠, 땅따먹기가 뭔진 모르겠지만 술래잡기가 최고다. 알았냐, 토끼 놈?"

"그래, 땅꼬마."

"윽, 이놈이!"

"왜? 싸울래?"

티격태격하다가 내 눈치를 보더니 또다시 셋 다 입을 꾹 다문다.

오호라, 이게 웬일이래.

"진짜 안 싸우네?"

"그렇다니까!"

"우리 이제 안 싸워!"

쌍둥이들이 이것 보라는 듯 뻐겼지만 나는 그저 웃고 말았다.

그건 두고 봐야 아는 거고요, 신사분들.

"산책 갈래."

자리에서 일어서니 아시시가 내 옆에 붙는다. 나는 아시시의 손을 잡고 후원을 나섰다.

"리, 리아!"

새침하게 뒤를 돌아 걸어 나오니 쌍둥이들도 시토도 얼떨결에 내 뒤를 따라온다.

그냥 산책할 시간이라 산책을 하는 것뿐이었는데, 지들이 뭐 잘못해서 내가 이러는 줄 착각한 모양이었다. 셋은 대체 자기들이 뭘 잘못했는가에 대해 눈치를 보고 있었다.

아무튼 귀엽다니까.

아시시는 뭐가 걱정인지 불편한 표정이었지만 나는 내 뒤를 쫄랑쫄랑 따라오는 세 놈들이 마냥 귀여웠다. 하, 이러니까 내가 미워 죽겠네 하면서도 놀아 주는 거 아니겠어. 가만히 걷고 있으려니 발르가 내 옆으로 쪼르르 따라붙는다.

"리아, 리아는 맨날 이렇게 산책해?"

산세는 발르 옆에 붙어 빼꼼히 고개만 내밀고, 시토는 아시시 쪽으로 돌아가서 붙어 있었다. 덕분에 아시시가 한 걸음 물러나며

세 놈들이 날 독점하는 데 성공. 어차피 이리될 줄 알았으므로 나는 그냥 한숨만 내쉬었다, 어휴.

"응. 점심에도 하고, 저녁에도 해."

"우와, 저녁엔 누구랑 해?"

"우리 아빠."

"……."

아버지는 위대했습니다. 그랬습니다.

뜬금없는 카이텔 이야기에 애들 표정이 얼어붙는다. 나는 웃음을 터뜨렸다. 니들 진짜 카이텔이 무섭긴 무서운 모양이구나? 하긴 이게 평범한 어린아이의 반응이긴 하지. 나도 전생의 기억 없이 태어났다면 이랬을 터였다. 물론 그랬으면 지금까지 살아 있지도 못했겠지. 운다고 이미 죽어서 저 세상에 가 있을 테니, 흠.

"리아는 황제님 안 무서워?"

"뭐가 무서워?"

"그치만 무섭잖아. 산세는 황제님이 무서워."

"나도."

세 놈들이 하나같이 똑같은 표정을 짓는다. 거기에 그레시토가 껴 있는 건 좀 의외였다만.

야, 넌 쌍둥이들보다 더 오래 봤잖아. 그런데 어디 소심하게 '나도' 하면서 끼어들어. 물론 그런 이 몸도 애비가 미쳐 날뛰면 무섭긴 하지만……. 지금은 간덩이가 부어서 그런지 몰라도 그렇게 무섭진 않았다. 하, 죽을 때가 됐나.

"뭐야, 너도 무서워? 우리보다 덩치도 큰 게."

"뭐래. 덩치 큰 거랑 이거랑 무슨 상관이야!"

아, 이것들은 또 왜 잘나가다가 이래.

발르의 말에 시토가 뾰로통한 표정으로 대꾸한다. 발르는 대놓고 그 말을 비웃었다.

"난 내가 너만큼 커지면 황제님도 안 무서워!"

정말 과연 그럴까? 그 당치도 않은 소리는 나만 그렇게 느낀 게 아닌 모양이었다.

"발르, 아무리 그래도 그건 좀 아닌 거 같아."

산세가 진지하게 말한다. 나도 고개를 끄덕이며 산세의 말에 동의했다. 아무리 그래도 우리 애비는 나도 무섭단다. 대다수의 반응에 울컥한 발르가 소리친다.

"아냐! 난 커지면 황제님보다 더 멋있는 사람이 될 테니까 황제님은 안 무서워!"

"웃기시네! 넌 다 커도 황제님보다 키도 작고 몸집도 작을걸!"

"뭐? 그걸 네가 어떻게 알아!"

"딱 봐도 안다! 뭐!"

아, 저놈들 싸운다. 아깐 안 싸운다더니 발르와 시토는 이미 서로 멱살 잡고 얼굴 쥐어뜯고 난리도 아니었다. 이놈들이!

그럼 그렇지. 웬일이다 했다. 그나저나 이걸 말려야 하는데 이렇게 육탄전으로 바뀌면 나로서는 역부족이었다.

어쩔 수 없지. 수호기사 소환!

"아시시!"

……는 이미 도망가고 없었다. 아오!

아까까지만 해도 이렇게 이렇게 있었잖아! 또 언제 도망친 거야?

텅 빈 아시시의 빈자리를 돌아보며 나는 혀를 찼다. 이렇게 이렇게 날 도와 달라고! 그게 어려워?! 아무래도 어려운 모양이다. 더러운 세상. 그나저나 이 두 놈을 어찌한다? 뜯어 말리는 게 골치 아파서 엄두도 못 내고 그냥 구경만 하고 있는데, 순간 내 시야에 익숙한 게 들어왔다.

"어?"

이게 뭐지?

내가 몸을 돌리자 산세가 내 팔을 잡는다.

"응? 리아, 왜 그래?"

"일린이다."

지금 궁에 있어야 하는 시간 아닌가? 아까 세르이라가 심부름으로 뭘 시켰던 것 같기도 한데. 그렇다고 해도 지금 여기에 있는 건 뭔가 말이 안 된다. 무엇보다 여긴 나도 산책할 때 아니면 잘 안 오는 구역인걸. 뭔가 수상하다.

다시 보니 일린의 머리가 아까보다 유난히 찰랑거린다. 게다가 화장도 한 것 같은데.

어라, 잠깐. 이거 뭔가 수상한데?!

내가 인상을 쓰고 있으려니 어느새 싸움을 멈춘 발르와 시토가 다가온다.

"어, 리아네 시녀다!"

"진짜네."

"근데 왜 여기 있지?"

그치. 나도 그게 의아하단 말이지.

거기에 답지 않게 뭔가를 바리바리 싸 들고 있다. 저 바구니는 갑자기 어디서 튀어나온 거지? 도시락 폭탄인가? 들뜬 표정에 저 혼자 좋아하며 웃는 꼴을 보아하니 뭔가 기분이 야리꾸리하다.

분명 뭔가 있어, 저거.

"쉿, 모두 조용히!"

이건 따라가 봐야 해!

내 뒤에서 아우성치는 애새끼들은 놔두고, 나는 바로 일린의 뒤를 밟기 시작했다. 어디냐? 대체 나 몰래 무슨 일이 일어나는 거냐! 안 그래도 일린이 요새 멍한 게 많이 수상했는데, 드디어 그 이유를 알 수 있게 될 모양이었다. 그래, 내가 다 밝혀 주겠어!

두근두근. 콩닥콩닥. 쿵쾅쿵쾅.

일린이 향한 곳은 황궁 한쪽에 세워진 태의원이었다. 왕실의 모든 의무醫務, 의료에 관한 사무나 의사로서의 업무를 담당하는 관청인데, 아프지 않은 사람이나 의원이 될 생각이 없는 사람에게는 전혀 관계없는 곳이었다.

일린이 갑자기 의원이 되려고 그러는 건 아닐 테고, 대체 무슨 볼일이지? 내 의구심은 더욱더 깊어졌다.

너무 가까이 가면 들킬 게 뻔했으므로 나는 적당히 거리를 두며 태의원 안으로 들어갔다. 갑작스런 어린애들의 방문에 태의원의 태의들이 놀란 표정이었지만 나는 진지했다. 어차피 내 얼굴은 유명하니 금방 내가 누구인지 알아보겠지. 그러니까 니들 방해하지 마!

그때였다. 일린이 발걸음을 멈춘 것은.

"아, 안녕하세요."

……지금 내 눈앞에서 수줍은 인사를 건넨 저 여자는 누구지?

온몸에 소름이 올라오는 느낌이다.

으아아아! 나는 나도 모르게 소리 지를 뻔한 걸 겨우 참아 냈다. 뭐야, 저 여자는! 저 내숭을 떠는 여자는 대체 누구냐고! 지금 내 눈앞에 저 인간이 내가 알던 그 일린이 맞는 거야?!

뒤에서 애들이 호기심 어린 눈으로 쳐다본다. 나는 일단 조용히 하라는 몸짓을 하고 다시 고개를 돌렸다.

일린이 인사를 건넨 건 한 의원이었다. 옷차림으로 보건대 태의 는 아니고, 그 밑에서 일하는 수습 의원 정도로 보인다. 일린의 인 사에 그 의원이 환하게 웃었다.

"아, 솔레이 궁의 시녀님이시군요. 안녕하세요. 오늘은 또 어디 가 다쳐서 오신 건가요?"

아는 사이구나.

그런데 막상 날 놀라게 한 건 그다음이었다. 그 의원의 말에 일 린의 얼굴이 순식간에 새빨개진다. 저건 대체 누구야!

"아, 아니에요. 어디 다쳐서 온 게 아니라."

이게 뭐지? 이건 대체 뭐야?

일린이 수줍은 듯 미소 짓는다. 나는 소름이 돋았다. 으아아, 버 틸 수가 없다. 맨날 징징대고 울고 속사포 수다나 떠는 일린을 봐 서 그런지 저 천생 소녀인 듯한 일린은 도저히 눈을 뜨고 봐줄 수 가 없었다.

하, 내 눈이 좋지 못한 것을 본 것 같아.

이마를 짚으며 잠시나마 일용할 휴식을 얻어 보려 했는데, 그 순 간 일린이 주섬주섬 자신이 들고 온 바구니를 조심스럽게 그 의원 에게 내밀었다.

"저, 이거."

받아 들면서도 의원은 자기가 왜 이런 걸 받는지 모르는 표정이었다. 그런데도 일린은 좋다고 웃었다.

"하루 종일 일하느라 힘드실 텐데, 드세요."

응? 아니, 방금 뭐라고?

수줍게 선물을 전하고는 금세 다시 얼굴이 빨개지더니 일린이 갑자기 뭣도 없는데 서두른다.

"그, 그럼 전 이만 가 볼게요!"

내가 미처 상황 파악을 하기도 전에 일린은 후다닥 내 시야에서 사라졌다. 나는 입을 떡 벌렸다. 뒤에서 고개를 내밀던 꼬맹이들이 고개를 갸웃한다.

"뭐야?"

"뭐지?"

"뭘까?"

……뭐냐, 이 핑크빛은!

이쯤 되니 쌍둥이들도 알아차린 모양이다. 발르가 씩 웃는다.

"리아네 시녀가 저 아저씨 좋아하나 봐."

다른 아이들도 그렇게 생각한 모양이었다. 발르의 말에 산세도 시토도 고개를 끄덕여 수긍했다.

"못생겼는데."

"왜 좋아하는 거지?"

애들은 모르겠다며 고개를 갸웃했으나 나는 너무 당황해서 이 상황이 제대로 인식되지 않았다.

잠깐, 대체 뭐야? 지금 일린이 뭔 짓을 한 거지?!

다급히 다시 고개를 돌리니 다행히 그 남자는 그 자리 그대로 서 있었다. 자기가 받은 바구니를 보고 의아한 표정을 짓더니 이내 픽 웃는다. 기분 나빠 보이지는 않았다. 진한 회색 머리에 검은 눈이 꽤 서글서글한 인상을 가진 남자였는데, 옷차림도 그렇고, 일단 의원인 건 맞다. 태의원의 의원이라면 대귀족은 아니겠지만 그래도 제법 대접받는 귀족일 텐데, 저만하면 키도 큰 것 같고, 목소리도 괜찮았고, 무엇보다 꽤 준수하다.

우리 일린, 남자 보는 눈 좀 있구나.

아직 따져 볼 건 산더미처럼 많았지만 현재로서는 꽤 괜찮다. 일단 우리 애비나 아시시가 너무 인물이 뛰어나서 그런 거지 저 정도면 진짜 감지덕지라고.

"뭐, 저 정도면 외모는 준수하네."

"엑, 리아, 눈 괜찮아?"

"어디 아픈 거야?"

이것들이!

거침없는 쌍둥이들의 반응에 발르와 산세 둘 다에게 꿀밤을 먹여 주고 나는 다시 그 의원을 쳐다봤다. 매번 덜렁대다 겁나 다쳐서 태의원에 들락날락거리더니만 결국 의원한테 반하고 만 거구나.

놀라움이 어느 정도 가시고 나니 이제야 좀 진정이 된다.

그래도 일린이 남자를 좋아하다니.

아니, 그 나이면 충분히 그러고도 남을 나이이긴 한데……. 아무래도 너무 어릴 적부터 내 시녀여서 아직 얼떨떨하다고 해야 하나? 마치 소꿉친구의 결혼 소식을 접한 기분이었다. 하긴 일린이 날 돌봐 줬다는 느낌보다는 같이 자랐다는 기분이 더 강해서 더 그런 듯했다. 아, 괜히 기분 복잡하네.

"저 정도면 잘생겼잖아. 근데 검은 못 쓸 것 같다."

"태의니까 당연히 그렇겠지."

태의한테 뭘 바라니, 그레시토.

사람만 잘 고치면 되는 거지 검까지 잘 쓸 필요는 없다. 하지만!

"왜 그래, 리아?"

흐흐흐흐. 내 웃음소리에 산세가 멀리 떨어지며 인상을 찌푸린다. 나는 빙그레 웃으며 고개를 가로저었다.

"아무것도 아니야."

이거 꽤 흥미로운걸?

*　*　*

태의원에 다녀온 뒤 줄곧 내 관심사는 일린과 그 남자였다.

다행히 일린은 엊그제 내가 자기를 미행했다는 걸 모르는 듯했다. 어쩐지 태의원의 모든 의원들은 다 그 사실을 알고 있던데 말이지. 물론 내가 주의를 줬으니 비밀로 하겠지만 그래도 사람 일은 모르는 법이었다.

그래도 그렇지, 요새 유난히 멍하던 게 다 그 머슴아 때문이었단 말이지?

이유를 알고 보니 일린의 행동 하나하나가 다 이해가 간다. 어쩐지 요즘 내 간식에 관심이 많더라니. 다 그 남자 갖다 주려고 그랬구나?! 내 쇼콜라티에가 말하길, 일린이 요새 간식을 좀 더 많이 주문하더라고 했다. 그래서 내가 엄청 살찔 줄 알았는데 평소와 같아서 놀랐다고.

"무슨 일 있으십니까?"

대체 어떻게 할까 고민에 고민을 거듭하고 있는데, 갑자기 아시시가 묻는다. 나는 나도 모르게 식은땀을 흘렸다. 아무튼 눈치는 더럽게 빨라.

"응? 아무것도 없는데."

시치미 뚝 떼고 방긋 웃으니 아시시가 고개를 갸웃한다.

일린은 세르이라의 심부름을 하러 나갔다. 어딜 가는 거냐고 물으니까 세르이라가 태의원이라며 살짝 귀띔해 주었다. 역시 엄마는 이미 알고 있던 거였어.

안 그래도 이 연애사에 눈독 들이고 있는 건 나뿐만이 아니었다. 어제 내 담당 주치의인 태의 할아범을 불렀다. 그리고 요새 내 시녀가 좋아하는 청년이 있고, 그게 할아범네 의원이라고 하니 할아범이 두 팔을 걷어붙이고 밀어 주겠노라며 약속에 약속을 거듭하더라. 그러면서 은근슬쩍 지금 어떻게 돌아가는지 흥미를 보이길래 낚시질 좀 해 줬지, 에헴.

그래, 자고로 남의 연애사에 참견하는 재미가 꿀재미라니까! 나만 아니면 돼!

"아시시."

"예?"

우리 애비 때문에 잊고 있긴 했지만 생각해 보니 우리 아시시도 결혼할 나이는 훌쩍 넘은 노총각이었다. 근데 결혼은커녕 연애도 관심이 없어 보인단 말이지. 우리 아시시 정도면 최고의 신랑감인데 말이야. 물론 이건 나만의 생각이 아니다.

"아시시는 결혼 안 해?"

내 질문에 아시시가 고개를 끄덕인다.

"예, 안 합니다."

"어, 왜?"

단호박 같은 대답에 놀라 내가 이유를 물었으나 아시시는 바로 입을 다물어 버렸다. 어, 어? 왜 이러지? 게다가 표정도 어둡다. 곤란하거나 그런 수준이 아니었다. 내가 뭐 잘못했나? 이제 괜찮아졌다고 생각했는데, 이런 표정은 꽤 오랜만이었다.

"공주님, 기사님께서 곤란해 하시잖아요."

세르이라의 말에 한걸음 물러서긴 했지만 괜히 더 궁금해졌다. 왜 결혼을 안 한다는 거지? 우리 애비야 뭐 천상천하 유아독존이시니 그렇다 치지만. 아니, 나 같은 다 큰 딸내미도 있으니 일반적으로는 결혼하고 싶어 하는 여자가 없다고 치지만…….

그치만 아시시는 확실히 총각이고, 게다가 잘생겼고, 더더군다나 잘나가는 기사인데. 왜? 어째서?

"공주님."

칫, 아무튼 우리 엄마는 눈치도 빨라.

세르이라가 눈을 돌리고 나면 물어보려고 했는데, 안 되겠다. 이건 나중에 물어봐야지. 다시 찻잔에 손을 가져다 대니 문득 아시시를 처음 만났을 때가 떠올랐다.

겨울나무 밑에서 무릎 꿇고 앉아 있던 검은 기사.

그때까지만 해도 이 인간이 내 수호기사가 될 줄은 전혀 상상도 못했는데 말이지.

이렇게 되고 나니 도리어 의아하다. 그땐 왜 그렇게 울고 있었던 거지? 아시시가 좀 우울한 인간이라는 건 알고 있지만 왜 그렇게 우울한 건지는 한 번도 궁금해 본 적 없었다. 또 그땐 안 친했으니까.

으음, 한 번도 생각해 본 적 없는 문제와 마주해서 괜히 고민에 빠져 있다 문득 아시시와 눈이 마주쳤다.

녹금안의 눈동자.

언제나 보는 거지만 볼 때마다 그 기묘한 색이 아름답다고 생각한다. 게다가— 유난히 맑기도 하고.

"아시시, 손!"

아시시가 너무 빤히 쳐다보니까 괜히 장난기가 발동해서 손을 내밀었는데, 정말로 내 손 위에 가지런히 자기 손을 올려놓는다. 그 행동이 너무 자연스러워 나는 웃음을 터뜨렸다.

"달란다고 진짜 주네."

그제야 자기가 무슨 취급을 받은 건지 자각한 모양이었다. 아시시의 얼굴이 새빨개진다. 나는 웃겨서 죽을 거 같고.

"우쭈쭈, 우리 아시시, 손도 내밀 줄 알아요? 아이, 착해라."

머리라도 쓰다듬어 줄 요량으로 손을 뻗었으나 아시시가 새빨개진 얼굴로 바로 자기 손을 빼내는 바람에 하지 못했다.

에잉, 아쉬워라. 그래도 어쩜 이리 귀엽냐. 가끔씩 말이 안 통해서 답답한 것 빼곤 아시시는 진짜 최고의 수호기사였다.

아니, 충견. 그래, 딱이다, 딱.

그래도 이 반응은 좀 재밌는데. 나는 딱딱하게 굳은 표정인 아시시를 괜히 쿡쿡 찔렀다.

"아시시? 아시시? 삐졌어? 혹시 삐진 거야?"

"아닙니다."

아니긴, 딱 들어도 삐졌구만. 딱딱 끊어지는 어조가 무뚝뚝하기 그지없건만 아니라고 우긴다. 나는 배시시 웃었다.

"에이, 아니긴."

"아닙니다."

"정말 아니야?"

"네."

아하, 그렇단 말이지.

내가 빙그레 웃으니 아시시가 불안한 시선을 준다. 뭐, 그렇다면…….

"아시시, 발?"

"공주님!"

진짜 발을 줄지도 모른다고 생각했는데, 이번엔 너무 노골적이었던 모양이다. 아쉽다!

아시시 반응에 내가 좋다고 웃어 대니, 옆에서 세르이라가 못 말린다는 듯 고개를 가로저었다. 엄마, 왜 그래? 이게 얼마나 꿀재미인데. 진짜 너무 재미있어서 죽을지도 몰라.

아시시가 씩씩댄다. 나는 웃느라 숨이 넘어가는 줄 알았다.

"아시시, 나 아픈 것 같아!"

"예?"

"마음이."

"……."

어떡해, 웃느라 숨이 안 쉬어져!

기가 막힌다는 아시시의 표정이 진짜 압권이었다. 아, 죽겠네. 평소에도 놀리는 재미에 있긴 했지만 진짜 이건 웬만한 중독성 저리가라다. 이걸 대체 어쩌지?

"헤헷."

화났어? 화난 거야?

뭔가 불만 가득한 표정으로 아시시가 날 노려본다. 입을 꾹 다물고 쳐다보니 이제 좀 무서웠다. ……는 개뿔. 더 죽어라 웃어 댔다. 어떡해. 저 반응 하나하나가 깨알 같다.

"자꾸 이러실 겁니까."

"내가 뭘?"

"……."

내가 뭘 했는데?

아시시가 미미하게 인상을 찌푸린다. 나는 괜히 더 웃었다. 데헷. 아, 진짜 나지만 정말 요망하다.

아시시는 그냥 다 포기하고 한숨을 내쉬었다. 어, 이번엔 뭘 해 보지? 이번엔 또 무슨 방법을 쓸까? 어떻게든 아시시를 놀려 보겠다는 일념하에 주변을 살폈다.

때마침 좋은 게 내 눈에 들어온다.

"아시시, 이것 봐!"

내 말에 아시시가 이번엔 또 뭐냐는 표정으로 고개를 돌린다. 그러다가 표정이 딱 굳었다.

"공주님, 피!"

"아파서 죽을 거 같아!"

어느새 내 팔에 빨간 게 흐른다. 바로 달려와서 아시시가 내 팔을 살펴봤다.

"어쩌다가 이렇게 다치신……!"

"응. 딸기잼이야."

"……."

속았지?

딱 봐도 딸기잼인데 어떻게 이렇게 속는 건가 놀랍다. 내가 바로 낄낄대고 웃으니 아시시가 정말 심각하게 표정을 굳힌다. 어쩐지 화난 것처럼 보이기도 했다. 아시시의 이런 전투적인 표정은 처음인데 말이지. 순둥순둥한 놈이 살벌한 시선을 보내니 서서히 양심이 찔려 오는 게…….

어, 이번엔 내가 좀 심했나?

"공주님!"

순간 엄마가 화난 표정으로 내게 다가온다. 설마 세르이라도 본 건가. 그러더니 손수건을 가져와서 내가 팔에 발라 놓은 딸기잼을 몽땅 닦아 냈다.

"이런 걸로 장난치시면 안 되죠. 아까까지는 귀엽게 넘어갔지만 지금은 정말 너무하셨어요."

"어, 그게……."

"공주님께서 자꾸 이렇게 장난치면 나중에 정말 아플 때 기사님이 오겠어요, 안 오겠어요? 네?"

엄마가 화가 나서 꾸짖는다. 나는 그냥 말을 더듬었다. 어, 그게 말이지. 음, 그러니까…….

"대답해 보세요. 이렇게 장난치면 정말 아플 때 기사님이 와요, 안 와요?"

"지가 와야지 어쩌겠어."

내가 주인인데 안 오고 배길 거야. 내 대답에 세르이라가 잠시 당황한다.

"물론 오긴 오는데, 기사님이라면 오겠지만……. 그렇긴 한데!!"

그렇긴 한데, 뭐. 세르이라가 뒷말을 찾지 못하고 끙끙거린다.

그래, 아시시라면 기필코 오겠지.

세르이라가 미안하다는 표정으로 아시시를 돌아보았다. 옆에서 아시시는 이미 다 틀렸다는 표정이다. 그래, 원래 인생은 그런 거란다. 넌 자유의 몸이 아니야! 여태까지 그래 왔고, 앞으로도 계속!

"이, 이게 아닌데."

말이 꼬인 세르이라를 내버려 두고, 나는 그대로 아시시에게 달려갔다. 고사리 같은 작은 손으로 아시시의 다리를 안으니 곤란한 표정으로 내려다본다.

"아시시, 화났어? 미안해. 아잉, 화 풀어라. 응?"

"……."

"다신 안 그럴게. 응?"

그래, 이건 내가 잘못했어. 응?

내 애교에 아시시의 표정이 서서히 풀린다. 그러더니 아시시가 한숨을 내쉬었다. 설마 한숨을 내쉴 정도로 내 장난이 심각했던 거니, 그런 거니?

"믿겠습니다."

"그런 의미에서!"

아시시가 고개를 갸웃한다. 의아한 표정에 나는 빙그레 웃었다.

"태의 좀 불러 줘."

난데없는 요구에 아시시가 인상을 찌푸린다.

"어디 아프십니까?"

"응."

"……."

그래, 내 입이 잘못했네.

눈치를 보며 나는 바로 내 말을 정정했다.

"사실은 아니."

그제야 아시시가 굳은 표정을 푼다. 어휴, 이제 저 표정이 무서워서 놀리지도 못하겠네. 물론 그래도 놀릴 거지만. 이 재미를 포기할 순 없다!

"근데 왜……?"

이해가 되지 않는다는 듯 아시시가 고개를 갸웃한다. 음, 못 말해 줄 이유가 있는 건 아니었지만 지금쯤 주방에서 세르이라 심부름으로 희희낙락하고 있을 일린을 떠올리며, 나는 그저 비밀스런 미소만 지었다.

"뭐, 알아볼 게 있거든."

* * *

아시시에게 일을 맡긴 건 정말 현명한 선택 같았다. 어쩜 이렇게 내 명령을 잘 듣는지. 나는 정말 운이 좋은 공주였다. 이런 수호기사를 내 밑에 두다니. 물론 아까 심하게 놀린 건 잘못했지만.

지금 내 앞에는 엊그제 봤던 그 남자가 서 있었다. 이 인간이 일린이 사모해 마지않는 그이란 말이지? 왜 자기가 불려 온 건지 전혀 이해가 안 가는 표정으로 얼어 있는 게 조금 불쌍하긴 했지만 이미 너에게 선택권이라는 건 없다.

"안녕?"

마시던 찻잔을 조용히 내려놓고 내가 인사를 하니 그제야 그 의원이 반응을 한다. 어쩐지 뻣뻣하게 굳은 표정으로 그가 고개를 숙였다.

"부르셨다고 들었습니다."

그래, 불렀지. 나야, 나. 내가 불렀어.

사실 원래대로라면 태의원에서 나를 보려고 오는 태의는 내 앞의 이 남자가 아니라 항상 보는 나이 지긋한 할아버지여야 했다. 하지만 할아범과 나는 어제 모종의 협약을 체결했다 이거지! 지금 이 남자가 대신 와 있는 것도 다 할아범의 도움 덕이었다, 케케.

할아범의 말에 따르면 조금 더 경험을 쌓으면 언젠가 우리 애비도 진료할 수 있는 실력 있는 태의가 될 거라고 했다. 천하의 황제를 진료할 수 있는 태의라니. 이건 웬만한 칭찬이 아니다. 태의계의 신성. 의원계의 샛별이란 뜻. 한마디로 미래가 창창한 새 나라의 어른이란 소리다.

뭐, 이 정도면 우리 일린의 짝으로 손색없는 조건이지. 하지만 그걸로 내 심사를 모두 통과했다고 생각했다면 아직 백 년은 이르다!

"아, 그게!"

내 말에 긴장한 기색이 역력한 얼굴로 날 바라본다.

"내가 요즘 마음이 허하고, 어쩐지 미래가 암담하고, 가만히 있으면 눈물이 날 것 같아서 무슨 병에 걸렸나 싶어서 말이지."

"예?"

사실 이건 병이 아니지만 상관없었다. 사실이니까.

대체 이게 무슨 소리인고 싶은 것인지 인상을 찌푸린다. 가까이 봐서 그런가 검은 눈동자가 반짝이는 게 제법 예뻤다. 회색 머리도 매력 있구나. 근데 그렇게 대놓고 얼굴을 굳히면 내가 좀 그렇지 않겠니? 내 뾰로통한 시선을 바로 눈치챈 건지 의원 놈이 표정을 바꾼다.

오호라, 이것 봐라. 눈치도 제법 있다 이거지?

"일단 앉아서 이야기나 하자. 이름이 뭐야?"

의자를 권하니 세르이라가 손수 의자를 빼 준다. 감사하다는 말을 잊지 않으며 의원이 의자에 앉았다. 예의도 제법 아는 놈일세.

"하신이라고 합니다."

"음, 아그리젠트 이름이 아니네. 외국에서 온 거야?"

"어머니가 앤시프 분이십니다."

"아, 앤시프."

그거 옆 나라였던가. 아무튼 중앙 대륙에 있는 나라였다.

어머니 쪽이 외국계니 만약 결혼해도 일린이 외국 나갈 일은 없는 건가? 이 부분은 좀 더 알아봐야겠다고 생각하며 나는 빙그레 웃었다.

"여자 친구는 있어?"

"예?"

뭘 놀라고 그러시나. 다 아는 사람들끼리, 허허.

"아, 아니요. 없는데요."

"취미는 뭐야?"

옆에서 세르이라가 한숨을 내쉰다. 이미 엄마는 내가 무슨 짓을 하는지 말하지 않아도 알고 있었다. 그러니까 의원 이야기 나오자마자 일린한테 심부름을 몇 개 더 시켜서 쫓아 보낸 거겠지. 역시 우리 엄마야.

"등산 좋아해? 도박은? 아, 혹시 술버릇 같은 거 있어?"

또 뭘 물어봐야 좋으려나.

본격적인 호구조사에 앞서 일단 우리 일린을 맡겨도 되는 놈인가 살펴보고 있는데, 폭풍같이 쏟아지는 질문에 당황하던 하신이 갑자기 표정을 바꾸더니 침착하게 대꾸한다.

"술버릇은 없고, 도박이나 등산은 하지 않습니다. 취미는 정원 가꾸기입니다. 뭔가 또 물어보실 것이 있으신가요?"

어, 어, 제법이네.

"고, 공주님."

오히려 당황한 건 내 옆의 아시시였다. 대체 이게 무슨 짓거리냐는 표정으로 나를 잡는다.

괜찮아, 아시시. 이건 살면서 누구든 한 번쯤 하게 되는 거란 말이지. 그나저나 좀 더 당황해서 이 꼬맹이가 나한테 왜 이러는 거지 하고 혼란과 공포 속에 고뇌할 줄 알았는데, 금방 제정신을 차린 건 좀 의외였다. 그렇지. 네가 좀 한다 이거지?

"좋아하는 여자 스타일이 어때?"

역시 이 질문이 돌직구였던 모양이다.

세르이라, 아시시, 심지어 눈앞의 하신까지 모두 놀란 표정이다. 나는 회심의 미소를 지었다. 그럼 그렇지.

"역시 예쁜 여자가 좋겠지? 남자들이란 다 똑같으니까. 응?"

그래, 남자들이 반하는 여자는 1위가 예쁠 때, 2위가 아무것도 아닌데 얼굴이 예쁠 때라잖아. 결국 예쁘면 장땡인 거야. 이것만큼은 하신도 쉽게 대답할 수 없는지 버벅댄다. 나는 뭔지 모를 승리감을 느끼며 계속 물었다.

"말 많은 여자 좋아해? 귀여운 스타일은 어때? 만약 자식을 낳는다면 딸이 좋아, 아님 아들이 더 좋아?"

"딸이 좋습니다. 이왕이면 공주님 같은 딸이 더 좋겠네요."

곤란한 질문은 피해 가고, 이런 건 덥석 문다. 거기에 아부 아닌 아부까지 합해서 내 첫인상 점수는 썩 나쁘지 않았다.

"그건 좀 힘들걸. 내가 워낙 예쁘고 깜찍해야 말이지."

그런데 우리 일린, 조금 힘들겠는데. 대화를 좀 해 보니 이놈 절대 숙맥은 아니다. 대체 이런 능구렁이 같은 놈이 어디가 좋다고 반한 건지, 나 원 참.

생각 같아선 더 붙잡고 캐묻고 싶었지만 시간도 시간이고, 너무 오래 잡고 있으면 일린이 돌아올 테니 일단 보내 줬다. 돌아가면서도 하신은 아직도 자기가 왜 나한테 불려 온 건지 모르는 눈치다. 그래, 모르는 게 좋지. 앞으로도 되도록이면 모르게 하려는 게 내 계획의 일환이었다.

자, 그럼 다음엔 어떤 이유로 뭘 알아보러 불러 볼까?

내가 좀 더 컸으면 더 여러 가지 방법이 있었을 텐데 아직 꼬맹이라 유감이었다, 엉엉.

잠시 고민에 빠져 있는데 갑자기 아시시가 앞을 가로막는다.

"공주님."

"응?"

어쩐지 표정이 다른 때와는 다르다. 마치 무언가를 결심한 듯 비장한 얼굴이었다. 뭐야, 너 어디 전쟁 나가냐?

"저는 공주님이…… 무얼 하시건, 어떤 분을 좋아하시건……."

얘가 갑자기 왜 이러지? 띄엄띄엄 아시시가 시선을 피하며 말을 잇는다.

"항상 응원합니다. 하지만……."

"응? 뭐라고?"

너 방금 뭐라 그런 거야? 내가 지금 이상한 걸 들은 것 같거든?

그러나 내 반응에도 불구하고 아시시는 두 손을 꼭 잡으며 거의 울 것 같은 표정으로 외쳤다.

"하지만 벌써부터……. 이건 너무 이르지 않습니까!"

얘가 갑자기 무슨 헛소리야. 나는 진심으로 아시시가 걱정스러웠다.

"갑자기 무슨 소리야. 아시시, 어디 아파?"

"그분을 좋아하시는 것 아닙니까!"

뭘 좋아해?

"응? 누구?"

"그분 말입니다. 그 태의분."

"아, 하신?"

하신이 갑자기 왜 나와, 여기서.

이제 아시시는 거의 울기 일보 직전이었다. 조금만 더 건드리면 울 것 같다. 아시시가 우는 걸 한두 번 본 게 아니어서 이러는 게 새삼스럽지도 않지만 의아한 건 사실이었다.

왜 이래, 갑자기?

아, 설마!

"아시시……."

이건 정말 말이 안 되는 생각이지만 말이지.

"설마 내가 하신을 좋아해서 그런다고 생각한 거야?"

"아니십니까?"

아, 나, 진짜.

뜬금없는 오해에 나는 배를 잡고 굴렀다. 얘는 어떻게 놀릴 생각이 없어도 놀리고 싶게 만드냐고! 내 반응에 아시시가 망연자실한 표정을 짓는다. 어쩐지 당황한 듯했다.

"아, 사실 그게……."

그러니까 말이지. 아, 진짜 미치겠네.

"응, 나 하신이 좋아!"

"……!"

내 당찬 대답에 아시시가 어버버 입을 벌린 채 경악한다. 충격받은 표정에 나는 죽을 것 같았다. 이러니까 내가 자꾸 못된 년이되는 거잖아. 말을 못하는 아시시를 보니 진심 사람이 이렇게 생겨 먹어도 되는 건가 의심이 간다.

하, 안되겠어. 우리 아시시는 정말 내가 꼭 지켜 줘야겠다.

"좋은 친구인 것 같아."

"……네?"

내 반응에 얼빠진 표정으로 아시시가 고개를 갸웃한다.

이제야 이해를 한 건지 아시시 얼굴이 새빨개진다. 부끄러움에 몸부림치는 그를 보며 나는 또 웃었다. 진짜 미치겠다.

내가 웃겨서 죽으려 들자 아시시가 도망치려 한다. 앗, 이건 안 되지! 겨우 아시시를 붙잡고 나는 웃는 걸 멈췄다. 아, 웃다가 숨 막혀서 죽는 줄 알았어.

"이건 비밀인데. 아시시, 아무한테도 말하면 안 돼. 알았지?"

내 당부에 아시시가 진중한 표정으로 고개를 끄덕인다.

그래, 옳지.

나는 혹시 엿들을 사람이 있나 주변을 살펴보고 아시시의 팔을 잡아당겼다. 아시시가 몸을 숙인다.

"일린이 하신을 좋아해. 그래서 알아본 거야. 제대로 된 놈인지. 괜히 이상한 놈이면 빨리 떼 내야 하니까."

"그, 그런 거였습니까?"

"응!"

이제야 마음이 놓인 듯 아시시가 눈에 띄게 안심한다. 그 표정을 보고 나는 또 귀여워서 죽으라 했다. 어쩜 어른이 나보다 귀여울까. 이건 사기야.

"우리 아시시, 내가 시집간다고 할까 봐 무서웠구나?"

"네."

"어, 진짜?"

장난조로 물어본 건데, 아시시는 진심인 모양이다. 심각한 표정으로 고개를 끄덕인다.

"예, 걱정했습니다."

……너무 진지해서 무슨 장난을 못 치겠네.

그래도 오해는 풀려서 다행이었다.

"자, 그럼 이제 내가 이러는 이유도 알았으니 날 도와줄 거지?"

내가 손을 내밀자 아시시가 그 손을 받친다. 그리고 그대로 내 손등에 키스했다.

"기꺼이 그러겠습니다."

*   *   *

"그래서 만나 보니 어땠어?"

산세가 흥미진진한 듯 두 눈을 반짝인다. 나는 눈앞에 놓인 요거트 아이스크림을 한 숟가락 떠먹었다.

"꽤 괜찮았어. 무엇보다 이상한 아저씨는 아니더라."

"우와!"

지금 하고 있는 이야기는 하신에 대한 이야기였다. 별로 관심 없을 줄 알았는데, 꼬맹이들이 벌써부터 남의 연애사가 흥미로운지 적극적이다. 리아 시녀 어떻게 됐냐고 오자마자 묻길래 어제랑 엊그제 이야기를 쭉 해 주었는데, 특히 산세의 눈빛이 장난이 아니었다.

숟가락을 입에 물고 있으려니 발르가 들뜬 표정으로 난리를 친다. 무엇보다 쌍둥이들은 의외로 내 점수가 후한 편이라는 게 제일 놀라운 듯했다.

"리아가 괜찮았대!"

"진짜 괜찮은 남자인가 봐!"

······내가 평소에 대체 어떤 이미지였던 거지?

그 옆에 시토마저 고개를 끄덕끄덕하며 은근슬쩍 수긍한다. 이놈들이, 근데! 미미하게 인상을 찌푸려 보지만 애들은 신경도 쓰지 않았다. 젠장, 좀 신경 써 달라고, 이놈들아!

"그럼 삼촌님도 도와주기로 한 거야?"

발르가 아시시를 돌아보며 묻는다.

내 시선에 아시시가 움찔했지만 난 평온하게 넘어가 주었다. 내가 벌써부터 시집갈까 봐 울먹였던 이야기는 우리 애비에게도 비밀이었다. 평생 나 혼자만 알고 놀려 먹어야지!

"응, 아시시도 둘이 잘 어울린대."

"산세가 보기에도 잘 어울려!"

"발르가 보기에도!"

쌍둥이들이 너도 나도 손을 들며 외친다. 그 옆에서 시토도 조그맣게 고개를 끄덕였다.

"내가 보기에도, 흐흠."

귀엽기는.

생각 같아선 뺨이라도 꼬집고 싶은데 일단 참았다. 아, 나도 꼬맹인데 왜 이렇게 이 꼬맹이들이 사랑스러운 건지 모르겠네.

어느새 발르가 비장한 표정으로 외친다.

"좋아! 그럼 리아 시녀를 위해 우리가 힘쓰는 거야!"

"나는 찬성!"

"나도."

근데 대체 어쩌다 우리가 일린의 연애결사단이 된 거지.

그것도 본인은 모르는 연애결사단이었다. 아니, 나는 아직 하신이 우리 일린의 짝으로 합격이라고 말한 기억은 없는데 말이야. 그렇다고 벌써부터 이런저런 계획을 세우는 애들을 말리기도 미묘하다.

모르겠다. 나는 그냥 손을 떼고 마저 아이스크림을 먹어 치웠다, 냠냠.

"리아는 어떤 남자가 좋아?"

논의를 하다 말고 갑자기 산세가 묻는다. 갑자기 그런 게 왜 궁금한 거지? 의아했지만 괜히 옆에 있던 발르랑 시토마저 날 쳐다보고 있어서 그냥 넘어갈 수는 없었다. 이놈들은 죽어라 싸울 땐 언제고, 이젠 완전히 껌딱지처럼 붙어 다니네.

"잘생긴 남자?"

"……."

음, 가만있어 보자. 그냥 잘생긴 걸로는 부족하지.

"훈훈하고 잘생기고 돈 많고 집안 좋고 능력 좋고 나만 바라보고 나만 사랑하고 나만 아끼고 내 말이 최고라고 생각해 주는 그런 남자가 좋아."

"현실에 없는 남자를 찾는구나."

이 자식이!

물어볼 땐 언제고 금세 흥미를 잃고 다른 이야기로 넘어간다. 그래, 나도 알아! 이런 이상형을 찾아 헤매다간 딱 노처녀로 늙어 죽기 십상이란 걸. 하지만 그 정도의 이상형이 아니면 절대 시집가고 싶지 않았다. 내가 대체 왜! 이 자유를 놔두고!

물론 애비가 가라면 가야 했다.

현실은 시궁창.

"근데 시르비아는 왜 안 보여? 뭐 다른 일이라도 있어?"

"아, 우리 엄마 바빠."

발르가 하품하며 대꾸한다. 시르가 바빠? 페르넬도 아니고 시르가 바쁘다니 괜히 의아했다.

"왜?"

"곧 손님 오거든."

"손님?"

대체 무슨 손님이 오길래 제국의 백작 부인씩이나 하는 사람이 바쁜 거지? 별거 아니라는 듯 산세가 대꾸한다.

"곧 가족 모임이잖아. 전 제국에서는 물론 다른 나라에서도 올 텐데 바쁘다고 우리한테 엄청 소홀해."

"그리고 잔소리도 두 배지. 사고 치지 마라, 돌아다니지 마라, 얌전히 있어라, 공부 좀 해라, 칫."

발르가 입을 내민다. 산세는 뾰로통한 표정으로 불평했다.

"엄마 미워."

"나도."

아하, 그래서 오늘따라 이 쌍둥이들의 상태가 안 좋았던 거구나. 어쩐지 항상 비글처럼 주변부터 어지르고 시작하더니 오늘은 얌전히 의자에 앉아서 밥이랑 간식만 먹어 치우고 있다.

이유를 알고 보니 마냥 귀엽네. 그래, 엄마가 안 놀아 줬어요?

"어, 제로다."

"제로!"

정자에 있는데 누가 다급히 가길래 바라보니 아는 얼굴이다. 쌍둥이들이 바로 고개를 들고 제로를 찾는다. 우리 목소리에 제로가 뒤를 돌아봤다. 여기다, 여기.

"공주님 아니십니까?"

"응. 제로, 뭐해?"

내 미소에 제로가 웃는다. 아무튼 나는 돌부처도 웃게 만드는 마성의 공주! 그러고 보니 제로도 아직 총각이구나. 괜히 새삼스럽다. 그래, 너만 해도 일등 신랑감이지. 의외로 내 주위에 일등 신랑감이 많네?

"각하께 서류 전달하러 갑니다."

"그렇구나."

하긴 네가 하는 일이야 뻔하지. 평소와 같은 대답이었는데 갑자기 쌍둥이들이 얼굴을 내민다. 발르가 소리쳤다.

"아빠 보러 가는 거야?!"

"예."

당연한 거 아니냐, 제로가 페르델의 보좌관인데. 그것도 수석 보좌관이었다. 보통 이 수석 보좌관이라는 자리라는 게 1등 서기관을 거친 다음에나 수행할 수 있다는 걸 고려해 봤을 때 제로는 엄청난 엘리트라는 결론이 나온다. 게다가 아직 젊잖아? 아직 우리나라의 미래는 밝았다. 아, 괜히 내가 다 뿌듯하네.

제로의 대답에 얌전히 있던 산세가 손을 든다.

"나도 갈래! 아빠 보고 싶어!"

"나도! 나도!"

이것들이 조용히 있다가 갑자기 왜 이래.

"니들 그러지 마! 제로 곤란해지잖아!"

내가 말려 봤지만 쌍둥이들은 막무가내였다. 이것들이 처맞을라
고. 그러나 의외로 제로는 평온한 표정이었다.

"괜찮습니다."

"응?"

"같이 가시죠."

에에엑? 진짜? 설마 이거 장난치는 거겠지?

경악하는 날 두고 쌍둥이들이 환호한다. 그레시토는 싫다고 세
르이라한테 붙었지만 졸지에 나는 쌍둥이들에게 이끌려 질질 끌
려왔다.

이거 꿈이지? 꿈이라고 말해 줘.

그러나 내 몸은 이미 포더르 궁에 있었고, 도착해 버렸다. 포더
르 궁의 꽃이자, 이 제국의 모든 정치와 경제가 이루어진다는 재
상 관저에!!

진짜 왔다.

"어라, 우리 아들들!"

"아빠―!"

서기실을 지나 재상 집무실에 들어서니 처음 보는 페르델의 일
하는 모습이 눈에 들어온다. 얌전히 책상에 앉아서 업무를 보는
페르델은 난생처음이었다.

오, 의외로 정상적이구나. 하긴 저렇게 생겼어도 믿기진 않지만
페르델은 아그리젠트의 철혈재상이었다, 아마도.

제로가 들고 있던 서류를 책상 위에 올려놓는다. 애들 데려왔다
고 혼낼 줄 알았는데 페르델은 쌍둥이를 보자마자 환하게 웃으며
두 팔 벌려 환영했다.

"아들들아, 어서 아빠 품에 안기거라!"

"아빠!!"

"엉엉, 아들아, 이 아빠는 오늘도 힘내고 있단다! 돈 많이 벌고 있으니까 집에 가면 맛있는 거 먹자!"

"황궁에 더 맛있는 게 많은데!"

이놈들이.

하지만 사실은 사실입니다. 황궁 음식이 참 맛있지, 암.

끄덕끄덕 고개를 끄덕이고 있으려니 아들과 눈물의 상봉을 끝낸 페르델이 이제야 날 알아차렸다.

"어라, 공주님도 오셨네요. 아름다워라. 우리 공주님은 어쩜 이리 매일매일 귀엽고 사랑스러워지시는지."

"……너 눈 풀렸어. 무서워."

나 그냥 몰라줘도 되거든?

페르델이 나도 지 아들처럼 품에 안으려 한다.

됐어, 저리 가! 손을 뻗어 턱을 밀어내니 페르델이 울상을 지으며 훌쩍였다. 불쌍한 척해 봤자 안 통한다!

"아빠, 놀자!"

"우리 놀고 싶어!"

아무리 어린애들이라지만 이건 좀 너무한다고 생각했다. 야, 너네 아빠 일하는 거 안 보이냐. 쓸데없는 헛수고라며 쯧쯧 혀를 차는데, 훌쩍이던 눈물을 거두고 페르델이 환하게 웃는다.

"그래, 놀자!"

응? 지금 내가 무슨 소리를 들은 거지? 어이, 거기 재상님, 이래도 되는 거?! 황당함보다 놀라움이 더 앞선다. 이 인간 진짜 제정신인가. 아니, 그 전에.

"니들 나랑 놀겠다며?"

"리아도 그럼 같이 놀래?"

페르델의 품에 안긴 채 산세가 새침하게 묻는다. 그 꼬라지가 꼭 선심 쓴다는 듯한 뉘앙스라 순간 울컥했다.

"됐거든, 너네만 아빠 있냐! 나도 있다!"

그래, 나도 아빠 있다! 우리 아빠는 황제다!

발르가 손을 뻗는다. 그러나 그 손을 탁 쳐 내고 나는 그대로 재상 집무실을 나와 버렸다.

"가자, 아시시!"

"공주님!!!"

뒤에서 절규하는 페르델의 목소리가 들렸지만 지금 중요한 건 그게 아냐!

그래, 너네만 아빠 있냐. 나도 우리 아빠 있다, 뭐! 볼을 잔뜩 부풀린 채 쿵쾅쿵쾅 복도를 걸어가니 지나가던 시녀들이며 시종들이 다 나를 쳐다본다. 뭐! 왜!

우리 애비 집무실은 포더르가 아니라 솔레이에 있었다. 익숙한 길을 찾으니 금세 도착한다. 나는 도착하자마자 집사 장관이 내가 온 걸 알리기도 전에 집무실 문을 활짝 열고 안으로 들어섰다. 갑작스런 내 방문에 서류를 읽고 있던 카이텔이 고개를 든다.

"아빠야! 내가 왔다!"

내 목소리에 카이텔이 인상을 찌푸렸다.

"……뭐하자는 거지?"

"아빠, 놀아 줘."

조르르 달려가서 애비 품을 파고드니 카이텔은 노골적으로 의아하다는 표정을 지었다. 뒤에서 아시시가 웃겨 죽으려고 한다.

"웃지 마!"

아시시에게 소리쳐 보지만 그는 더 웃기만 할 뿐이었다. 저놈이! 그래, 오랜만에 건수라 이거지! 내가 씩씩대자 그제야 웃음을 멈춘다. 카이텔은 난데없는 이 상황이 아직도 이해가 안 가는 모양이었다.

"왜 이러는 거지?"

"공주님께서 지금 쌍둥이들 때문에 화나셔서 그렇습니다."

"화 같은 거 안 났거든!"

카이텔 무릎에 기댄 채로 내가 소리를 질러 봤지만 씨알도 먹히지 않았다. 아시시가 웃으며 내 머리를 쓰다듬는다. 카이텔은 그 모습을 보다가 손에 들고 있던 서류를 놓더니 내 허리를 잡아 제 품으로 안아 들었다.

"어쨌든 왔으니 이리 와라."

카이텔 팔에 등을 기댄 채 무릎에 앉아 있으려니 감회가 새롭다. 오오, 이거 나 어릴 적 생각나는데?

"이러고 되게 오랜만에 안겨 본다."

"그런가."

"이건 뭐야?"

내가 관심을 가진 건 카이텔이 내려놓았던 서류 쪼가리였다. 종이를 들어 보니 낯선 글자들이 어지럽게 늘어져 있다. 그러니까 이건 이렇게 읽는 거였던가?

"북프레치아에서 폭동의 조짐이 일어나는 중. 남프레치아의 수상이 비밀리에 토르레와의 연락을 취하고 있음. 율토스 왕조의 숨겨진 후계가 등장함. 누가 보호 중인지는 아직 파악 중. 전 수상 아니면 전 재상이 보호를 하고 있을 것으로 추정 중."

또박또박 하나하나씩 읽으니 카이텔이 기특하다는 듯 웃는다.

"이제 잘 읽을 수 있게 됐군."

그건 그렇다 치고 이거 이렇게 맘대로 읽어 재껴도 되는 문서냐, 애비야. 뭔가 다 읽고 나니 기분이 찝찝한 게 마치 읽으면 안 되는 문서를 읽은 기분이었다. 이런 내 느낌을 대변하듯 아시시가 신중한 목소리로 묻는다.

"프레치아 기밀문서군요."

……지금 내가 읽은 게 기밀문서라고? 진짜?

"방금 올라왔어. 전 황제가 남겨 둔 핏줄이 남아 있다는군."

이게? 믿기지 않아서 내 손에 들린 종이를 다시 쳐다보는데, 애비가 시니컬하게 웃는다.

"다 쓸어버린 줄 알았는데 말이지."

그리고 그 종이는 애비의 손을 거쳐서 아시시의 손으로 넘어갔다. 아시시가 내가 읽지 못한 아랫부분의 글들을 읽는다. 그 표정이 사뭇 심각했다. 나, 나도 보고 싶은데.

"율토스 왕조가 대를 이을 수 있다고 고위 귀족들이 들뜨는 바람에 다 까발려졌어. 자기들 중에 이쪽으로 붙은 배신자가 없다고 생각했던 모양이지? 어차피 누가 보호 중인지도 곧 밝혀지겠지. 하긴 대대로 내려오는 성물은 왕족밖에 쓸 수 없으니까 기쁠 만도 하겠지만."

성물? 이건 또 뭔 이야기다냐.

애비 말에 아시시가 서류에서 시선을 떼며 묻는다.

"황족은 모조리 처형이었던 걸로 기억합니다만……."

"사생아라더군. 시녀가 어미라지."

"사생아…… 인 겁니까."

어쩐지 아시시가 인상을 찌푸린 것 같았으나 확신할 수는 없었다. 기분 탓인가. 애비가 웃는다. 그건 늘 보던 조소보다 더 차가웠다.

"아무것도 모르고 자라다가 나라가 망하고 나니 추앙 받는 꼴이 가엾기도 하지. 어차피 살아 봤자 망국의 왕자인 것을."

그리고 괜히 내 머리칼을 쓰다듬었다. 내 머리카락이 네 장난감이냐. 아시시가 심오한 표정으로 다시 서류를 내려다본다. 읽는 건 아닌 듯했다. 그냥 쳐다보는 모양새였다.

"허나 아그리젠트가 프레치아를 삼킬 수는 없습니다."

"알아. 그러니 페르델이 그런 정책을 쓰는 것 아니겠나?"

아, 아파. 내 머리를 쓰다듬는 게 아니라 뽑는 거였냐! 내가 인상을 찌푸리니 카이텔이 웃으며 머리카락을 더 꼰다. 그 바람에 내 머리는 새집이 져서 더 흐트러졌다. 아오!

"문화가 다르다는 것은 종족이 다른 것과 마찬가지지."

근데 이 애비는 놀아 달라니까 죄 심각한 이야기뿐이야. 거기에 괜히 내 머리만 망치고 있고! 괜히 심술이 나서 나는 바로 애비의 무릎에서 내려왔다.

"나 갈래."

아시시는 아빠랑 놀든지 말든지. 문으로 걸어가려고 하니 카이텔이 내 머리카락을 낚아챈다.

아아! 야, 너 죽을래!

"멋대로 와 놓고 멋대로 가는 거냐."

"아빠도 맨날 그러잖아!"

"그래서?"

그래서는 무슨 그래서야! 내 머리나 놔! 머리를 붙잡고 끌어당겨 보지만 힘을 주고 있는 건지 꿈쩍도 안 한다. 아오, 초딩이냐!

"나는 되도 너는 안 되지."

"왜? 불공평해!"

내가 항의해 봤지만 우리 애비는 막무가내였다.

"왜냐면 난 황제니까."

"……."

아……. 그러세요?

그래요, 황제라서 좋으시겠네요.

그래도 노골적으로 어이없는 내 표정이 보이기는 하는 건지 카이텔이 뻔뻔한 표정으로 뻐기더니 이내 시선을 돌리며 헛기침을 한다. 나는 진심 이 순간 이 남자가 내 아빠라는 게 부끄러웠다. 아빠, 어디 가서 내 아빠라고 말하고 다니지 마. 알았지?

그 순간 아시시가 웃었다. 넌 대체 왜 웃는 거니?

"폐하께서 지금 심심하시다고 말씀하시는 겁니다."

아시시의 말에 나랑 카이텔이 동시에 경악했다.

"에?"

"누가?"

나는 바로 카이텔을 돌아봤다. 내 시선에 카이텔이 전면적으로 부정한다.

"아니다. 안 심심해."

근데 저기 아버님, 이렇게 나오니 놀리고 싶지 말입니다. 나는 빙그레 웃었다.

"아, 아빠, 심심한 거구나!"

"아니거든."

"아빠, 그럼 내가 놀아 줄까? 자, 말만 해. 뭐하고 놀아 줄까?"

"됐다. 가라."

"아니야, 내가 놀아 줄게. 자, 뭐하고 놀까요?"

다시 무릎에 올라가 앉으니 카이텔이 날 거부한다. 어허, 내가 놀아 준다고 하는데도 그러네. 뭐하고 놀아 줄까? 엉? 카이텔이 잘못 걸렸다는 표정으로 죽으려 하는 걸 낄낄거리며 지켜보는데, 순간 우리 모습을 보던 아시시가 뿌듯한 미소를 짓는다.

"사이좋으시네요."

쟤가 방금 뭐라 한 거냐.

나는 이번만큼은 정색을 했다. 나 웬만하면 정색 같은 거 안 하는 여자인데 말이지. 이건 진짜 아니야.

"아빠, 왠지 아시시가 이상해."

내 말에 카이텔도 진지하게 대꾸한다.

"동감이다."

*   *   *

이제 봄이 와서 그런지 날도 따뜻해져서 기분이 포근하다. 이상하게 요새는 정말 기분이 너무 좋았다. 원래 여자는 봄을 타서 봄이 되면 기분이 싱숭생숭해진다는데. 아, 난 여자가 아닌가 봐.

"공주님."

"응?"

세르이라가 내 찻잔에 차를 따르며 걱정스레 말한다.

"아무리 그래도 의원님도 일이 있는데 너무 붙잡아 두시는 것 같지 않으신가요?"

검지로 머리카락을 돌돌 말다가 나는 고개를 갸웃했다.

"아, 그런가? 내가 배려가 없었나?"

"아닙니다. 괜찮습니다. 황족의 건강을 챙기는 게 태의원太醫院의 본분이니까요."

"그래?"

맑게 우린 푸른 찻잎은 다름 아닌 녹차였다. 내 살레르노 영지에서 올라온 찻잎이었는데, 남부 지방이라 찻잎이 정말 향도 좋고 맛도 좋았다. 금광도 있고, 정령석도 나오는데, 곡물 수확량도 좋고, 게다가 포도나 찻잎 같은 특산물도 특등품이라니. 내 영지는 정말 젖과 꿀이 흐르는 땅이 맞는 모양이다. 아, 맛있어.

"그래서 말인데, 하신."

"예, 공주님."

"다이어트 약 같은 건 없어?"

"……예?"

내 뜬금없는 질문에 당황하긴 한 모양이다. 표정을 보아하니 없을 것 같은데, 그러면서도 미련의 끈을 놓지 못하겠는 게…….

"요즘 자꾸 살이 찌는 것 같아."

"그렇게 먹어 대는 데 당연히 찌겠죠."

"일린!"

쟤가 근데!

내 호령에 일린이 입술을 삐죽인다. 아무튼 저건 내 인생에 도움이 하나도 안 돼.

근데 그게 뭐가 귀엽다고 하신이 낮게 웃는다. 얼씨구, 저 봐라. 일린의 얼굴이 빨개진다. 누구는 너 연애 도와주려고 이렇게 틈만 나면 꿈에 그리는 그분을 불러 놓고 구경시켜 주는데 말이야. 넌 이렇게 나한테 비협조적이냐.

하신이 웃자 일린도 수줍게 웃는다. 그 꼬라지가 제법 눈꼴 시렸다. 아, 이 핑크빛이라니. 더러운 커플의 기운이 느껴진다.

"한번 알아보겠습니다."

"응! 꼭 알아봐 줘!"

빈 말이 아니라 꼭 알아봐야 해. 알았지? 내 진지한 표정에 하신이 다시 웃는다. 어, 농담 아니라 진심인데. 하신이 농담이라고 생각할까 봐 걱정했지만 곧 저녁시간이 다가와서 그를 보내 줘야 했다. 배웅으로는 당연히 일린을 붙여 주었다.

신이 나서 가는 걸 보니 괜히 배알이 꼬인다만 그래도 응원하는 입장이니 어쩔 수 없다. 하, 일린 저것이 잘해야 할 텐데 잘하고 있는지 잘 모르겠네.

"하신 너무 성격 좋은 것 같아. 그치?"

"성격이 좋아 보인다는 말에는 동의하지만……."

폴짝 의자에서 뛰어내리며 내가 물으니 아시시가 나를 잡아 주며 대꾸한다.

"좋은 남자인지는 잘 모르겠습니다."

"그런가."

하긴 성격 좋은 거랑 사람이 좋은 거랑은 좀 다른 문제지?

내가 납득하자 아시시가 웃는다. 그 미소에 나는 괜히 기분이 좋아졌다.

자, 이제 저녁 먹으러 가자. 왜인지는 모르겠지만 오늘 저녁은 다른 때보다 조금 일찍 시작된다고 한다. 듣기로는 무슨 일이 있다던데, 뭔 일인지는 자세히 몰랐다.

식당 안으로 들어서니 오늘도 우리 애비는 이미 먼저 와 있는 상태. 나는 해맑게 애비에게 달려갔다. 애비야, 내가 왔다!

"아빠!"

그러나 어째 돌아오는 반응이 심상치 않다. 어라, 나 뭐 잘못했나? 그런데 아무리 고민해 봐도 잘못했다고 할 만한 게 없다.

뭐지?

"아빠?"

"……."

"아빠, 삐졌어?"

대체 뭐 때문에 또 삐진 건데, 이 삐돌아.

의자에 올라앉아 가만히 애비를 쳐다보고 있으려니 카이텔이 움찔한다. 나는 그 뺨에 손을 뻗었다. 볼 한번 탱탱하네. 그 손을 쳐내며 카이텔이 폼을 잡는다. 뭐냐, 와라!

"우리 따님, 내가 요즘 이상한 소문을 들었는데 말이지?"

"응?"

뭔 소문? 아니, 그 전에 내가 소문날 게 있던가.

고개를 갸웃하니 카이텔이 사뭇 진지한 표정으로 운을 뗀다.

"어떤 이상한 놈을 쫓아다닌다고 들어서 말이지. 분명 헛소문이 겠지?"

"사실인데."

"······."

아, 그거. 난 또 뭐라고.

내 지체 없는 대답에 카이텔의 얼굴이 미묘하게 구겨진다. 뭔가 심하게 마음에 들지 않는 표정이었다. 뭐가 맘에 안 드는 거니, 삐돌아? 그래도 설마 무슨 일 있으려고.

그러나 내가 그 생각을 하자마자 카이텔이 명령했다.

"그놈이 누구인지 당장 알아 내서 잘라."

"예, 폐하."

"자, 잠깐만!"

이 자식이 약을 먹었나, 왜 이래?

당황해서 일단 애비의 팔을 붙잡긴 했는데, 여전히 카이텔의 반응은 좋지 못했다. 어, 음.

"그게, 그러니까 저기 아빠, 이러면 내가 좀 곤란하거든?"

"어느 부분에서 곤란하다는 거지?"

"내가 좋아하는 사람이거든."

"······."

돌아오는 반응이 싸늘하다. 마치 시베리아 벌판에서 귤이나 까고 있는 듯한.

나는 고개를 갸웃했다. 어? 말을 잘못했나?

애비의 표정에 별다른 변화는 없었는데 느낌이 이상하다. 뭐랄까, 지금 이 주변에 온도가 내려간 것 같은데. 뭔가 등골이 싸한 게 내 대답이 영 좋지 못한 곳을 스친 것만 같은 기분이 들었다. 그냥 내 기분 탓이겠지?

"그래?"

"응."

이거 점점 더 추워지는데.

카이텔이 웬일로 자상한 미소를 짓는다. 뭐지? 내가 대체 뭘 잘못한 거냐! 화내는 카이텔보다 온화한 척 웃는 카이텔이 더 무서웠다. 아니, 무섭기 이전에 소름 돋아. 대체 내가 뭘 잘못한 건지는 모르겠지만 다 잘못했단다. 응?

"그럼 한번 데려와라."

"어, 그래도 돼?"

"응. 죽여 주마."

이 자식이?

장난이겠지? 농담이겠지? 하지만 나의 설마 하는 눈빛에 카이텔의 표정은 사뭇 진지했다. 언뜻 살기마저 느껴지는 것이……. 진심이네요, 진심. 그래, 진심이네. 저건 진심이야.

아, 한심함을 이루 말할 수가 없다. 나는 어이가 없다 못해 놀라웠다.

"그러니까 남자로 좋아하는 게 아니라, 그냥 좋아한다고. 내가 아시시를 좋아하는 것처럼."

"죽이지 말고 유배 보내."

"내가 세르이라랑 일린을 좋아하는 것처럼! 그냥 호감이라고, 호감!"

진짜 왜 내가 이런 걸 설명하고 있어야 하는 거야! 아니, 여덟 살짜리 꼬맹이가 스물다섯 넘은 청년을 좋아한다는 말을 이렇게까지 진심으로 받아들여? 너 미쳤냐! 생각 같아선 다 때려치우라고 하고 싶다.

그러나 나는 관대했다……. 애비한테만.

"사실이냐?"

……그걸 또 확인하는 거니, 그런 거니. 거기에 난 또 장단을 맞춰 줘야 하는 거니, 그런 거니. 하지만 나는 하라면 하는 여자. 그런 감각 있는 여자!

"당연하지. 왜냐면 난 세상에서 아빠를 제일 좋아하거든!"

"전엔 아시시가 더 좋다며 웬일로 말이 바뀌셨나?"

그거 아직도 신경 쓰고 계셨나요, 아버지.

그게 언제 적 이야기인데, 이 쪼잔한 놈아. 욱해서 한마디 하려다가 일단 참았다. 그래도 좋다는 말 들어서 좋단다. 그래, 딸이 좋다니까 좋아요, 우쭈쭈.

아무튼 기분은 나아져서 다행인데, 또 이런 일이 생길지 모르니 못을 박아 놔야겠다.

"그리고 내가 하신을 쫓아다니는 건 다른 이유가 있다고!"

"뭔데?"

관심 없을 줄 알았는데 웬일로 이유를 묻는다. 나는 진지하게 대꾸했다.

"내 시녀가 하신을 좋아해."

"그래? 그럼 결혼시키면 되겠군."

아, 나, 말이 안 통해.

"아, 진짜!"

내가 짜증을 내자 카이텔이 왜 그러냐는 듯 쳐다본다. 난 이제껏 나한테 의사소통 장애가 있는 줄 알았는데, 알고 보니 애비가 의사소통 장애를 가지고 있었다. 그렇지 않고서야 이렇게 내 말을 못 알아들을 리가 없어! 난 이제 인간의 말을 쓰고 있는데 말이야!

"아빠 좀 가만있어! 내가 알아서 할 테니까! 알았지?"

내 당부에 카이텔이 인상을 찌푸린다.

"내가 왜 네 말을 들어야 하지?"

이 자식이! 내 말 좀 들어주면 어디가 덧나냐! 진짜 더럽게 틱틱 댄다. 그럼 어쩔 수 없지. 이런 방법까진 쓰고 싶지 않았다만 네가 협조하지 않으니까 어쩔 수 없다.

보아라, 나의 비장의 카드를!

"아빠가 내 말 안 들으면 나 또 하이 개그 할 거야!"

"……."

내 회심의 한 마디에 카이텔이 입을 다문다. 그러더니 갑자기 내 어깨에 손을 올려놓았다. 뭐지? 상황을 파악하기도 전에 애비가 웃더니 내 어깨를 토닥거린다. 토닥토닥.

"힘내라. 아빠 너만 믿는다."

이 새끼가!

*　　*　　*

오늘도 어떤 식으로 하신과 일린을 붙여 놔야 커플 탄생이 이뤄

지는 걸까 훈훈하다면 훈훈한 고민을 시작하려 했건만 세상이 나를 가만두지 않는다.

"사신 방문?"

듣도 보도 못한 일정인데, 이건.

공식 일정이라고 준비해야 한다며 웬일로 둘이 난리라 뭔가 싶었더니 정말 처음 듣는 소리였다. 근데 사신이 오는데 나까지 나가야 돼? 대놓고 인상을 찌푸리자 세르이라가 웃는 얼굴로 내 어깨를 잡는다.

"안두르스 사신의 친선 방문이에요. 그쪽 왕족이 직접 오는 거라 공주님께서도 나가셔야 해요."

"나가기 싫은데—."

진짜 나가기 싫었다. 하지만 나가기 싫다고 진짜 안 나가면 그건 막 나가자는 거지.

싫다면서도 결국 할 건 다하는 나를 알아서인지 내 말에도 두 인간은 걱정이 없었다. 오냐, 그래, 내가 좀 다루기 쉬운 여자이긴 하다만 너네 너무한 거 아니니, 엉엉.

그러나 앙탈도 잠시, 결국 한숨을 내쉬며 나는 현실을 인정했다. 내가 태어나 한 짓이라고는 먹고 자고 노는 것밖에 없었는데 이거라도 해야지 어쩌겠어. 그래도 조금 부담스럽다. 아직 사람 많은 데 나가는 거 무서운데. 무대 서는 가수 같은 건 아니었지만 그래도 이건 아무리 해도 절대 익숙해지지 않을 것 같았다.

"공주님께서도 이제 크셨잖아요! 이런 것도 서서히 익숙해지셔야죠!"

옆에서 일린이 괜히 훈수를 놓는다. 맞는 말이긴 한데.

야, 네가 해 볼래?

아무 말도 안 하고 인상만 썼는데도 갑자기 일린이 물러난다. 나는 그냥 옆에 있던 아시시나 붙잡았다. 엉엉, 아시시, 나는 그저 눈에 안 띄고 편하게 살고 싶은데 왜 이 세상은 나를 가만두지 않는 거지? 아시시는 알아? 세상이 나를 가만두지 않는 이유? 응? 내가 너무 예뻐서 그렇다고? 내가 그렇게 예뻐?!

……미안합니다. 뭔가 해선 안 되는 말을 한 것만 같네.

"그래, 뭐, 내 몸은 내 것이지만 내 것이 아니니 나가야지."

세상이 나를 원한다는데, 그 부름에 어찌 답하지 않으리오.

그래서인지 세르이라가 들고 온 내 옷은 평소보다 더 화려했다. 둥글게 파진 네크라인에 팔꿈치까지 오는 소매, 나풀나풀한 소매를 체인처럼 감싸는 비즈. 벨Bell 라인으로 된 치마는 종처럼 동그랗게 솟아 풍성하게 딱 무릎 아래까지 떨어졌다. 물론 치마에 큰 장식은 없었지만 섬세한 문양이 수놓아져서 더 이상의 장식은 필요 없을 정도로 화려했다. 물론 평소 입는 것도 나름대로 화려한 옷들이긴 하지만 이건 좀 너무 화려한데? 외국인 기 죽일 일이라도 있는 건가.

"어머, 저번 시즌에 주문하신 거네요."

"알아보는구나. 예쁘지?"

"공주님께 정말 잘 어울려요!"

일린의 칭찬에 세르이라가 어깨를 으쓱인다. 당연한 이야기지만 내가 입는 옷들은 전부 세르이라가 고르고 고른 옷들이었다. 그게 일상복이건 예복이건 뭐건. 그래서인지 세르이라의 취향이 듬뿍 들어가 있었는데, 이렇게 화려하고 반짝거리는 걸 볼 때마다 더 기분이 묘했다.

저기 세르이라, 네가 입는 옷들은 하나같이 수수함의 정점이잖아? 근데 난 왜 이렇지?

내가 떨떠름하건 말건 어느새 옷을 입혀 놓고 두 사람은 잘 어울린다며 좋아라 했다. 뭐, 예쁜 옷 입으면 기분 좋아지는 건 여자들의 특성이니 나도 당연히 기분 좋았다. 원래 머리색이 워낙 특이해서인지 이렇게 화려한 드레스는 오히려 잘 안 어울리는데, 이건 예쁘네. 역시 엄마가 고른 드레스!

"자, 머리는 이렇게 하고……. 일린, 티아라 좀 다오."

"네, 세르이라 님."

반 묶음으로 흘러내린 머리카락은 정리하고, 머리에 백금의 티아라를 올려놓으니 거울 속의 내 모습은 정말 영락없는 공주님이었다. 오오, 역시 나야. 제법 예쁜걸. 평소에도 예쁘다고 생각했지만 이렇게 해 놓으니 역시 내 미모는 어디 내놔도 손색이 없었다.

난 정말 축복받은 생물체야. 뭐, 이렇게 훈훈하게 생겼어.

"아시시, 나 예뻐?"

"예, 아름다우십니다."

"정말?"

"예."

"진짜 그렇게 생각해?"

"예."

확신의 확답까지 받아 내고, 나는 행복에 겨워 두 손으로 뺨을 감쌌다.

그럼, 그래야지. 나처럼 귀엽고 깜찍한 공주가 세상에 또 어디 있다고. 나는 귀엽고 사랑스러우니 이런 반응은 당연한 것이었다. 아, 대체 난 정말 왜 이렇게까지 예쁘게 생긴 거야!

"공주님, 좋으신가 봐요."

"응, 예뻐!"

내가 환하게 웃으며 좋아하자 두 여인네들도 좋다고 흐뭇한 미소를 짓는다.

그래, 이 맛에 꾸미는 거지. 전생엔 정말 빡세게 꾸며도 예쁘기 힘들었는데, 역시 미모가 받쳐 주니 보람차다. 조금만 꾸며도 빛이 나는구나.

내가 거울 앞에서 내 모습을 이리 보고 저리 보고 있으니 세르이라가 어깨를 짚는다.

"자자, 이제 폐하께도 보여 드리셔야죠?"

아니, 그건 좀. 안 보여 줘도 될 것 같지 말입니다.

그러나 내 의지는 오늘도 여전히 무시되었다. 엉엉, 더러운 세상. 이젠 인간의 말을 할 수 있는데! 많이 자랐는데! 그래도 내 의사는 항상 무시당한다. 내가 빨리 이 바닥을 뜨던지 해야지, 하.

"공주님!!"

카이텔은 먼저 갔다고 그래서 나 혼자 에스텔라 궁에 도착하니 나를 가장 처음 맞이하는 것은 바로 페르델이었다.

나의 광신도여, 왔느냐.

여느 때보다 더 큰 열렬한 환호가 나를 기다린다. 윽, 네가 반겨 주는 건 별로 안 기뻐. 그래도 인사해 주니 페르델이 좋단다. 하, 이 인간은 이미 글렀어.

"왔나?"

두 팔 벌려 받아 주는 페르델과 대조적이게 누구 애비인지는 모르겠지만 카이텔이 뻬딱하게 서 있었다. 하, 도대체 이 남자는 누구 애비라니. 그 딸이 불쌍하다, 진짜.

정말 그 딸이 누구인지는 모르겠지만 너무 불쌍해서 진심을 다해 동정하고 있는데, 카이텔의 시선이 어쩐지 내게서 떠나지 않았다. 웬일이래? 나 꾸민 건 관심도 없는 인간이.

"나 예쁘지?"

"눈은 괜찮은 건가?"

이 새끼가.

진심으로 한 대 칠 뻔했지만 나의 너그러운 마음으로 이번만은 넘어가 주기로 했다. 네가 그러고도 아빠냐! 물론 아빠가 맞긴 하지만 어떻게 나한테 이럴 수가 있지? 이렇게 저렇게 봐도 난 예뻐! 예쁘다고!

그래, 젠장, 나 눈 낮다. 어쩔래?

괜찮아, 엉엉. 내 눈에만 예쁘면 돼.

"자자, 들어갑시다."

페르델의 목소리에 카이텔 뒤를 따라 회랑 안으로 들어서자 보이는 건 조금은 낯선 광경이었다.

정복을 차려 입은 대신들과 깔끔하고 정숙한 전경. 양옆으로 펼쳐진 붉은 휘장엔 아그리젠트의 상징인 다이아몬드를 쥔 나무가 금실, 은실로 수놓아져 있고, 양옆으로 늘어선 기둥엔 눈의 정령들이 금으로 된 나팔을 불고 있는 모습이 새겨져 있었다. 겨울의 제국이건만 내부 장식엔 청량한 푸른색보단 짙은 붉은색이 더 많이 쓰였다. 그럼에도 웅장하고 조금은 엄중한 것이 이것이 아그리젠트라는 나라다, 라고 웅변하는 것만 같아 기분이 조금 묘했다.

"자, 공주님은 이쪽."

제일 상석엔 카이텔이, 그 아래 좌우로는 나와 페르델이, 그 밑엔 대신들이. 아시시는 내 수호기사라 내 뒤에 있었지만 마음 같아선 안겨 들고 싶었다. 어째 내가 알던 그곳이 아닌 것 같아. 그래도 나름 자주 와 봤는데 말이지.

"안두르스의 사신들이 들어옵니다."

괜히 긴장해서 옆에 있는 카이텔의 옷자락을 쥐었는데, 그걸 알아차린 건지 문득 카이텔이 내게 시선을 준다.

응? 왜, 애비야?

내가 고개를 갸웃하니 카이텔의 손이 내 머리를 한 번 쓰다듬었다. 뭐지?

그러는 와중에 안두르스의 사신들이 모두 들어왔다. 특이한 건 맨 앞에 서 있는 사람이었는데, 다름 아닌 여인이었다. 게다가 풍성한 금발에 화려한 외모를 자랑하는 미녀.

왕족이 왔다고 하더니, 공주가 온 건가?

그런데 어째 많이 봤던 얼굴 같은데. 언니, 우리 전에 만난 적 있나요?

씨도 안 먹힐 헌팅 대사를 날린 것 같지만 내 착각이 착각만은 아닌 건지 순간 마주친 시선에 공주가 웃는다.

뭐, 뭐지?

"오랜만에 뵙습니다, 폐하. 안두르스의 제1 공주 알스메르라고 합니다."

아는 이름은 아니다. 근데 진짜 어디서 본 것 같단 말이지.

내가 묘한 기분에 휩싸여 있을 때, 그녀의 시선이 날 바라보았다. 응? 나 본 거야? 조금 놀라서 뒤로 물러나니 정확히 나를 쳐다보며, 그 공주가 입을 연다.

"아그리젠트에선 티레니아라고도 불렸습니다."

티레니아.

기억에 남는 이름은 아니었다.

그러나 저 눈빛은 언젠가 본 적이 있다. 나는 선망하는 눈빛으로 카이텔을 올려다보는 이 공주를 마침내 기억해 냈다.

"폐하께선 여전하시군요. 정말 꼭 다시 뵙고 싶었습니다."

레일라랑 싸웠던 그 공주다!

그 이후로 어떻게 된 건지 한 번도 본 적이 없었는데, 고국으로 돌아갔던 모양이었다. 와, 이게 무슨 일이래? 그게 아니면 어떻게 사신으로 온 건지 설명이 안 되는데. 근데 공주들이 고국으로 돌아갈 수도 있는 거였어? 하지만 난 카이텔이 후궁의 공주들을 풀어 줬다는 그런 소식은 듣지 못한 것 같은데. 일단 아주 가끔씩 스치듯 얼굴을 보는 레일라가 아직 후궁에 짱 박혀 있다는 게 그 증거였다.

물론 난 후원을 선물 받고 나서 거기에서만 놀다 보니 더 이상의 공주들은 보지 못했지만 사실 그러라고 만들어 준 게 후원이니까 그러려니 했는데. 대체 이게 무슨 상황이지?

내가 당황하건 말건 카이텔은 겁나 침착했다. 물론 페르델도.

둘도 놀라지 않았을까 돌아봤다가 나는 괜히 실망했다. 뭐야, 나만 놀란 거야? 칫.

그나저나 저 언니는 참 꿋꿋하네. 아직도 카이텔이 좋을까? 잘

난 건 얼굴밖에 없는데, 뭐가 그리 좋은 거지? 하긴 남자는 미모면 충분하지. 암, 그렇고말고.

"오랜만이군. 그래서 무슨 볼일이지?"

……진짜 이러고도 황제 해먹을 수 있는 건가.

아니, 뭐 인간적으로 잘 왔다, 뭐 먼 곳에서 오느라 고생했구나— 이런 건 바라지도 않았다. 내가 아빠를 한두 번 보는 것도 아닌데. 하지만 애비야, 바로 무슨 용건이냐고 물어보는 건 좀 너무하지 않니?

내가 느낀 걸 나만 느낀 건 아니었는지 페르델이 해탈한 표정으로 허허 웃는다.

그래, 나는 정상이구나. 다행이야. 내가 이상한 게 아니었어.

"정말 여전하시군요."

혹여 안두르스 측에서 화낼지도 모른다고 생각했는데, 의외로 공주는 부드럽게 웃으며 넘어갔다. 그래, 빠순이 눈엔 마냥 오빠들이 예뻐 보이는 거지. 그 맘 어쩐지 알 것 같아서 슬프네.

"잘 오셨습니다. 아그리젠트에 오신 걸 환영합니다, 안두르스 여러분. 그럼 인사는 이쯤으로 하고, 쌓인 여독을 푸실 곳으로 안내해 드리겠습니다."

결국 페르델이 나선다. 나는 흠잡을 데 없는 페르델의 인사를 듣고 괜히 한숨을 내쉬었다. 우리 애비는 진짜 페르델 아니었으면 망했을 거야. 분명해. 확실하다고.

그러나 어쩐지 페르델의 말에도 티레니아 공주는 그 자리에서 꿈쩍도 하지 않았다. 답례의 말은커녕 그저 무심하게 내려다보는 카이텔만 응시한다. 그리고 그 사이에 흐르는 미묘한 기류에 우리는 왠지 모를 불편함을 느껴야만 했다.

"안두르스 왕의 요청으로 본국에 돌아간 그대가 웬일이지?"

"폐하께 드릴 말씀이 있어서입니다."

"할 말?"

카이텔이 인상을 찌푸린다. 무언가 마음에 들지 않는다는 표시인데, 이렇게 노골적으로 인상을 찌푸리면 늘 좋지 않은 일이 벌어지곤 했다. 누군가가 끌려 나간다던가, 끌려 나갔던가, 끌려 나가는 뭐 그런 일.

그러거나 말거나 티레니아 공주는 뒤를 돌아보며 누군가를 부른다. 역시 범상치 않다고 생각했지만 정말 대범하구나. 하긴 저런 남자를 좋아하려면 이 정도 담력은 있어야겠지.

가만히 앉아 고개를 끄덕이고 있으려니 티레니아가 손을 뻗어 아주 자그마한 아이를 제 앞으로 내보냈다.

"인사드립니다."

이제 네 살쯤 됐으려나? 아주 작은 남자아이였다.

신기해서 내려다보고 있는데, 문득 시선이 닿는다. 그 시선이 낯선 건지 아이는 자꾸 티레니아에게 달라붙어 떨어질 줄을 몰랐다. 그러나 드러난 모습 하나만으로도 이미 장내는 술렁이고 있었다.

그리고 보니 쟤 머리가 어째 붉네? 어디서 많이 본 색채인데.

"제가 낳은 당신의 아들, 제일란드입니다."

뭐?

                    *   *   *

"아들이라니, 아들이라니! 아그리젠트 정통 황손이라니!"

카이텔의 집무실.

재상 관저로 돌아가지 않은 페르델이 가만히 한 자리에 앉아 있지를 못하고 좌우로 빠르게 돌아다니며 다양한 포즈로 좌절한다. 얼빠진 얼굴이야 한두 번 보는 게 아니지만 오늘 페르델은 완전히 넋이 나간 표정이었다.

"이게 대체 무슨 일이지? 대정령이시여, 갑자기 이게 무슨 날벼락이란 말입니까!"

카이텔이 사고 칠 때마다 '어휴, 저 미친놈' 이러면서 쯧쯧 혀를 차기만 했던 페르델이 이렇게까지 반응하는 건 정말 난생처음이었다. 나도 충격이긴 했지만 그래도 페르델은 그러려니 할 줄 알았는데. 그만큼 이 사안이 충격적이라는 것이겠지. 단지 아시시만큼은 별다른 반응을 하지 않았는데, 그 이유가 좀 궁금했다. 설마 이미 알고 있었다던가…… 일 리가 없지.

그 언니, 전에 봤을 때도 평범하지는 않았지만 그 비범함을 이렇게 뽐낼 줄은 몰랐다. 설마 카이텔의 또 다른 자식이라니.

어? 잠깐, 그럼 그 애가 내 이복동생이 되는 건가?

……그건 좀, 많이 놀라운데.

"이런 일이 있었으면 진작 말해 줬어야지!"

어쩐지 떨떠름한 기분이 들어 인상을 찌푸리는데, 급기야 페르델이 애비 탓을 하고 나선다. 그러나 앞에서 개가 짖든 말든 카이텔은 턱을 괸 채로 미동도 하지 않았다. 무표정한 얼굴로 한 마디 말도 없이 앉아 있어서 그런지 페르델도 조금 난리 치다가 다시 제 머리나 짚는다.

"아, 나, 어쩐지 흔치 않은 귀환 요청이더라. 그 바람에 언니 대신 끌려온 안드루스의 둘째 공주랑 막내 공주는 대체 무슨 죄냐? 아이고, 머리야."

이젠 돌아다니는 것도 힘이 드는지 드디어 페르델이 소파에 앉았다. 아시시의 무릎에 걸터앉은 채로 나는 괜히 그를 돌아보았다. 잔뜩 심각한 두 사람 사이에서 아시시만이 평소와 똑같다.

"왜 그러십니까?"

아냐, 아무것도.

아시시는 별로 이 사태가 충격적이지 않은 모양이었다. 이 인간은 평소엔 간이 작은 놈이 이상한 데서 대범해. 괜히 카이텔이나 돌아봤으나 애비는 여전히 턱을 괸 채로 앉아서 묵묵부답. 거기에 무슨 심각한 고민이라도 하는 건지 눈동자가 좀 더 깊고 어둡게 가라앉아 있었다.

"그 아이 아무리 너그럽게 봐 줘도 최소 네다섯 살은 먹은 것 같던데. 귀국 시기랑 교묘히 일치하는 걸 보니 아이를 가지자마자 돌아간 거네. 어쩐지 향수병이 도져서 죽을 것 같다는 사유가 좀 이상하더라. 아, 게다가 안두르스에서도 적극적이었고. 아무리 본국과 연락을 못하는 게 후궁의 공주들이라지만 때마침 전쟁 때문에 안두르스 사신들도 왔었겠다, 하. 타이밍 한번 더러웠군."

페르델이 뭐 때문에 저리 골치 아파하는 건지는 모르겠다만 난 그냥 그 두 모자가 마냥 불쌍했다.

그 애기, 참 귀엽게 생겼던데. 분명 엄마를 닮았을 거야.

그럼, 엄마를 닮았어야 해. 엄마를 닮았겠지?

아빠를 닮았다면……. 그 아이는 그냥 망한 거였다. 하필 닮을 게 없어서 카이텔을 닮아. 만약 카이텔을 닮았다면……. 음, 어, 미래의 폭군이 될 새싹이냐고. 뭐야, 그거 무서워.

"전에도 이런 일이 있지 않았나? 왜 그렇게 과민 반응하는 거지?"

"야, 그땐 그때고! 그땐 그냥 다 잡아서 죽……."

카이텔의 태연한 반응에 페르델이 잔뜩 열을 내다가 갑자기 나를 돌아본다. 응? 왜? 갑자기 쏠린 시선에 고개를 갸웃하니 페르델이 웃었다. 좋단다, 또.

"그랬잖아. 아무튼."

내 시선에 헤벌쭉 웃다가 페르델이 말을 얼버무린다. 왜 말을 하다가 말지, 사람 찜찜하게.

두 손으로 컵을 쥐고 생과일주스를 마시다가 나는 괜히 인상을 찌푸렸다. 내 눈치 보는 건가? 게다가 어쩐지 페르델을 보는 애비의 시선이 조금 더 날카로워진 것 같다.

왜 그러지? 내가 뭐 잘못했나?

가만히 쩝쩝 입맛을 다시다가 나는 무심코 둘이 왜 그러는지 알아차렸다.

아, 하긴 아무리 그래도 애 앞에서 사람을 쥐 잡듯 죽였다는 이야기는 좀 그렇긴 하지. 나 이전의 카이텔 2세들이 어떻게 됐는지 나는 이미 알고 있었지만 두 사람은 모른다고 알고 있으니까. 문제는 내가 이미 그 사실을 알고 있다는 거였지만.

흐, 왜인지 갑자기 내가 불쌍해지지만 그냥 넘어가.

"공주님, 여기 있습니다."

"응, 고마워."

다 마신 컵을 받고 아시시가 바로 사탕을 건네준다.

오오, 분홍색!

입에 넣어 보니 딸기맛이다. 아, 역시 사탕은 딸기맛이지.

딸기 사탕을 먹으며 행복해 하는데, 아시시가 날 보며 웃는다.

그 모습을 진지하게 쳐다보던 페르델이 때마침 한마디 했다.

"아시시, 넌 좋겠다. 속 편해서."

아시시는 그게 무슨 소리냐는 듯 고개를 갸웃했으나 곧 페르델이 내쉰 한숨에 우리 둘은 그냥 입을 다물었다. 대체 사람이 어느 정도로 심각하면 저런 한숨이 나오는 걸까.

너, 이 자식 힘내라!

"전과는 상황이 달라, 카이텔. 너도 후계를 정해야 하는 나이이고, 그런 상황에서 나타난 외국 왕족의 핏줄이다."

"뭐가 다르다는 거지? 내 아들이건 아니건 상관없어. 나한테 아들은 필요 없다."

"그렇다고 전처럼 닥치는 대로 죽일 겁니까, 폐하?"

페르델의 말에 애비가 입을 다문다.

아까는 입조심하더니 이제 이것들이 막 나가네.

둘이 서로 마주 본 채로 대치한다. 카이텔은 여전히 살벌한 표정이었지만 반대로 페르델은 오히려 차갑게 식은 모양이었다. 아까 난리 치던 건 다 누구였는지 마냥 태연하다.

근데 갑자기 존댓말 쓰는 페르델이라니, 안 어울려. 맨날 맞먹는 모습만 보다 이런 건 또 오랜만이었다. 뭐, 그만큼 심각하다는 소리겠지만.

"예전이라면 괜찮았지만 지금은 아닙니다. 우린 아직 전쟁으로 얻은 영토도 다 안정되지 않았고, 무엇보다 프레치아를 삼킨 대가가 너무 큽니다. 즉, 닥치는 대로 전쟁을 치를 여력이 안 된단 말입니다. 거기에 안두르스랑 평화협정 맺은 건 잊기라도 하셨습니까?"

저러니까 조금 무섭다. 카이텔도 말은 하지 않았지만 나랑 비슷한 기분인 모양이었다. 인상을 쓰면서도 대꾸하진 않는다. 할 말이 없기도 하겠지만.

"그걸 아무 이유도 없이 쓸어버리면 상황이 복잡해집니다. 여차하면 북제국 쪽과 전면전으로 가야 할지도 모르니까요. 거기다 그 공주는 이제 볼모도 아닙니다. 그 아이는 아그리젠트의 황족이기도 하지만 안두르스의 왕족이기도 하니까. 아, 더럽게 꼬였네. 진짜, 아오."

네가 그럼 그렇지. 마지막 한마디만 아니었다면 '오오, 페르델, 오오, 재상님!' 이러며 감탄했겠다만 마지막 한 마디에 그 모든 이미지가 와르르 무너졌다. 아, 한때나마 네가 좀 멋있었다고 생각한 내가 바보.

한순간의 환상에 홀린 내 자신에게 좌절하는 것도 모르고 페르델이 머리를 쥐어뜯는다. 나도 같이 뜯고 싶었다.

"아, 몰라. 너 알아서 해. 난 이제 몰라."

페르델이 자리에서 일어난다. 화가 난 건지 포기한 건지 모를 표정이었는데, 그걸 지켜보는 우리 애비의 표정도 마냥 평온하지만은 않았다.

"나가."

"안 그래도 나갈 참이었거든!"

"꺼져."

아무튼 저것들은 꼭 하루에 한 번씩은 싸워야 직성이 풀리지.

모르겠다. 나도 그냥 내 방으로 돌아가려고 일어섰는데, 어쩐 일인지 애비가 붙잡는다. 저기 아시시는 페르델이랑 같이 나갔거든? 왜 아시시까지 나갔는지 의문이었지만 집무실에 아빠랑 나만 달랑 남겨지니 기분이 좀…….

나 뭐 잘못했나? 나도 모르는 새에?

"걱정하지 마라."

"응?"

혼날까 긴장하고 있는데, 갑자기 들린 목소리에 괜히 맥이 탁 풀린다. 뭐야? 얼떨떨해서 쳐다보는데 애비랑 시선이 맞닿았다. 나를 보는 카이텔의 시선이 제법 부드러웠다.

웬일로 이러는 거지?

의아함도 잠시, 짧은 한숨과 함께 내 머리에 애비의 손이 내려앉았다. 그리고 귓가에 앉는 나지막한 목소리.

"내 아이는 오로지 너 하나니까."

* * *

안두르스 사신들이 온 지도 벌써 일주일이 넘었다.

나는 한차례 파문이라도 일 거라 생각했는데, 예상한 것보다 귀족들의 반응은 미미했다. 아무래도 전례가 너무 많았던 터라 그런 모양이었다. 그래도 개중에는 벌써부터 인맥을 트려고 애쓰는 귀족들도 없지 않아 있었다.

다만 의아한 것은 카이텔의 반응이었는데, 무슨 생각인지는 모르겠지만 그 모자랑 식사도 같이하는 등 예상보다는 호의적인 모습을 보여 줬다. 덕분에 같이 식사하느라 죽을 것 같았던 나 힘내라. 뭐, 당장에 칼을 빼 들고 죽어라 할 것 같진 않았지만 그런 모습을 보니까 맥이 빠지는 건 어쩔 수 없는 게…….

칫, 언젠 지 자식은 나 하나뿐이라더니.

아무튼 그것 때문에 나만 죽어나고 있었다.

"잠시 자리를 비운 사이 재미있는 일이 터졌네."

어? 이 목소리는…….

"새로운 황족이라니. 이거 참 흥미진진한데?"

가만히 책을 읽다가 소파 뒤로 고개를 돌리니 혹시나가 역시나. 어느새 그 자리엔 없어야 할 놈이 고개를 들이밀고 있었다.

드란스테.

나는 바로 인상을 구겼다. 이놈은 또 어디서 굴러먹다 온 거야?

"어딜 갔다 이제 와?"

"왜? 보고 싶었어?"

뭐래. 내 싸늘한 시선이 보이지도 않는지 드란스테가 능글맞게 웃는다. 아오, 왜 이렇게 한 대 치고 싶은 사람이 많냐.

전엔 눌러살 것처럼 궁 내에 자기 거처도 정해 놓고 하더니 바람이라도 난 건지 요즘 들어 다시 뜸해졌다. 워낙 자주 바람과 함께 사라지는 분이시다 보니 이젠 관심도 없다만.

아무튼 이놈도 미스터리야. 얼굴 본 지 이제 칠 년이 넘어가는데 나는 이놈에 대해 이름 외엔 아는 게 없었다. 지내다 보면 다 알 수 있을 것 같았는데, 어째 알면 알수록 미궁으로 빠져드는 느낌이다. 그나마 알아낸 거라고 해도 그저 궁 내엔 카이텔의 스승이라 알려져 있고, 엄청 수상하다는 정도.

뭐, 꼭 알아내야 한다는 건 아니지만, 그래도 이 얼굴을 가만히 보고 있으면 심사가 뒤틀린다. 이놈은 나에 대해서 엄청 잘 알고 있는데 나는 이놈에 대해 아는 게 하나도 없으니까. 이건 뭔가 불공평해.

"너 저리 가. 너랑 안 놀 거야."

저 얼굴을 마주 대하고 있으니 속에서 열불이 나서 안 되겠다.

다시 보던 책으로 시선을 돌리니 드란스테가 내 옆으로 은근슬쩍 다가온다. 그나마 지금 아시시가 기사단에 가 있어서 다행이었다. 아니었으면 또 둘이 엄청 신경전을 벌였겠지.

하, 인생 따위.

"카이텔한텐 가 봤어?"

"아니."

"그럼 나한테 먼저 온 거야?"

"어, 좀 감동이지?"

그래, 그 마지막 질문만 없었으면 좀 감동할 뻔했다. 내 표정이 대답을 대신하고 있었는지 드란스테가 큰 소리로 웃는다.

좋니? 넌 참 별걸 다 좋아하는구나.

한심한 시선을 보내고 있으려니 민망함도 모르는 드란스테가 내

책을 건드린다.

"이제 글자도 읽을 줄 아는 건가? 많이 자랐는데?"

"한 대 맞고 싶은 거지?"

원하면 두 대도 때려 줄 용의가 있다. 내 단호한 표정에 고개를 가로저으며 물러난다.

"나한테만 매정해. 너무해."

"그래, 나 무 할게. 넌 배추 해."

"……."

그냥 한 말이었는데, 드란스테가 말이 없다. 나는 조용히 그를 외면했다. 무언가 알 수 없는 부끄러움이 몰려오는군.

"미안."

왜인지 죽을죄를 지은 기분이야. 하하, 사람은 죽이지도 않았는데 사람을 죽인 기분이네.

내 사과에 드란스테가 웃는다. 제법 상냥한 미소였지만 내 눈엔 그 미소가 욕하는 것보다 더 무서웠다.

"미안한 거 알았으면 됐어."

알긴 뭘 아냐.

미안한 마음도 잠시, 다시 볼을 부풀리며 노려보는데 녀석이 내 뺨을 건드렸다. 아, 진짜! 젖살 때문에 통통한 걸 알겠지만 이놈이건 저놈이건 내 뺨을 왜 이렇게 좋아하는 거람? 내 뺨에 내가 모르는 무슨 거부할 수 없는 마력이라도 숨겨져 있나?

"근데 오늘따라 왜 이렇게 기분이 나쁘실까?"

그건 네 얼굴을 보고 있으니까.

내 생각이 들린 건지 드란스테가 또 웃는다. 웃는 게 이렇게 꼴

보기 싫은 놈은 이놈이 최고일 거야. 그래도 페르델은 웃으면 가끔은 귀엽기라도 한데, 하.

"듣자 하니 요즘 우리 공주님의 기분이 통 나쁘시다던데?"

"누가 그래?"

"네 시녀들이."

끄응. 사실 틀린 말은 아니라 대꾸할 말이 없다.

나는 그냥 한숨을 내쉬었다.

"요새 궁 분위기 좀 이상해. 시녀들도 요새 나만 보면 수군대고."

물론 솔레이 궁 시녀들이 그러는 건 아니었다. 그랬다간 당장 우리 애비한테 목이 잘렸겠지. 문제는 가끔씩 마주치는 다른 궁의 시녀들인데. 내가 지나갈 때마다 수군수군, 소곤소곤, 수군덕수군덕. 신경을 끄려 해도 그게 너무 눈에 띄니까 이것도 은근히 스트레스였다.

내 말에 드란스테가 알 만하다는 듯 웃는다.

"그야 뭐 그 사내아이가 정식으로 황자가 되면 넌 정말 닭 쫓던 개가 되는 셈이니까."

"뭐?"

이건 갑자기 뭔 헛소리야?

내 표정에 드란스테가 그것도 이해 못하냐는 듯 고개를 내젓는다.

"같은 황족이잖아. 거기다 남자. 널 제치고 당장 황위 계승 일순위가 될지도 모르는 존재지."

아, 그런 건가. 막연히 동생이 생긴다고만 생각했는데 그런 게 있었구나. 하긴 내가 외동딸이라 부각되지 않았지만 확실히 황족에게는 황위 계승 서열이라는 게 존재했다.

"하지만 지금은 걱정하지 않아도 될 거야. 공주도 당장 뭘 어쩌려고 데려온 건 아닐걸? 다만 이걸 나중에 카이텔이 먼저 알게 되면 사람들에게 사실이 알려지기도 전에 죽임을 당할까 미리 까발린 거지."

"남의 속을 어찌 그리 잘 안대?"

"뻔하지."

"재수 없어."

드란스테가 웃는다. 그의 손가락이 내 머리에 닿았다.

"네 머릿속도 뻔해, 아가씨."

"하, 됐거든요?"

짜증. 이게 누굴 뻔한 인간으로 만들어.

내 노려보는 시선에도 연신 싱글벙글. 그래서인지 더 열 받는다. 아오, 이 자식, 아무튼 능글맞아 죽겠다니까.

나는 괜히 내 머리를 쓰다듬는 드란스테의 손을 쳐 냈다. 건드리지 마, 이 나쁜 놈아!

"그 아이한테 뺏길까 봐 걱정하는 거야?"

"뭘 뺏겨?"

"카이텔의 총애."

"아니거든."

뭘 먹고 오셨길래 그런 헛소리를 하세요.

"그런 거 불안했으면 이미 죽었지."

아니, 애초에 그런 걸 바라고 살았으면 이미 죽은 뒤였다. 가볍게 한숨을 내쉬자 드란스테의 표정이 살짝 바뀐다. 어쩐지 조금 진지해진 듯한 표정. 뭐, 한 대 치고 싶을 정도로 능글맞은 건 여전했다만.

"그럼 왜 그렇게 죽을상이야?"

"그냥."

"그냥?"

"그냥 느낌이 좀 이상해."

그래, 이상하다. 나는 가볍게 한숨을 내쉬었다.

안 그래도 요새 그 자주 가는 후원도 안 가고 내 방에만 처박혀서 책만 읽는다고 일린이랑 세르이라가 걱정이 많은데 그래도 어쩔 수 없는 게 전혀 나가고 싶은 기분이 들지 않았다. 뭐라고 해야 할까? 내 위치를 빼앗길 것 같다는 위기감도 아니고, 아버지의 애정을 빼앗길 것 같은 초조함도 아니고, 그냥 원인을 알 수 없는 그런 기분이었다.

뭐지? 이제 와서 봄 타는 건가.

"사실 간단히 말하면 동생이 생긴 거잖아? 근데 그런 느낌이 안 들어."

"그거야 그 동생이 널 죽일 테니까 그런 거겠지."

드란스테가 가볍게 대꾸한다. 나는 대번에 인상을 찌푸렸다. 이건 또 무슨 헛소리래.

"걔가 날 왜 죽여?"

"너한테 빼앗길 수도 있으니까."

"뭘?"

"이 나라를."

지금 내가 뭘 들은 거지?

"난 여자잖아?"

"그건 상관없어. 요는 얼마나 피를 이어받았는가— 니까."

피? 내가 고개를 갸웃하니 드란스테가 내 머리카락을 잡는다.

"어느 나라건 똑같지만 아그리젠트도 혈통을 우선시해. 그리고 그 기준은 은적발로부터 증명되는 정령의 혈통이다. 은색이 정령의 색이니, 네 쪽이 더 적통이야. 네 쪽이 우위라 이거지."

"그게 그거잖아."

"틀려. 정령의 피라는 건 그렇게 쉽게 유전되는 게 아니니까."

내 머리카락 끝에 키스를 하더니 드란스테가 내 이마에 대고 손가락을 튕긴다.

아, 겁나 아파!

"실제로 카이텔의 아버지인 이반 황제의 스물여덟 아이 중 단 셋만이 적은발이었거든."

"잠깐, 뭐? 스물여덟?"

미처 고통을 호소하기도 전에 귀에 들어온 사실에 충격과 공포를 느꼈다. 아프기 전에 놀랍다.

내가 지금 뭘 들은 거지? 스물여덟?

내가 들은 게 사실이냐는 듯 고개를 드니 드란스테가 즐거운 표정으로 대꾸했다.

"황자가 열여섯, 공주가 열둘이었으니까. 아, 카이텔이 14황자인 건 알아?"

14황자라니, 몰랐어! 그건 대체 무슨 숫자지?

나는 입을 딱 벌렸다.

"그, 그게 가능해?"

"음, 그 황제가 좀 많이 문란했지? 하루에 대여섯 명이랑 놀아나는 건 기본이었거든. 아예 대놓고 궁 안에 들어앉힌 총희들만 마흔이었으니."

"……우리 애비는 아주 건전한 거였구나."

그것도 매우 건전한 거였어.

나는 맨날 우리 애비가 문란하고 멍청하고 재수 없다고 생각했는데, 정말 건전한 것이었다. 뒤늦은 깨달음에 고개를 주억거리니 드란스테가 쳐웃는다.

저놈은 남 진지한데 왜 웃는 거야.

"어쨌든 넌 카이텔의 피를 그대로 물려받았어. 그것도 아주 진하게."

좋은 거라면 좋은 걸 텐데, 그게 마치 넌 나중에 미친년이 될 거야라고 예언하는 소리처럼 들려서 매우 기분이 껄쩍지근했다. 마치 대놓고 욕을 듣는 기분.

아, 안 돼! 아니야, 내 인성은 온화하다고. 절대 애비처럼 막나가는 사람이 되지는 않을 거야. 이 구역의 미친년이라니. 그런 거 되고 싶지 않다, 엉엉.

"근데 난 황제 같은 거 싫은데."

"황제는 네가 좋다냐."

아오, 아무튼 같은 말을 해도 사람 열 받게 하는 재주가 남다르다. 나는 대놓고 드란스테를 노려보았다. 확 물어뜯어 버릴까. 지구가 멸망할 기세로 달려들 생각이었는데, 생각보다 드란스테는 나를 너무 잘 파악하고 있었다.

"이거 먹을래? 북쪽에 갔는데 남았더라. 꽤 맛있는 거야."

"먹다 남긴 걸 주는 거냐, 내가 거지냐?"

"아닌데. 못 먹은 걸 주는 건데."

"일단 내놔 봐."

먹을 거라는 소리에 한층 누그러져 손을 뻗으니 드란스테가 웃는다.

받아 든 건 약간 쥐포처럼 생긴 마른 음식이었다.

육포? 그 비스무리한 거였는데, 질기긴 해도 쫀득쫀득한 게 어째 오징어 뒷다리 씹어 먹는 것 같았다. 맛있다.

"맛있지?"

그럴 줄 알았다는 듯 회심의 미소를 짓는 걸 보니 아니라고 하고 싶은 충동이 불쑥 들었지만……. 참자. 참는 자에게 복이 오나니.

"이거 뭐야?"

"북쪽에 사는 농민들이 바쁠 때 식사 대용으로 먹는 거야. 이름은 까먹었다."

"아항."

농민들의 소중한 식량이었군. 어쩐지 맛있다더니.

이걸 세르이라가 알면 기함을 하겠지만 고급 음식에 길들여진 내 입맛에도 맛있는 건 맛있는 거였다. 근데 질겨서 너무 많이 씹어야 되네. 이거 많이 먹으면 턱이 네모지겠다.

내가 너무 맛있게 먹고 있는 모양이다. 드란스테가 묻는다.

"다음에 또 구해 올까?"

"응!"

"단순하긴."

"죽을래."

아오, 이 새끼는 진짜 어떻게 작살 내야 내 마음이 평온해지는 걸까.

내 머리를 쓱쓱 쓰다듬다가 녀석이 또 웃는다.

재수 없어. 세상에서 웃는 게 재수 없는 건 너밖에 없을 거야. 한 대 잽을 먹이려고 손을 뻗었는데, 이것 따윈 가볍다는 듯 피해 버린다. 아오.

그렇게 실랑이 아닌 실랑이를 하고 있을 때, 때마침 아시시가 돌아왔다.

"공주님, 저 왔습니다만……."

"안녕?"

돌아온 아시시를 쳐다보며 나랑 놀다 말고 드란스테가 인사한다. 가벼운 인사였는데, 아시시의 표정이 눈에 띄게 굳었다.

무서워라.

이건 뭐 성인판 쌍둥이와 그레시토도 아니고, 둘 사이에 흐르는 기류가 제법 박진감 넘치면서도 애매모호하다. 웬만하면 인상을 구기지 않는 아시시가 얼굴을 찡그리다니. 물론 나에 대해 무례하다면서 싫어하는 거지만. 원래 둘 사이는 나쁘지 않았다는데, 이 광경을 보고 있노라면 전혀 믿기지 않았다.

"아무리 드란스테 님이라도 공주님 거처에 함부로 드나드는 건 좋지 않습니다."

"응. 알아."

"……."

알면 좀 실천하라고, 이 자식아.

하지만 실천할 생각이 없으므로 이런다는 걸 누구보다 더 잘 알고 있는 나였다. 아, 슬퍼. 그래도 일용할 양식은 맛있다, 냠냠.

"우리 수호기사님은 여전히 쌩쌩하네. 찬바람이 너무 불어서 춥다."

"네 말이 더 춥거든."

농담 아닌 농담으로 분위기를 풀어 보고자 하였으나 고지식하기론 둘째가라면 서러울 아시시는 여전히 굳은 표정이다. 이거 이러다 진짜 칼부림 나겠는데.

"드란스테 님."

"응?"

"나가십시오."

신기하다. 대체 아시시는 드란스테한테 왜 이리 딱딱하게 구는 거지? 물론 이유를 마냥 모르는 바는 아니지만 신기한 건 신기한 거였다.

아시시의 말에 드란스테가 웃는다. 그 표정이 무척이나 티꺼웠다.

"싫은데?"

아오, 나한테 하는 게 아님에도 정말 패 주고 싶다. 드란스테의 대꾸에 아시시가 화를 참는 건지 인상을 찌푸린다.

"폐하께 말씀드릴 겁니다."

"말해도 카이텔은 나한테 아무 말도 안 하던데."

"이번엔 다를 겁니다."

"응? 왜?"

약 올리려는 건지 한칼 맞으려는 건지 드란스테가 웃는다. 그러

면서 날 끌어들이는 게 어째……. 아시시, 내가 대신 이놈을 매우

쳐도 될까?

가만히 있으라는 듯 드란스테가 눈을 찡긋했다. 으윅, 진짜 머리

를 쥐어박고 싶다.

"폐하께 드란스테 님이 공주님께 이상한 걸 먹였다고 할 거니까

요."

"……!"

"……!"

아시시가 준비한 회심의 반격에 드란스테가 입을 다문다. 그건

자기가 생각해도 제법 곤란한 모양이었다. 그래도 달라고 한 건

나라 손에 쥐고 있던 쥐포를 숨기며 헤헤 웃는데, 드란스테가 갑

자기 사라졌다.

이 자식이!

            *   *   *

"공주님."

"응?"

"희사원에라도 가 보실래요?"

때늦은 일린의 권유에 턱을 짚다가 나는 고개를 갸웃했다.

"왜?"

내 대꾸에 일린이 짐짓 곤란하다는 미소만 짓는다.

아, 뭐, 그래.

사실 요즘 내가 필요 이상으로 방 안에 틀어박혀 있기는 했다. 밖에 나가면 마주치는 귀족들이나 시녀들이 수군거리고, 일련의 몇몇 놈팡이들은 벌써 내 시대는 끝났다며 입방아를 찧고 있는데, 내가 나가고 싶겠나. 심지어 후원조차 나가지 않아서 그게 요새 솔레이 궁의 최대 고민거리였다.

가만히 세르이라를 돌아보니 일린과 비슷한 표정을 짓고 있는 게……. 이거 엄마가 시켰구먼.

뭐, 어쩔 수 없지. 나는 자리에서 일어났다.

"그래, 가자. 오랜만에 바깥공기도 좀 쐬어 줘야지."

내 대꾸에 일린의 표정이 밝아진다. 눈에 띄게 좋아하는 걸 보니 괜히 또 나가기 싫어지네.

하지만 심술도 잠시 나는 그냥 밖으로 나섰다. 그러고 보니 희사원은 또 오랜만이구먼. 감회가 새로워서 나이 먹은 노친네처럼 허허 웃는데, 아시시가 이상한 눈으로 본다. 흠흠. 세르이라는 간식을 챙겨 온다며 빠졌다.

희사원에 도착하니 일린이 갑자기 주변을 두리번거렸다.

누구 또 오는 사람이라도 있는 건가? 일린의 행동이 매우 수상스럽다. 그러더니 일린의 표정이 갑자기 환해졌다.

"하신 님!"

"안녕하세요, 일린."

벌써 서로 이름을 부르는 사이가 된 것인가.

나는 부른 적도 없는데 마치 내가 불렀다는 양 자연스럽게 하신이 이쪽으로 온다. 일린은 벌써 양 뺨에 홍조가 가득이었다.

이거 엄마가 짰구나!

그나저나 나 모르는 사이에 많이 친해졌는지 두 사람이 꽤나 사이가 좋아 보인다. 이것들이 나 모르게 진도 빼고 있었네. 역시 더러운 커플! 도와주지 않아도 알아서 잘하고 있었다. 흥! 이제 안 도와줘!

"안녕?"

눈이 마주쳐서 새침하게 인사하니 하신이 웃는다. 왜 웃는 거니?

"공주님께서도 안녕하십니까."

"아니, 안녕 못해."

"공주님!"

아 씨, 넌 또 왜 소리를 지르고 난리야.

인상을 찌푸린 건 나였는데, 일린은 정작 하신한테 가서 쩔쩔매고 있었다. 어이, 거기, 네 주인은 나거든? 내가 관심을 호소해 봤지만 일린은 하신한테 가서 우리 공주님이 기분이 안 좋아서 그런 거라느니, 신경 쓰지 말라느니, 나는 모르는 둘만의 이야기를 하기 시작했다.

"그날 잘 들어가셨어요?"

"예. 제가 드린 선물은 마음에 드셨나요?"

"예? 예! 당연히!"

아오, 이것들이 진짜 치사해서!

여기 소외당한 불쌍한 이웃이 있건만 커플은 제 세상에 빠져 주변을 돌아보지 않는다. 그래, 자꾸 날 그렇게 왕따시킨다면 나도 다 생각이 있어!

"나 걸을래."

아시시의 팔을 잡아끌며 외치자 일린이 곤란한지 돌아본다. 인상 쓰면 뭐 어쩔 건데? 어차피 아시시가 있어서 일린은 따라올 생각도 없어 보였다. 그래, 둘이 놀아라. 흥!

평소라면 몇 번 으르렁거릴 텐데 그럴 기분도 나지 않았다. 아, 몰라. 인간사가 다 이렇지, 뭐.

내 텐션이 너무 눈에 띄게 낮아서 그런지 웬만하면 주변에 신경도 쓰지 않는 아시시까지 내 눈치를 본다. 자꾸 나를 흘긋대는 게 어떻게 해야 내 기분이 풀릴까 깊은 고민이라도 하는 모양이었다. 사람이 어쩜 저렇게 속이 훤하게 보이는 걸까. 이것도 고민이라면 고민이다.

"공주님."

"응?"

"아몬드가 죽으면 뭔 줄 아십니까?"

"다이아몬드."

"……."

그걸 지금 개그라고 친 거니.

설마 내가 모르고 있다고 생각한 건 아니겠지? 그 설마가 사실이었는지 내 대답에 아시시가 입을 다문다. 당황한 표정이었다.

아, 미치겠네.

왜 이런 표정에 기분이 풀리는 건지 모르겠다. 갑자기 내가 웃으니 아시시가 고개를 갸웃한다. 너 보고 웃은 거야, 너.

"제일란드!"

그때였다. 가느다란 목소리가 들린 건.

어디서 많이 들어 본 이름에 무심코 뒤를 돌아보니 내 눈에 요새 날 참 많이 심란하게 한 두 사람이 시야에 들어왔다.

"그렇게 뛰어다니면 어떡해!"

티레니아…… 였지?

나보다 좀 더 붉은 기가 도는 적은발을 가진 아이가 해맑게 제 어미에게 안긴다. 아이를 안은 엄마의 표정이라는 건 뭐랄까 조금 은 다정하고 조금은 울컥했다. 그 시선에서 따스한 호의가 너무나 노골적으로 드러나서 공주가 자신의 아들을 얼마나 사랑하는지 나는 대번에 알 수 있었다.

"엄마!"

엄마와 아들이라는 건 꽤 자주 보던 광경인데 사람이 달라졌다 고 이렇게 느끼는 감흥이 다를 수 있는 건가? 자주 시르비아와 쌍 둥이를 봐 왔음에도 좀 달랐다.

어미가 있는 아이라는 건, 뭐랄까. 조금은 부러웠다.

그래, 부럽다.

"공주님?"

이곳의 엄마도 살아 있으면 저랬을까. 날 저렇게 안고 날 저런 눈으로 봤을까? 생각해 본 적도 없는 깨달음이 잔잔하게 내 안에 서 퍼진다.

아, 그렇구나.

어미의 사랑을 받아 본 적 없는 젖먹이 아이도 아니건만 그래도 저 아이가 부럽다면 조금은 부럽다. 시르비아를 봤을 때부터 어렴 풋이 느껴지던 잔상이 저 모자를 보니 더 확실하게 내게 와 닿았 다.

엄마…….

물론 지금이 불만이라는 건 아니지만, 세르이라가 내 엄마 역할을 충분히 대신해 주고 있다고 생각하지만 그럼에도 언제나 사람은 자기가 없는 걸 원하게 되는 모양이다. 없는 엄마가 이렇게까지 보고 싶은 걸 보니.

아니면 저 세상의 엄마를, 어머니의 사랑을 알고 있기 때문인가. 한 번도 본 적 없는 이곳의 엄마와 전 세상의 엄마가 겹쳐진다.

괜히 헛웃음이 나왔다. 엄마의 사랑을 받아 본 적 없는 것도 아니고. 나도 참 글러먹었다, 정말.

"공주님."

아시시가 부른다. 나는 내 마음의 파문을 고요히 정리하고 고개를 돌렸다.

"아빠 보러 가자."

뜬금없는 내 말에 아시시가 되묻지도 못한다. 그 인상 쓴 미간을 검지로 꾹 눌러 주고 싶었는데 키가 작아서 못했다. 아오, 꿩 대신 닭이라고 아시시의 다리를 잡고 빙그레 웃는다.

"요새 아빠를 잘 못 본 것 같아."

그래도 나름 사이좋은 부녀라서 밥 먹고 자는 시간 외에도 가끔 마주치고 그랬는데, 요즘은 통 비위 맞춰 줄 기분이 아니라 의도적으로 피해 다녔었다. 무언가가 껄끄러워서.

그런 나를 잘 알고 있던지라 아시시가 놀라워한다.

"괜찮으십니까?"

무얼 묻는 걸까? 내 기분? 내 마음? 잘 모르겠다.

하지만 중요한 건…….

원해도 가질 수 없는 걸 원해 봤자 더 공허해지는 건 나라는 것. 굳이 없는 엄마를 원하지 않아도 엄마 못지않은 사랑을 주는 사람이 있다. 날 아껴 주고 보살펴 주는 사람도 있다.

이런 애도 아니고 어른도 아닌 인간이라도 그래도 사랑해 주는 사람이 있다는 거다. 뭐, 그럼 됐지. 뭘 더 바라.

"아시시는 나중에 좋은 아빠가 될 거야."

내 말에 아시시가 고개를 갸웃한다.

"그렇습니까?"

"응."

진심으로 대꾸한 건데, 아시시의 표정이 미묘하게 변했다. 그러더니 내 몸을 안아 들며 웃는다. 어딘가 텅 비어 보이는 그런 미소였다.

"안타깝네요."

"왜?"

"제가 아빠가 될 일은 없을 테니까요."

응? 그건 무슨 소리냐는 듯 쳐다보는 내 시선에 아시시가 다시 웃는다. 그러더니 외면하듯 말했다.

"그럼 돌아가죠."

*   *   *

도대체 내 주변 인간들은 뭐가 그렇게 복잡한 걸까.

우리 카이텔도 그렇고 페르델도 그렇고 아시시도 그렇고. 아, 페르델은 아니던가? 아무튼 나는 이렇게 단순하건만 내 주변 사람들은 하나같이 의문투성이었다. 다들 뭐 그리 숨겨 둔 뒷사정이 많은 거야. 여자는 비밀을 가질 때 아름답다고 하지만 남자는 뭔데!

모르는 척도 한두 번이지 마냥 입 다물기도 그렇고, 그렇다고 파고들기도 애매해서 더 죽겠다. 알고 싶긴 한데 알려 주는 사람은 없잖아! 나도 인간이라 궁금하다고!

아시시랑 같이 아빠 집무실로 가는 길.

어쩐지 아까부터 영 기분이 찝찝한 게……. 아까는 아시시가 내 눈치를 봤건만 이젠 도리어 내가 아시시의 눈치를 보고 있었다.

아, 몰라, 때려치워.

"아빠 안에 있지?"

터덜터덜 걸어서 집무실에 도착하니 시종이 공손히 날 맞이한다.

빨리 얼굴이나 보고 방에 돌아가서 책이나 봐야지.

원래는 시종이 문을 열어 줄 때까지 기다려야 하는데, 하도 그래 왔던지라 아무 생각 없이 문을 열었다. 그리고 나는 문을 열자마자 들려온 목소리에 괜히 놀랐다.

"그게 대체 무슨 소리야?"

어? 누가 있나?

"그러니까 네 아들이 아니라고?"

조용히 문을 닫고 돌아가려고 했지만 순간 들린 말에 나도 모르게 멈칫했다. 이건 페르델 목소리인데? 둘이 무슨 얘기를 하고 있는 거람.

"이 자식이 뭐래? 그럼 그 머리는 뭐로 설명할래? 넌 뭐 적은발이 길거리에 차이는 돌멩이처럼 흔한 줄 아냐? 네 마음은 이해하지만 남자가 되어서 그럼 안 된다, 너. 네 딸이 두 눈 시퍼렇게 뜨고 살아 있는데."

우리 애비가 또 헛소리를 한 모양이었다.

애비야, 아무리 그래도 네 아들을 그렇게 부정하면 안 된단다. 아무리 봐도 네 아들이던데. 그나저나 이건 어딜 가나 들리는구면. 그만큼 중요한 문제라는 건 알겠는데, 그래도 너무 이 얘기만 하니까 노이로제에 걸릴 것 같았다.

"그래도 내 아들은 아니야."

낮은 목소리가 단호하게 부정한다.

"아무리 구석으로 내몰렸대도 거짓은 거짓이잖아. 안 그래?"

특유의 비웃음이 이렇게까지 재수 없어 보이다니. 나는 애비의 딸이 아닌 모양이었다. 저놈이 뭐 저렇지. 나는 애비가 지금 말도 안 되는 헛소리를 하고 있다고 생각했는데, 페르델은 달랐다.

"진짜?"

진짜는 뭔 놈의 진짜. 더 들을 것도 없네.

그냥 방문 닫고 얌전히 돌아가려고 했는데, 순간 문이 끼익 소리를 냈다.

헐. 아주 조금밖에 안 닫았는데.

너무 크게 울리니까 도리어 내가 놀랐다. 무슨 황궁에 있는 문이 닫는 소리가 이렇게 커! 기름도 안 치나!

당황해서 어찌할 바를 모르고 가만히 서 있는데, 어째 뒤통수가 따갑다. 내게 쏠린 두 남자의 열렬한 시선이 날 참 수줍게 만들었다.

"어……. 음, 말씀들 나누세요."

"리아."

깜짝이야! 괜히 움찔했다, 아오.

저건 왜 평소에 안 부르던 내 이름을 저렇게 부르고 난리람. 불안한 눈동자로 애비를 쳐다보는데, 카이텔이 손을 뻗는다.

"이리 와."

가라면 가 주는 것이 인지상정!

하지만 나는 지금 몰래 엿듣다가 들킨 터라 의아했다. 내가 거기 가도 되는 거니? 둘이 심각한 이야기 중인 거 아니었어?

"그래도 돼?"

"어차피 말해야 할 테니."

오라니 갑니다, 아버님.

으챠. 당장 달려가서 애비 품에 안긴다. 카이텔은 날 안아 들더니 그대로 내 눈에 시선을 맞췄다.

"들었나?"

거짓말해야 하는 걸까. 진지하게 고민해 봤지만 아무것도 모른다고 구라 쳤다가 걸리면 저번 같은 사달이 날 것 같아서 나는 솔직해지기로 결심했다.

그래, 나의 솔직함을 보아라!

"조, 조금?"

"어디까지 들은 거지?"

"아빠 아들 아니라고 우기는 거까지."

정말 들은 거 없지? 애써 배시시 웃어 보지만 앞에 앉은 페르델에게 자비란 없었다.

"다 들으셨네."

저 나쁜 놈. 그래, 다 들었다. 어쩔래!

내 반응에 카이텔이 한숨을 쉰다. 나는 괜히 애비를 빼꼼히 올려다보았다.

"진짜 아니야?"

애비야, 아무리 그래도 거짓말은 안 돼요. 아이가 보고 있어요.

내 말에 인상이라도 쓸 줄 알았건만 의외로 애비의 반응은 평화로웠다. 이놈이 왜 이러지? 약 먹었나? 도리어 싱긋 웃으며 내 뺨을 툭 건드린다.

"하루 종일 붙어 있었건만 대체 뭐가 의심스러운 거지. 우리 따님마저 날 믿지 못하는 건가?"

아니. 뭐, 그런 건 아니고.

그래도 혹시나 해서 물어봤지. 세상에는 혹시라는 것과 설마라는 게 존재하잖아?

내 심오한 표정에 카이텔이 웃는다. 그러더니 내 머리를 쓰다듬었다. 그 모습을 부러운 듯 바라보던 페르델이 인상을 썼다.

"근데 왜 처음부터 아니라고 말 안 했냐?"

"그때는 확신할 수 없었으니까."

"그럼 지금은 확신한 거야?"

페르델의 질문에 애비가 나를 본다.

왜 보냐. 내 얼굴에 뭐라도 묻었냐, 애비야.

그러나 내 얼굴에 뭐가 묻은 건 아닌 모양이었다. 날 보며 피식 웃더니 우리 애비가 또 내 뺨을 건드린다. 아니, 이놈은 내 얼굴이 무슨 개그도 아니고, 나만 보면 웃어. 내 얼굴이 웃기냐.

"나도 한땐 이 여자 저 여자 많이도 뒹굴었지만 우리 따님이 태어난 이후로는 그런 적 없거든. 그렇지, 우리 따님?"

그걸 왜 나한테 물어, 이 자식아.

자꾸 내 뺨을 건드리는 이 손가락을 확 물고 싶다. 하지만 그러면 내 미래가 사라지겠지. 결국 그냥 손가락을 노려보는 걸로 끝냈다. 아, 근데 왜 자꾸 볼을 건드려. 진짜 우리 애비는 나에 대한 배려는 눈곱만큼도 없는 인간이었다. 이 눈곱아.

"어? 가만 생각해 보면 그렇네. 이차르타 다녀온 뒤로 후궁엔 단 한 번도 가지 않았으니까."

"눈앞에 심심함을 달래 줄 사람이 있는데 굳이 머리 아픈 여자들을 상대할 필요가 있나?"

……그 말은 내가 네 심심풀이 땅콩이란 말인가요, 이 쌍쌍바야. 이걸 한 대 쳐, 마라?

진지하게 고려하는 중인데, 애비가 날 보더니 또 웃는다.

"우리 따님이 워낙 매력적이어야 말이지."

어, 그래, 이 몸이 한매력 하신다.

이젠 그냥 해탈하련다. 그래, 사람은 마음을 비우고 세상을 맑은 마음으로 봐라 봐야 해. 그래, 맑은 마음. 맑은……. 맑긴 개뿔! 아오, 짜증!

"그러고 보니 상당히 수상하네. 이거 제대로 파야 하나?"

페르델이 고개를 갸웃한다. 애비는 동요 없이 대꾸했다.

"일단은 조용히 있어. 아직 뭘 원하는지 모르겠으니."

"황후 노리는 거 아니었어?"

"넌 그 여자가 그렇게 멍청하다고 생각하나?"

"아니었나?"

저 자식 웃는 것 좀 보게. 난 이제껏 우리 애비가 제일 재수 없게 웃는다고 생각했는데 페르델도 그 못지않았다. 아니, 최고는 역시 드란스테지. 드란스테는 웃으면 내 안에서 무언가 나도 모르는 내가 깨어나는 기분이니까.

"멍청한 건 사실이지만."

애비가 웃는다.

"제법 영악하더군."

저기 말이지, 애비야? 멍청한 거랑 영악한 거랑은 서로 반대되는 말이 아니었니? 대체 어떻게 하면 한 사람에 대한 평가가 저렇게 될 수 있는 건지 궁금했다.

근데 페르델은 궁금하지 않은 모양인지 그냥 넘어간다.

뭐지, 나만 궁금해?

"이건 말이 안 되는 거지만 6황자도 적은발이긴 했는데 설마 그건 아니겠지?"

순간 내 머리를 쓰다듬던 애비의 손이 멈칫한다. 나는 고개를 갸웃했다.

"그 인간은 적은발이라기보단 적발에 가까웠구나."

페르델이 고개를 갸웃한다. 나는 괜히 나한테 꽂힌 애비의 시선이 불편했다. 왜 이렇게 보는 걸까? 어쩌라는 거니?

"그러니까 우리 따님도 얌전히 있어라. 알았지?"

아버님, 소녀가 얌전히 있지 않으면 뭘 하겠나이까? 어차피 소문을 내고 싶어도 능력이 부족해서 못했다. 애비의 손이 다시 내 머리를 쓰다듬는다.

"웬만하면 그 모자는 만나지 말고."

오늘도 보고 왔는데, 괜히 찔리네.

그래도 그렇게 마주치는 게 흔한 일도 아니고, 나는 흔쾌히 고개를 끄덕였다.

"응, 알았어!"

＊　＊　＊

······라고 바로 어제 말했던 것 같은데.

괜히 점심 먹고 산책 나왔다가 바로 마주친 생물체에 나는 괜히 난감했다. 난 그저 선량하게 겨울나무만 보러 왔을 뿐인데, 왜 하필 이렇게 딱 마주치는 거지.

제일란드라고 했나? 어제 언뜻 마주친 그 꼬맹이가 이제는 바로 내 코앞에 서 있다.

나는 괜히 고뇌에 빠졌다. 애비는 웬만하면 만나지 말라고 했지만 그건 사실상 그 근처엔 얼씬도 말라는 의미다. 그렇게까지 말한다는 건 정말 꺼린다는 소리였다. 내가 카이텔이랑 한두 번 노나. 어차피 딱히 만날 일도 없고 만나고 싶지도 않아서 그러겠노라고 당당하게 대답했던 건데, 지금 이 상황은 나의 앞날을 가로막겠다는 신의 저주인가.

이대로 무시하고 돌아가면 그만이지만 그래도 바로 앞에서 눈을 마주치고 있는 상황이라 난 좀 당황스러웠다. 그놈이 그래 봬도 엄청 잘 삐져서 자기 말 안 들으면 후폭풍이 엄청 심한데.

"예뻐!"

어? 뭐라고?

순간 애기가 환하게 웃었다.

"예뻐!"

······내가 좀 예쁘긴 하지.

아니, 그건 그렇다 치고 뭔 뜬금없이 칭찬이냐. 물론 좋긴 좋다
만. 아, 이거 고민되는데.

애기가 환하게 웃는다. 그러면서 내 손을 덥석 잡는다.

이, 이러면 안 될 것 같은 예감이 드는데. 하지만 그렇다고 매정
하게 내치긴 또 그랬다. 어쩜담.

"예쁜이!"

아직 말은 잘 못하는 것 같은데 애기가 사람 보는 눈이 좀 있다,
흠흠. 절대 칭찬해 줘서 하는 말이 아니었다. 애가 아주 싹이 보
여. 미래에 크게 될 아이야.

"여기 살아?"

"그래, 여기 산다."

"우와."

이렇게 가만 보고 있으려니 갑자기 쌍둥이들이 애기 때가 떠오
른다. 물론 그때는 나도 같이 어렸지만 그래도 이렇게 귀여웠는
데. 괜한 아쉬움에 한숨을 내쉬려니 악마로 자라난 지금이 악몽처
럼 내 머릿속에서 둥둥 떠다닌다.

이 애기도 그렇게 자라는 걸까?

"공주님."

"어, 아시시."

너는 어디 갔다 이제 오는 거니.

내게 다가오다 아시시가 흠칫한다. 그리고 그건 눈앞의 제일란드도 마찬가지였다. 아시시를 보더니 낯을 가리는지 표정이 굳는다. 그러더니 갑자기 달려가 버렸다.

"엥?"

미처 잡을 틈도 없이 쌩하고 가 버려서 나는 도리어 허탈해졌다. 도망쳐야 하는 건 내 쪽이었던 것 같은데 말이지. 아시시가 무서운가. 그래도 그렇지 사람 무안하게 저렇게 가 버리냐.

"괜찮으십니까?"

"뭐가?"

"아닙니다."

뭐가 아닌데? 초롱초롱한 눈동자로 물어보고 있거늘 아시시가 꿋꿋하게 버틴다.

칫, 재미없어.

산책도 산책이지만 이미 저 꼬맹이를 본 순간 내 기분은 작살 났다. 저걸 내쫓을 수도 없고. 물론 카이텔이 제 아들이 아니라고 했지만 친자 확인은 안 하겠다고 해서 더 찝찝했다.

"쟤는 어떻게 돼?"

"아마 정식으로 황족이 될 순 없을 겁니다."

"왜?"

"폐하께서 원하시지 않을 테니까요."

그게 다냐? 어이없는 이유였지만 그것처럼 납득 가는 이유도 없었다.

아, 모르겠다. 뭐가 어떻게 돌아가는지 안다고 해도 내가 할 수 있는 건 없으니 나는 그냥 신경을 꺼야겠다. 그래, 요새 너무 내가 섬세하게 살았어.

이만 돌아가려고 몸을 돌렸는데, 뒤에서 아까 그 애기가 다시 달려온다.

"이거!"

두 손에 뭘 쥐고 나한테 달려온 제일란드가 환하게 웃었다.

"줄게, 가져!"

내 손에 쥐어 준 건 예쁘게 생긴 조약돌이었다. 희사원에 잔뜩 깔린 게 돌이었지만 하나하나가 예뻐서 나도 어릴 땐 많이 수집하고는 했었는데.

그 돌을 내려다보고 있으려니 쑥스러운 듯 제일란드가 웃는다. 그 웃음이 너무 깨끗해서 나는 무심코 한탄했다.

"고마워."

내 인사에 애기가 웃는다. 그러더니 쪼르르 다시 달려갔다.

싱겁긴.

저 애기나 나나 불쌍하긴 매한가지다. 이런 콩가루 집안에 태어나서 족보가 꼬이다니. 그래도 저 꼬맹이는 제 엄마가 엄청 사랑해 주는 것 같으니 그나마 다행이었다.

그래, 이왕 태어난 거 부모의 사랑이라도 듬뿍 받아야지. 반면에 나는……. 슬퍼지니 그만하자.

만사가 심난한 나에 대한 페르델의 배려인지 요새 쌍둥이들이 궁에 오지 않았다. 물론 비테르보 가족 모임 때문에 바쁜 거겠지만.

그 집은 정말 대가족이라서 한 번 모이면 떠들썩했다. 일 년에 네다섯 번은 꼭 모여서 만나던데. 아무튼 그 집도 신기해. 그래도 우리 집처럼 콩가루는 아니어서 다행이었다.

제일란드가 준 조약돌을 방에다 가져다 놓으려고 궁에 들어왔는데, 어째 들어서자마자 애비랑 딱 마주쳤다. 나는 순간 당황했다.

"아빠, 안녕?"

그래도 인사는 해야지. 근데 왜 애비가 여기 있는 거지?

고개를 갸웃해 봤으나 알게 뭐람. 뭔 일이라도 있는 건지 애비의 굳은 표정이 살벌하다. 그 뒤에서 수행원들이 안절부절못하는 걸 보니 나는 괜히 무서웠다.

"나한테 뭐 할 말 없나?"

"응?"

너한테 내가 할 말이 뭐가 있어. 고개를 갸웃하니 카이텔이 다시 묻는다.

"진짜 없는 건가?"

대체 뭐 때문에 이러는 거지?

살벌한 분위기에 괜히 주변만 초토화가 되어 간다. 나는 켕길 게 없었으므로 당당하게 고개를 끄덕였다. 그러나 그러면 안 됐던 모양이었다.

"분명 만나지 말라고 했던 것 같은데."

설마 이놈 어디서 보고 있었던 건가?

솔레이가 희사원에서 제일 가까우니 가능성은 있었다. 순간 등골이 서늘해진다. 어떻게든 이 위기를 헤쳐 나가야 해!

애교를 부려 볼까?

그러나 애비의 눈을 본 순간, 나는 직감했다. 망했다. 저건 이미 반쯤 맛이 간 눈이었다.

"그게, 내가 만나려고 한 게 아니라……."

여기 설득력 없는 설득을 하려는 사람이 있습니다. 나는 최대한 좋게 넘어가려 웃었지만 내 미소에 애비의 표정만 더 살벌하게 굳어진다. 아, 이거 뭔가 영 좋지 않은데.

다른 때보다 더 심각해 보이는 게 뭔가 촉이 영 좋지 못하다.

"이러라고 유모를 붙여 둔 게 아닐 텐데. 내가 유모를 잘못 고르기라도 한 건가?"

헐, 갑자기 왜 세르이라한테 불똥이 튀어?

나는 가만히 있다가 깜짝 놀랐다. 언제 온 건지 내 뒤에 있던 세르이라가 입술을 깨문다. 애비가 여자를 치진 않겠지만 이 불똥이 세르이라한테 어떤 피해를 줄지 몰라 나는 냉큼 둘 사이에 끼어들었다. 애비야, 잘못한 건 나니까 나만 혼내라.

"세르이라는 아무 잘못 없어, 아빠. 그냥 희사원 오랜만에 갔다가 우연히 마주친 거란 말이야."

"후원도 만들어 줬건만 왜 굳이 희사원까지 간 건지 들어 봐야 할 것 같은데."

뭘 또 들어 봐. 어쩐지 아니꼬워서 나까지 기분이 상한다. 그래도 어쩔 수 없지. 다 내가 힘이 없는 게 죄다, 죄.

"그건 겨울나무 보러."

"그래?"

"응."

"그걸 내가 믿을 것 같은가?"

이 새끼가!

원래 이런 놈인 건 줄은 알았지만 그래도 순간 울컥할 뻔했다. 방금 진심으로 한 대 치고 싶었어. 평온을 되찾으려 입술이나 깨문다.

그러나 상황은 더 심각하게 흘러갈 뿐이었다.

아, 이게 왜 이렇게 된 거야.

"죄송합니다, 폐하. 다 제 잘못이에요. 다음부턴 주의하겠습니다."

세르이라가 털썩 주저앉으며 무릎을 꿇는다. 나는 깜짝 놀랐지만 엄마가 이럴 땐 이유가 있는 법이라 그냥 가만히 있었다.

엄마가 나 때문에 무릎 꿇었어! 엄마는 잘못한 것도 없는데. 마음이 아프다.

"뭘 잘못했다는 거지? 잘못한 걸 알겠다면 내가 그에 상응하는 처분을 해도 괜찮다는 말인가?"

"무엇이든지 달게 받겠습니다."

응당 받아야 할 것이라는 표정으로 세르이라가 말했지만 나는 납득할 수 없었다.

"잘못한 건 난데, 세르이라가 왜 벌을 받아?"

"이건 어린애가 끼어들 자리가 아닐 텐데."

날카롭게 울리는 목소리.

순간 울컥했다. 저 자식이 자꾸 나한테만 뭐라 그래.

그래도 여기서 대들면 이 세상을 하직하겠다는 뜻이니까 참았다. 참자, 참자, 참자! 참는 자에게 복이 오나니. 복이 온다. 복이 온다고…….

"그동안 내가 너무 우리 따님을 오냐오냐 키운 것 같군. 당분간 시녀장이 공주를 모시고, 유모는 다음 명령이 있을 때까지 본가에 서 자숙하도록."

"아빠!"

너무 놀라서 다짐하던 것도 잊어버렸다. 뭐, 뭐라고?

내가 지금 귀가 이상한 것 같아. 뭔가 이상한 걸 들었는데 말이 지.

"일주일간 아리아드나 공주가 솔레이 궁이나 후원 외 다른 곳에 출입하는 걸 금지한다."

"하지만 폐하!"

이번에는 세르이라가 놀라서 애비를 부른다. 나는 얼떨떨했다. 참는 자에게 복이 오건 말건 이 아버지가 미쳤나. 얘, 오늘 왜 이 래? 나는 대들면 안 된다는 것도 잊고 인상을 찌푸렸다.

"그 말은 지금 날 가둬 놓겠다는 거야?"

"그게 그렇게 들리나?"

그럼 그게 그렇게 들리지 어떻게 들려? 그것도 세르이라는 본가 로 내쫓고, 나한테는 엄격한 시녀장을 붙여 놓는 이유가 뭔데? 나 말려 죽일 일 있냐!

정말 이 새끼가 미친 것 같다. 미치지 않고선 이럴 수 없지. 아, 그래, 원래 미친놈이라는 건 알고 있었지만 이건 좀 화났다.

"아빠, 미쳤어?"

"뭐?"

너 귀 막혔냐.

"아빠, 미쳤냐고."

처음 듣는 소리에 카이텔이 눈에 띄게 인상을 쓴다. 무표정이나 살짝 인상 쓴 표정도 무서웠지만 이건 정말 생각 외로 더 공포였다. 언뜻 살기 같은 것도 느껴져서 내 몸은 이미 살짝 떨리고 있었지만 그래도 입은 멈추지 않았다.

그래, 이 새끼야, 오늘 담판 짓자.

"왜 내 말은 제대로 들어 보지도 않고 멋대로 그래? 아빠 내가 그렇게 우스워?!"

"그래."

와, 이 자식 봐라.

대놓고 내 말이 우습단다. 이게 상처가 되지 않았다면 그거야말로 거짓말. 나는 순간 쏘아붙이려던 말을 완전히 잊어버렸다. 내가 말을 잇지 못하니 애비가 웃는다.

"그동안 내가 너무 오냐오냐 키웠나 보군. 감히 누구 앞에서 큰소리지?"

네가 오냐오냐 키우기라도 했냐!! 아오, 내가 진짜 오냐오냐 키워졌으면 말을 안 해. 진심으로 깊은 빡침이 느껴진다. 마음 깊은 곳에서 올라오는 빡침에 나는 이를 악물었다.

"왜, 난 큰 소리 내면 안 되기라도 하나? 아빠 맨날 큰 소리잖아."

지금 난 미쳤어. 미친 게 틀림없다.

아시시도 시녀들도 다 나를 놀란 눈으로 쳐다본다. 항상 고분고분하고 말 잘 듣고 예쁘고 착하던 공주님이 이러는 게 충격과 공포인 모양이었다.

다 필요 없어. 나 지금 빡 돌았다, 이거야.

"……."

"……."

애비가 말이 없다. 더 비아냥대고 싶었는데 그러면 어쩐지 내가 지는 것 같아 나도 인상을 쓴 채로 카이텔을 노려보았다. 우리 둘은 서로를 노려본 채로 대치하자 주변 사람들이 안절부절못한다.

그때였다. 카이텔이 입을 연 것은.

"시녀장."

"예, 폐하."

시녀장은 뭔 시녀장이야.

인상을 쓰며 대체 이놈이 뭘 하려는 건지 쳐다보는데 날 보던 시선을 거두며 비웃는다.

"공주를 궁으로 데려가도록. 많이 피곤한 모양이군. 절대 궁 밖으로 한 발자국도 나가지 못하게 해."

"예."

이 자식이 진짜 끝까지 이러기냐!

"아빠!"

내가 한 마디 더 하려고 했는데, 돌아섰던 카이텔이 날 다시 쳐다본다. 서늘한 시선이 마주치자 나는 조용히 멈춰 섰다.

"아리아드나."

왜 불러, 나쁜 놈아.

평소라면 시선이라도 내리깔았겠다만 오늘은 아니다. 나는 대놓고 노려봤다.

"기어오르는 건 여기까지다."

순간 이루 말할 수 없는 감정이 내 안에서 울컥했다. 시발, 더러워서 안 해먹어.

카이텔은 유유히 몸을 돌려서 가려 하고, 시녀장은 나를 데려가려고 다가온다. 나는 날 잡는 손을 대뜸 뿌리쳤다.

"아빠 같은 거 정말 싫어! 아빠랑 다신 얼굴도 안 볼 거야!"

도망치는 건 지는 거라지만 몰라! 나오느니 정말 어린애 같은 말뿐이라도 모르겠다! 순간 그동안 알게 모르게 꾹꾹 참아 왔던 것이 터지고 말았다. 울컥 무언가가 올라온다.

아무리 그래도 이대로 순순히 방 안에 갇힐 순 없어! 내가 무슨 동화 속에 나오는 가녀린 공주님이냐! 아시시가 따라오건 말건 일단 그 자리에서 무작정 달려 나갔는데, 뒤에서 카이텔이 소리치는 소리가 들렸다.

"잡아 와!"

잡긴 누굴 잡아! 내가 순순히 잡혀 줄 것 같냐!

"끌고 와!"

"예, 폐하."

얼떨떨한 표정을 짓고 있던 수행원들이 움직인다. 그사이로 가느다랗게 세르이라의 목소리가 울려 퍼졌다.

"폐하, 그러시면 안 됩니다. 폐하!"

* * *

아무리 생각해도 아까는 내가 정신 줄을 놓았던 게 확실했다. 안 그랬다면 어떻게 애비한테 개겼을까.

하지만 다시 생각해도 짜증 나는 걸 어떡해! 그 자식은 아직도 날 지 딸이 아니라 장난감 정도로 생각하는 모양이었다. 자식이 제 맘대로 되면 그게 자식이냐, 아바타지!

속상해. 정말 속상해 죽겠다.

후원에 있는 언덕은 나랑 쌍둥이들이 자주 노는 은신처였다. 황궁은 넓고 그만큼 숨을 곳도 많은데, 어른이 숨기 적당한 곳이야 모르겠지만 애들이 숨기 적당한 곳은 아주 매우 많았다. 고로 내가 들킬 일도 없다는 거지. 사실 이 언덕의 은신처는 쌍둥이들이 혼나서 도망칠 때 사용되던 것이었으므로 신용도 확실했다.

"얼마나 대단한 곳에 가나 했더니 고작 여기야?"

누군가 놀라서 고개를 들었더니 마주치는 건 옅게 빛나는 푸른 눈동자다.

뭐야, 드란스테잖아.

나는 다시 무릎에 고개를 처박았다. 앤 또 무슨 속을 뒤집으려고 온 거람. 짜증.

"못 들었나?"

"뭘?"

드란스테가 가벼운 목소리로 대꾸한다.

"네 유모, 내일 사형당한다더라."

"뭐?"

나도 모르게 고개를 들었다.

이게 대체 무슨 소리야? 누가 사형당해? 세르이라가?

순간 어이가 없어 말이 안 나왔다. 이게 진짜 미쳤나. 갈 데까지

간 거야, 뭐야. 자기 사람한테는 손 안 댄다더니 이게 대체 무슨 상황.

내 표정을 보더니 드란스테가 짓궂게 웃는다.

"아니, 난 네가 모르고 있을까 봐. 혹시라도 늦으면 곤란하잖아?"

이 자식도 이 자식이지만 일단은 카이텔이 문제였다.

"카이텔 지금 어디 있어?"

"글쎄."

아오, 마음 같아선 막 밟아 주고 싶은데 내가 지금 기운이 없으시다. 일단은 이따가 또 카이텔하고 실랑이를 해야 하기 때문에 드란스테는 그냥 패스하고 싶었다.

"너 잡으라고 길길이 날뛰는 놈한테 애는 그렇게 대하면 안 된다고 직언하다가 사형당할 위기야. 그 유모도 하여간 대단하다니까. 어떻게 그렇게 눈 돌아간 놈 앞에서 설교를 할 수 있는 거지?"

그걸 내가 아냐? 그래도 어지간히 세르이라다웠다. 간이 부은 건 나뿐만이 아니었구나. 입술을 깨물고 대체 어째야 하나 고민하는데, 날 부르는 목소리가 들린다.

"공주님!"

"아시시."

역시 내 수호기사. 내가 어디 숨는지 다 알고 있구나. 아시시가 황급히 내 앞으로 다가온다.

"공주님, 큰일 났습니다."

"알아."

드란스테가 다 이야기해 줬어. 하지만 드란스테는 지금 다른 사람한테 모습이 보이지 않는 상태라 그냥 입을 다물었다. 조용히 돌아보니 무시해 달라는 듯 드란스테가 웃는다.

나는 아시시의 팔을 잡았다.

"아빠한테 가자."

잠시 고민하더니 아시시가 어쩔 수 없다는 표정으로 날 안내한다.

어디 연무장에라도 처박혀 있을 줄 알았는데, 의외로 카이텔이 있는 곳은 제 침실이었다. 벌써 잠이라도 잘 생각인가. 언덕을 나가기만 하면 카이텔의 수행원들이 날 잡아서 내 방에다 처박을 줄 알았는데, 아시시가 옆에 있어서 그런지 무사히 침실까지 갈 수 있었다. 하지만 들어가기도 전에 나는 문 앞의 시종에게 그대로 제지당했다.

"공주님께선 들어가실 수 없으십니다. 폐하께서 아무도 들이지 말라 명하셨습니다."

와, 이제 하다하다 별 취급을 다 당해 보는구나.

아까처럼 흥분한 상태였다면 시종한테 화라도 냈을 텐데, 다행히 언덕에서 머리가 식은 터라 괜찮았다.

"비켜."

"안 됩니다. 폐하의 명이십니다."

"그럼 내 명령 어긴 죄로 먼저 죽을래?"

내 말에 시종이 어쩔 수 없다는 표정으로 물러난다. 역시 목숨 가지고 협박하니까 말을 듣는구나. 이래도 죽고 저래도 죽을 시종은 불쌍했지만 막든 말든 나는 들어가야만 했다. 아니면 세르이라가 죽을 테니까.

아무리 그래도 그렇지, 어떻게 세르이라 목숨 가지고 날 불러 내냐? 아무튼 진짜 우리 애비는 상종 못할 나쁜 놈인 게 확실했다. 젠장 할 놈!

방 안으로 들어서니 널찍한 내부가 내 눈에 들어온다. 그 안에서 책을 읽고 있는 카이텔도. 근데 대체 무슨 책을 읽길래 저렇게 표정이 살벌해? 이제 제정신이 드니까 어째 좀 말 걸기가 무섭다. 아깐 내가 대체 무슨 패기였지?

"왜 온 거지?"

울컥.

비아냥거림이 가득한 목소리에 속에서 무언가가 올라온다.

참자, 참자. 이놈하고 같이 놀면 안 돼. 흥분하면 안 된다. 여기서 아까처럼 흥분하면 정말 말짱 도루묵이었다. 흥분을 가라앉히기 위해 입을 꾹 다물고 있으려니 내 표정을 살피던 카이텔이 피식 웃는다.

"제 어미 같은 여인을 죽이겠다니 살려 달라고 빌기라도 할 요량인가. 싫다며 도망칠 땐 언제고, 제가 바라는 것이 있으니 바로 달려오는군."

"세르이라 풀어 줘."

내 요구에 애비가 고개를 꺾는다.

"내가 왜?"

"풀어 달라고."

"싫다면?"

참으려고 했는데 결국 울컥해 버리고 만다.

"세르이라는 아무 잘못도 없잖아! 아빠가 세 살짜리 어린애야?

화났다고 아무나 가지고 화풀이하게?!"

내 말에 카이텔이 비웃는다. 나는 진심을 담아 카이텔을 노려보았다. 아빠, 자꾸 이런 식으로 나오면 나도 더 이상 참지 않을 거야.

사생결단이라고 들어는 봤나? 너 죽었어.

여태까진 내가 모든 수난을 참고 넘겼지만 이젠 아니었다. 여기서 물러나면 난 정말 호구다, 호구. 내가 정말 카이텔 소유물도 아니고, 아무리 아빠라도 이건 정말 너무하잖아!

"화풀이? 내가 화풀이를 하고 있다고? 그럼 면전에서 내 말을 거스르고 내 앞을 가로막은 게 잘못이 아니다?"

"그거야 아빠가 잘못했으니까 그런 거 아니야! 아빠가 아무 짓도 안 했는데, 세르이라가 그럴 리가 없잖아!"

내 대꾸에 카이텔 표정이 무섭게 굳는다. 너무 대들었나 살짝 걱정이 들긴 하는데……. 몰라! 이미 지른 거 끝까지 한 번 가 보자. 그래, 여차하면 뭐 죽으면 되는 거지. 흥!

"대체 언제부터 그렇게까지 유모를 따르게 된 거지? 네 아비 말은 전혀 듣지도 않으면서?"

목소리가 뼈아프게 귀에 와 박힌다. 내가 네 말을 안 듣는 이유가 있을지 모른다고 생각해 보지 않은 거야. 말대꾸를 하고 싶은데 자꾸 울컥울컥 가슴이 울렁거려서 그럴 수가 없었다. 그저 두 눈에 힘만 주고 있는 힘껏 노려보고 있는데…….

아 씨, 갑자기 시야가 흐려진다. 나는 목구멍으로 치미는 눈물을 삼키려 애썼다. 갑자기 왜 이렇게 서러운 거야.

"세르이라 풀어 줘, 이 못된 놈아. 엉엉, 나한테 왜 이래? 겁나

못돼 처먹었어. 너 그렇게 사는 거 아니야! 아빠라고 봐주는 것도 한계가 있다고! 세르이라 이대로 죽으면 난 아빠 다신 안 볼 거야. 절대로 안 볼 거라고!"

울면 지는 건데, 알면서도 눈물이 나온다.

내 눈물은 비싸단 말이야, 나쁜 놈아.

내가 우니까 잠시 당황한 듯하다가 이내 카이텔이 냉소적으로 비웃었다.

"네 아빠보다 그런 여인이 더 소중하다는 건가?"

"무슨 소리야? 세르이라는 아빠가 준 유모잖아."

그새 까먹었냐! 어릴 때부터 날 키워 온 세르이라를 버리려고 하다니, 저 매정한 놈.

내 대답에 카이텔이 입을 다문다. 나는 그냥 울었다. 서러워. 남들은 아빠한테 이쁨 받고 사랑 받으면서 자랄 텐데, 나는 이게 뭐야. 돈만 많으면 뭐해? 아빠가 이 모양인데! 애비가 나를 똥으로 아는데!

그동안 알게 모르게 쌓였던 서운함이 폭발한 모양이었다. 엉엉 목을 놓아 우니 카이텔이 인상을 찌푸린다. 인상 쓰지 마, 나쁜 놈아. 다 너 때문에 우는 거란 말이야. 난 대체 어쩌자고 저런 놈 밑에서 태어난 걸까. 진짜 인복이 더럽게 없는 모양이었다, 엉엉. 삼신할머니, 물어내, 엉엉.

내가 너무 울어 댄 모양인지 한숨을 내쉬고는 애비가 날 잡는다. 달래려는 손길이 등에 닿자 나는 있는 힘껏 몸부림을 쳤다.

이거 놔!

"엉엉, 이거 놔, 못된 놈아! 아빠, 미워. 아빠, 못생겼어! 이 못난

아, 엉엉.”

품에서 벗어나려고 하는데, 애비가 자꾸 끌어안는다. 힘으로 밀어붙이니까 어쩔 수 없이 나는 안길 수밖에 없었다.

아무튼 힘만 더럽게 세.

그렇게 실랑이를 벌이고 있으려니 어느새 내 울음소리도 잦아진다. 나는 이제 훌쩍이고 있었다. 아, 눈 아파. 너무 울었나? 눈가가 따갑다.

“앞으로 나한테 함부로 등 돌리지 마. 멋대로 도망치지도 마.”

“왜?”

나지막한 목소리가 이젠 좀 누그러졌다. 애비가 기분이 풀린 모양이구나. 나는 훌쩍이며 손으로 눈을 비볐다.

“화나니까.”

“왜 화가 나는데?”

“몰라.”

그럼 지금 홧김에 세르이라가 불통 맞은 게 확실하단 소리 아니야. 하지만 자기가 왜 화가 난 건지 모르겠다는 애비의 표정은 진심이었다. 혼란스러운 듯 인상을 찌푸린다.

“모르겠다.”

자기가 왜 화났는지도 모르다니, 무식한 놈.

아무튼 이상한 놈이야, 이거.

울음이 멈췄다 싶었는데 괜히 나 때문에 욕봤을 세르이라를 생각하니 다시 눈물이 터진다. 우리 엄마 괴롭히지 마라, 이 못된 놈아.

내가 다시 울기 시작하니 카이텔이 당황해서 다시 날 달랜다.

"울지 마. 내가 잘못했어."

잘못한 건 아냐? 하지만 난생처음 제 잘못을 인정해 보는 사람처럼 어색하기 그지없는 이 사과가 어쩐지 내 마음을 간질간질하게 만들었다.

"아빠가…… 잘못했다."

씨이, 이제 성질도 못 내게 만드네.

애써 울음을 멈추려고 끅끅대니 카이텔이 내 머리를 쓰다듬어 준다. 평소와는 다르게 느긋하고 느릿느릿한 손길이었다.

"하지만 다신 날 놓고 어디론가 가 버리지 마라. 다신 안 볼 것처럼 등 돌리지 마. 내 곁을 떠나면 죽일 거다. 죽여서라도 내 옆에 둘 거야."

이건 딸한테 하는 말이라기엔 너무 이상한데.

내가 고개를 드니 카이텔과 눈동자가 마주친다. 붉은 눈동자가 지금 우리 애비가 얼마나 진심인 건지 내게 말해 주고 있었다. 하지만 왜? 왜 그렇게까지 하는 거지? 어차피 너한테 딸이라는 건 별 의미가 없는 거였잖아.

"왜? 어째서?"

너무 궁금해서 그냥 넘어갈 수가 없다.

나는 기어코 묻고 말았다. 내 질문에 카이텔이 쓰다듬던 손길을 멈춘다. 그 손안엔 내 머리카락이 제대로 잡혀 있었다.

"없으면 허전하니까."

3. Paradise is where I am

3. Paradise is where I am

애비랑 거나하게 싸운 것도 벌써 한 달 전 일이다.

다행히도 카이텔은 그다음 날 바로 세르이라의 사형을 취소했다. 내가 조르고 조르고 졸라서 겨우 철회한 건데, 자기가 이러는 건 처음이라며 어찌나 생색을 하던지 더러워서 나도 폭군 하고 싶을 지경이었다.

아무튼 사형 내려놓고 바로 사면하는 꼬라지도 웃겼는데, 역시 우리 애비는 비범했다. 그걸 또 그냥 넘어가지, 그래도 황족한테 개긴 벌은 주겠다며 근신인가 뭔가를 시키는 바람에 세르이라가 곱게 내 유모로 돌아오는 데에는 무려 한 달이나 걸렸다.

누구 애비인지 몰라도 참 문제야.

하지만 세르이라도 나름 문제는 있었다.

"앞으로는 그렇게 나서지 마! 알았어?"

"예, 제가 잘못했습니다."

아니, 대체 어떤 간을 가져야 미쳐서 날뛰는 놈 앞에 넙죽 나 잡아 잡수쇼 하고 고개를 들이밀 수 있는 거람.

세르이라가 그날 나 때문에 빡친 카이텔 앞에서 애기는 그렇게 다루면 안 된다고 일장 연설을 늘어놓았다는 말에 나는 기함을 했다. 역시 전부터 생각했는데, 엄마는 간이 없는 게 분명해.

나는 한숨을 쉬고 있건만 잘못한 사람은 웃고 있다.

엄마, 이거 다 엄마 때문에 쉬는 한숨이라고요.

뺨을 부풀리고 노려보지만 그렇다고 엄마가 입가의 미소를 지우는 건 아니었다.

어휴, 아무튼 나는 평화롭게 아무 문제 없이 살고 싶은데 세상이 나를 가만히 두지 않는다. 정말 하루하루 얌전히 넘어가는 날이 없네. 나 이러다 스트레스로 이른 나이에 사망하게 생겼어.

"그때 정말 놀랐어요. 폐하께서 그렇게 화나신 모습은 처음 봤거든요. 황궁에 피바람이라도 부는 줄 알았다니까요."

저건 또 웬 호들갑이야.

말도 안 되는 소리라고 인상을 썼는데, 옆에서 세르이라가 진지한 표정으로 고개를 끄덕인다. 어째 아시시의 반응도 별반 다르지 않았다. 뭐야, 그렇게 큰일이었어?

나는 인상을 썼다. 내가 도망간 게 그렇게 죽을 일이었나?

하지만 그때 도망을 안 갔다면 그대로 잡혀서 처박혔을 게 분명했다. 그건 싫어.

"그러고 보니 그렇게까지 화나신 모습은 꽤 오랜만이네요."

"그렇구나. 확실히 공주님께서 태어나시기 전까지는 흔히 뵙던 모습이었지."

두 여자가 내가 모르는 애비의 과거를 진지하게 회상한다. 그러다가 문득 일린이 빙그레 웃었다.

"세르이라 님, 그러고 보면 폐하께서 공주님을 사랑하시긴 하나 봐요."

"무슨 소리니, 당연히 사랑하시지."

나는 단박에 인상을 일그러뜨렸다. 어이, 거기 둘, 낯간지러운 소리는 이제 그만해 줄래?

사랑이고 나발이고 그때만 생각하면 아직도 기분이 영 별로였다. 아니, 따지고 보면 내가 자기 말 안 들어줬다고 화낸 거잖아. 고작 그거 가지고 그렇게 화를 내냐. 거기다 가둬 놓는다고 하질 않나. 하, 어린애가 자기 말에 거슬렸다고 그러는 인간이 세상에 어디 있어!

"여기 있잖아, 카이텔."

능글맞은 목소리가 마치 내 질문에 답이라도 하듯 대꾸한다.

악, 깜짝이야!

언제 튀어나온 건지 모를 목소리에 나는 소리도 지르지 못했다. 놀란 가슴을 손으로 가볍게 누르고 뒤를 돌아보니 빙그레 웃는 드란스테가 시야에 들어온다. 나는 바로 분노했다.

아오, 이 자식이 누굴 놀라게 해서 죽일 일 있나!

"넌 또 언제 왔어?"

"쉿."

이건 또 무슨 미친 짓인 걸까. 가만히 응시하려니 곧 뜬금없는 내 말에 앞의 두 여인네들이 고개를 갸웃한다. 그 모습에 나는 잊고 있던 사실을 한 가지 떠올렸다.

아, 지금은 나한테만 보이는 거구나.

내 실수를 깨닫고 나니 좋다고 드란스테가 옆에서 쳐웃는다. 저 자식을 그냥 확!

내가 말을 할 수 없을 때는 드란스테와의 대화가 엄청 편했다만 말을 하고 난 이후부턴 가끔 은근히 불편했다. 그렇다고 말을 안 할 수도 없는 노릇이고. 아니, 말을 할 수 있는데 왜 말을 못해!

"그래도 감사해야지 않겠어, 친애하는 아버님께? 예전이었다면 넌 그때 바로 죽었을걸?"

하긴 그건 그래.

실은 그때 나도 대들면서 내 인생은 여기가 끝이겠구나 했으니까. 물론 막상 대들면서는 그런 내색 안 했지만 내심 무섭긴 했었다. 단지 눈에 뵈는 게 없어서 그랬지. 어휴, 예전엔 아무리 화가 나도 죽을 곳에 스스로 뛰어드는 미친 짓은 안 한다고 생각했는데, 내가 그 미친 짓을 해 버렸어. 소중한 경험을 얻었네.

그러고 보니······. 음, 새삼 회상해 보니 이상하다. 세르이라도 그냥 안 넘어갔는데, 왜 나한텐 안 그러지? 아직 나는 애비한테 대든 데 대한 벌이 없었다. 울어서 그런가? 근데 카이텔이 그런 걸로 봐주던 인간이던가?

······이거 좀 무서운데.

대체 어떻게 되갚으려고 이렇게 뜸을 들이는 거지?

"······왜인지 카이텔이 불쌍하다."

뭐, 왜!

불쌍하다면 그건 나겠지! 당당한 날 보며 드란스테는 넌 그래서 안 된다고 고개를 가로저었다.

"딸이라는 게 이렇게 아버지 맘을 모르니, 불쌍한 놈."

지금 누가 누구더러 불쌍하대? 제일 불쌍한 건 당연히 나거늘!

드란스테가 단번에 비웃는다. 내 주장은 순식간에 묵살되었다.

"하지만 그렇잖아? 사랑하는 따님을 위해 이것저것 다 져 주고 있는데, 막상 그 딸이라는 건 제 아비를 쥐꼬리만큼도 생각하지 않고 있으니까."

이건 또 무슨 소리지?

"카이텔이 나한테 져 준다고?"

"아닌 것 같아?"

기가 찬다는 듯 혀를 찬 뒤에 이상하게 나는 반박을 할 수가 없었다. 어라? 멈칫하는 나를 보며 드란스테가 씨익 웃는다.

저놈이!

하지만 카이텔이 나한테 져 준다니, 당연히 의아했다.

"왜?"

내 질문에 드란스테 또한 당연하다는 듯 대꾸한다.

"왜긴 왜야? 아빠니까."

"……."

아빠라서?

한 번도 생각해 본 적 없는 이야기였다. 난생처음 난관에 봉착한 사람처럼 나는 말문이 턱 막혔다. 카이텔이 단순히 아빠라서 나한테 져 준다고? 고작 그런 이유 때문에?

이게 미쳤나, 아니면 내가 미친 건가 잠시 고민해 봤다가 나는 한 박자 늦게 화들짝 놀랐다.

그 카이텔이? 나한테 져 준다고? 나한테?

말이 안 되고, 어이가 상실되고, 기가 차는 소리였지만 점점 곰곰이 생각에 돌입해 보니 나도 모르게 입을 다물게 된다.

그리고 이제는 어느 정도 맞는 말처럼 느껴지기 시작했다. 그러고 보니 사실 카이텔이 가끔 유치하게 굴긴 하지만 나를 대하는 걸 보면 많이 관대……

아냐, 설득 당하면 안 돼! 그럴 리가 없잖아!

횤횤 고개를 저어 보지만 드란스테는 내 고뇌가 즐거운지 그저 끅끅 웃고 있었다.

아, 나 저놈 미워. 한 대 치고 싶네.

애초에 관대한 카이텔이라는 것 자체가 거북스럽기도 하지만 무엇보다 원래 내가 워낙 박한 대접을 받고 살다 보니 적응이 안 된다. 그러니까 지금 저놈 말대로라면……

내가 아빠한테 사랑 받고 있단 거잖아?

내가 아빠한테 사랑이라는 걸 받다니. 말도 안 돼.

어째서 아버지한테 사랑받는다는 데 이런 반응이 나오는 건진 모르지만 나는 진저리를 쳤다. 아니, 잠깐. 받고 있나? 좀 혼란스럽다.

생각해 보면 우리 그래도 꽤 친하지. 간간이 카이텔 비위 맞춰 주고 기분 맞춰 주느라 억지로 웃거나 과도하게 애교를 부린 감이 없지 않아 있지만 그래도 대부분은 진심이었다. 카이텔도 나한테 진심이고, 가끔 짜증나긴 하지만 그래도 우리 제법 친한 사이였다.

근데 우리 언제부터 이랬지?

이제 와서 생각해 보니 의아하다. 분명 처음 카이텔과 내 관계를 돌이켜 보면 놀라운 발전이었다.

"……뭔가 충격인데."

내 중얼거림에 일린이 돌아본다. 그러나 워낙 작아서 알아듣지는 못한 듯했다. 그러거나 말거나 나는 나도 모르는 진실에 온몸을 망치로 두드려 맞은 듯한 충격을 받고 있었다. 한 번도 이런 식으로 생각해 본 적 없었다.

카이텔이 나한테 잘해 주고 있었다니! 말도 안 돼! 맨날 구박받는다고만 생각했는데.

"그러고 보니 올해는 아클리스가 뜨네요."

"축제가 열리겠구나."

해외에서도 누가 온다느니, 또 성대한 파티가 열릴 거라느니 일린과 세르이라는 신나게 떠들었으나 지금 내 귀엔 전혀 들어오지 않았다. 뭔가 조금 이상한 기분이다. 심장이 무척 거세게 뛰어서 숨이 턱 막힐 지경이었다.

그래, 아빠가 나한테 관대하긴 하지. 근데 그건 그냥 애완동물에게 허용하는 관대함 정도가 아니었단 말인가.

귀여운 강아지가 제 손을 핥으면 칭찬하고, 가끔 물어도 용서해 주는 뭐 그런 정도? 스스로 생각하면서 좌절했으나 그래도 그렇게 느꼈던 건 사실이니까 어쩔 수 없다.

그런데 이제 와 갑자기 딸 대접이라니.

"제대로 생각해 봐."

드란스테가 얄밉게 웃으며 사라진다. 나는 그 얼굴에 대고 제대로 반박할 수 없어서 더 슬펐다.

하지만 그 말이 사실이라면…….

아니, 잠깐. 그러고 보니 나 고백도 들은 거잖아? 내가 없으면 허전하다고 했으니.

조금 놀라운 사실이지만 그런 식으로 내 존재에 대해 들어 본 건 그게 처음이었다. 다시 말하자면 지금 카이텔은 그만큼 나를 필요로 한다는 말. 확대 해석일 수도 있지만. 천하의 애비놈이 날 필요씩이나 하신다니.

괜히 기분이 복잡해진다. 나는 결국 고민하는 걸 포기했다.

"아 씨, 몰라."

어떻게든 되겠지.

$*$　　$*$　　$*$

"자, 오늘부터 제가 리아 님의 교육을 담당하게 될 그 이름도 감격스러운 스! 승! 님! 입니다."

도대체 어디부터 잘못된 걸까? 나는 가만히 내 앞에 앉아 있는 남자를 쳐다보았다. 나도 슬슬 스승이 붙고, 글자나 이런 게 아닌 더 높은 차원의 공부를 해야 한다는 건 알고 있었다.

그런데 잠깐만, 이건 좀 아니잖아.

"……네가?"

"네."

어이없다는 내 반응에 두 눈을 초롱초롱하게 빛내며 페르델이 고개를 끄덕인다.

반짝반짝 날 보는 눈동자가 유난히 부담스러웠다. 아무리 그래도 애비가 페르델만은 절대 내 스승으로 삼지 않을 거라 생각했거늘. 대체 둘 사이에 어떤 모종의 거래가 오고 간 거지?

"페르델, 저기 재상 일 바쁘지 않아?"

"괜찮습니다."

페르델이 아주아주 괜찮다는 표정을 지으며 고개를 과장되게 끄덕인다.

"나라의 인재를 키우는 것도 재상 일 중에 하나죠."

에라, 아무튼 뚫린 입이라고 말은 잘한다. 너는 괜찮을지 몰라도 나는 안 괜찮다고!

하지만 내 정신 건강에 페르델은 관심이 없는 모양이었다. 앞에서 대놓고 죽을상을 하고 있는데, 신이 나 룰루랄라 콧노래를 흥얼거린다.

"자, 그럼 오늘은 기본적인 것부터 공부하도록 합니다."

과연 네가 날 제대로 가르칠 수 있을까? 물론 페르델 본인의 능력을 의심하는 건 아니었지만 보통 그런 말이 존재하지 않는가. 천재는 남을 가르칠 수 없다고. 물론 천재가 천재를 가르치는 건 가능하겠지만. 사실 내가 시녀들이 떠들어 대는 것처럼 진짜 천재는 아니니까 하는 말이었다.

과연 내가 이놈의 수업을 따라갈 수 있으려나? 하지만 저 얼굴에 대고 그런 말을 해 봤자 돌아오는 건 괜찮다는 무의미한 말뿐이겠지. 나는 그저 한숨을 내쉬었다.

"뭘 공부할 건데?"

"공주의 자세?"

응? 그게 대체 무슨 소리냐고 묻기도 전에 페르넬이 빙그레 웃는다.

내가 페르넬이 스승이라는 말에 좌절했던 건 다른 이유도 있었는데, 무려 스승이라는 놈이 제자를 가르치러 온다면서 손이 무척이나 가벼웠다는 사실 때문이었다. 책도 없고, 뭐 하나 달랑 들고 왔는데, 그게 지금 내 앞에 펼쳐진다. 나는 그걸 보고 조금 놀랐다.

이거 지도?

"이게 아그리젠트입니다."

페르넬이 가리킨 건 가운데 척 봐도 엄청 큰 땅이었다.

"나 지도 처음 봐."

"실생활에 꼭 필요한 건 아니니까요. 보급도 잘 안 되어 있고."

못 보는 게 당연하다고 페르넬은 웃었지만 나는 처음 보는 진짜 지도에서 두 눈을 뗄 수가 없었다.

아그리젠트.

전생에는 지도상으로 보면 엄청 작은 땅에서 살아서 그런지 이렇게 넓은 땅이 우리나라라는 게 어쩐지 조금 낯설다. 진짜 넓네. 대륙의 기상이 느껴지는 크기였다.

"여기서부터 여기가 원래 영토였습니다. 정확히 말하자면 선대의 영토이죠."

페르넬의 부가 설명에 나는 인상을 찌푸렸다. 그도 그럴 게 페르넬이 가리킨 것은 지금 영토의 삼분의 일밖에 되지 않았다.

"고작?"

"예."

다분히 의심스럽다는 내 표정에 페르델이 가볍게 고개를 끄덕인다. 그리고 다른 부분을 짚었다.

"이 부분, 여기서부터 여기까지가 전부 폐하께서 정벌하신 아그리젠트입니다."

미친놈. 욕을 안 하고 싶어도 안 할 수가 없다. 대체 이 땅을 어떻게 다 정복한 거지? 제대로 정복욕에 미친놈이 아니고서야 이건 불가능한 짓이었다. 영토를 거의 두 배 정도 이상 확장해 놨다. 거기에 프레치아랑 이차르타도 이제 우리나라 땅이나 다름없으니 이건 무슨.

완전 땅 부자네. 나 땅 부잣집 딸내미였어.

"대단하죠? 정말 업적이라고밖에 표현할 수 없을 정도입니다. 폐하 혼자 힘으로 해내신 것이거든요."

이거 뭐야? 무서워, 무섭다.

나는 이걸 아무렇지 않게 설명하는 페르델도 무서웠다. 그러나 내가 무서워하든 말든 페르델은 자신이 하는 말을 멈추지 않았다.

"그리고 그 폐하의 하나밖에 없는 따님이 바로 당신입니다."

괜히 지도로 시선을 내린다. 나는 내 눈에 들어오는 땅의 면적에 할 말을 잃었다. 아니, 옆 나라는 저렇게 조그마한데 우리나라는 왜 이렇게 큰 거지?

"이렇게 넓은 제국에 하나밖에 없는 공주."

무언가 잔잔한 파문이 남는다. 울컥하는 느낌이었으나 나는 그냥 인상을 찌푸리는 걸로 대답을 대신했다. 페르델이 웃는다. 그 미소가 심히 의미심장했다.

"중앙 대륙 인구 통합 십육억 명에 이 제국에 살고 있는 사람들

만 총 합해서 구억 명입니다. 이 작아 보이는 땅에 그렇게 많은 사
람들이 살고 있습니다."

많은 건지, 적은 건지 잘 모르겠다. 나는 그냥 이 땅에 그렇게 많
은 사람들이 사는구나 감탄했다. 페르델이 웃는다.

"그리고 그중의 0.03퍼센트, 고작 이만칠천 명이 귀족이라 불립
니다."

"귀족이 그렇게나 많아?"

이만칠천 명이라니. 고작 몇 백 명일 줄 알았는데, 그렇게 많단
말이야? 두 눈을 동그랗게 뜨며 되묻자 페르델이 여유롭게 반문한
다.

"이 넓은 땅에 비한다면 적은 것 아닐까요?"

그, 그런가.

괜히 다시 애꿎은 지도만 내려다본다. 그림상으로는 그래도 조
그마한데. 확실히 중앙 대륙 대비 아그리젠트는 비대했다. 넓긴
넓구나.

"몰락한 귀족이나 영지가 없는 귀족까지 합한 수입니다. 그중
영지를 가진, 대대로 작위를 물려받은 권위 있는 귀족만 꼽으면
사천 명쯤으로 줄어들게 됩니다. 그리고 그중 백작 위 이상의 귀
족은 겨우 칠백 명입니다."

그래도 많은데. 물론 전체 인구 대비로 보면 매우 적은 숫자였지
만 유서 있는 귀족이 사천 명이나 된다니. 솔직히 말해 놀라웠다.

페르델의 시선이 나를 향한다.

"그리고 당신은 한 명이고요."

한 명.

딱 잘라 단정 짓는 말에 나는 무언가 좀 다른 느낌을 받았다.

뭐라고 해야 할까? 반박할 게 없는 데도 반박하고 싶은 마음? 무언가 낯간지럽기도 했다.

그러니까 결국 하고 싶은 말은 그거 아니야. 난 이 넓은 땅에 하나밖에 없는 공주니까 그만큼 중요하다, 뭐 그런 거. 글자를 잘 모른다고 말귀가 어두운 건 아닌지라 나는 금방금방 페르델이 무슨 의도로 그런 말을 하는지 알아차릴 수 있었다. 다만 이 찝찝한 기분을 어떻게 해야 없앨 수 있는 건지는 모르겠다.

"모든 귀족들은 당신의 발아래에 무릎을 꿇습니다. 당신은 공주니까요. 또한 이 땅에 있는 모든 것, 원하신다면 얼마든지 손안에 들어옵니다."

"내가 공주니까?"

내 대꾸에 페르델이 비식 웃는다. 정답을 맞혀 놓고도 나는 전혀 기쁘지 않았다.

"시녀들에게 친절하게 대하신다고 들었습니다. 실수를 해도 웬만하면 다 참고 넘어가신다지요?"

어, 어, 이건 또 어떻게 안 거지?

원래 그러면 안 되는 거라 나는 애매하게 웃었다. 내 웃음에 페르델이 마주 보고 웃는다.

"착하신 행동입니다. 아마 어린 시녀들을 배려하고 계신 거겠지요."

"어, 정말?"

"허나 그런 식의 호의는 자칫 잘못하다간 쉬운 주인으로 인식될 수 있기 마련입니다."

어쩐지, 네가 왜 칭찬을 한다 싶었다. 혼났다고 울상을 짓는데, 페르델이 다시 지도를 가리킨다. 페르델이 가리키는 건 넓은 아그리젠트의 영토였다.

"당신의 옆자리는 이 구역의, 이만칠천 명 귀족들이 원하는 자리입니다. 공주님께서는 모르시는 것 같지만 공주의 시녀는 다른 하녀들과 다른 존재입니다. 유서 깊은 귀족의 딸들로 고르고 골라 공주님을 모시게 합니다. 결코 아무나 맡는 자리가 아니지요. 쉽게 얻는 자리가 아닌 만큼 공주님께선 좀 더 엄격해지실 필요가 있습니다."

혼나는 기분에 인상만 찌그리고 있다가 계속되는 설명에 나는 무언가 의아했다. 잠깐, 그렇다는 말은…….

"그럼 일린도 귀족이야?"

"남부에 유서 깊은 가문인 르테로스턴 가문의 둘째 여식입니다."

헐, 말도 안 돼.

어쩐지 곱게 자란 티를 막 낸다 싶었다만 그런 출생의 비밀이 있었다니. 잠깐, 그럼 내 세르이라가 백작 부인인 게 사실은 당연하단 뭐 그런 말인가. 백작 부인씩이나 되는 사람이 내 유모를 맡은 게 아니라? 머릿속이 갑자기 꼬이기 시작한다.

"세르이라가 내 유모인 것도……."

"예."

운을 떼자 바로 알아들은 페르델이 수긍한다.

"원래 황족의 유모는 황실에서 고르고 고른 여성들입니다. 유모를 들이는 풍습은 귀족들에게 일종의 문화거든요. 저희 쌍둥이들에게도 유모가 붙어 있지요? 필요나 쓸모는 둘째 치고, 일종의 권력과 전통의 과시입니다. 물론 아무나 들이지 않습니다. 대신 대우가 좋지요."

페르델은 덧붙여서 황실 자녀의 유모는 죽을 때까지 황실에서 편의를 봐준다고 말했다. 황족 유모 자리가 되게 좋은 거였구나. 그러니까 세르이라가 수락할 수밖에 없었군. 그나마 대우가 좋다니 다행이었다.

"그런 사람들에게 둘러싸여 계신 겁니다, 공주님은."

그런데 대체 이 이야기를 하는 의도가 뭘까? 나는 조용히 페르델을 쳐다보았다. 내 시선에 페르델이 웃는다. 평소에 보던 어딘가 나사 하나 빠져 보이는 그런 웃음이 아니었다.

어째 무언가 싸한 그런 미소.

"유모님께 예절 수업 받으셨지요? 뭘 배우셨나요?"

뭘 배웠냐고 물어도…….

"나보다 높지 않은 사람한텐 항상 반말을 사용할 것. 사람을 부릴 때는 간단하고 명료한 명령어를 이용할 것."

"그리고?"

"어느 누구에게나 쉽게 고개를 숙이지 않으며, 인사를 할 시엔 살짝 고개를 숙여 보이는 것으로 끝낸다. 그보다 정중함을 나타낼 때엔 치마를 들어 보이는 법도 있다. 하지만 그 어떤 상황에서도 황제 외의 사람에겐 무릎을 꿇을 수 없다."

"예, 잘 알고 계시네요."

내 대답이 만족스러운지 페르델이 활짝 웃는다.

"공주는 황제 외에 그 누구에게도 무릎을 꿇지 않습니다. 그것은 다른 나라의 왕에게도 마찬가지입니다. 공주님을 따로 황족이라고 부르는 건 다 그런 이유 때문입니다. 당신은 일종에 우리와는 종족이 다른 사람이거든요."

의도한 건 아니었지만 종족이 다르단 소리엔 나도 모르게 대놓고 인상을 찌푸렸다. 아무것도 모르는 어린아이였다면 그렇구나 받아들였을지 몰라도 이미 살아온 경험이라는 게 있던 터라 나는 그렇게 쉽사리 페르델의 말에 수긍할 수 없었다.

인간이 다 똑같은 거지, 뭔 종족이 또 달라.

"그런 걸 신분이라고 말하죠."

평등사회란 참 좋은 거였구나. 새삼 난 참 좋은 곳에서 태어났었다고 깨달았다. 지금은 아니지만.

"그래서 당신이 무얼 하건 어떤 일을 하건 그것이 나라의 존망을 위협하는 일이 아닌 이상, 당신은 면죄부를 받습니다. 존재 자체로 그럴 만한 가치가 있거든요. 또한 귀족이 당신께 상해를 입혔을 경우, 그것이 고의적이면 무조건 사형, 고의적이지 않았다 해도 벌을 받습니다. 그것이 어떤 형벌일지는 공주님께서 직접 고르실 수 있습니다."

구역 위에 군림하는 귀족들이 내 아래에 있다는 게 그 한마디로 실감이 난다. 그건 생각보다 신나는 기분은 아니었다.

"폐하를 제외한 이 땅에 사는 모든 사람이 당신 밑에 있습니다. 그게 당신이 중요한 이유죠. 그렇게 보호받고 떠받들어지는 이유가 당신 하나에 달린 목숨이 많기 때문입니다. 공주님 한 사람을 가지고 우리는 한 나라의 존망까지도 노릴 수 있으니까요."

비로소 나는 왜 페르델이 이렇게 길게 설명하는지를 알 수 있었다.

"이게 바로 공주님이 고귀한 이유입니다."

고귀하다고 해 놓고 비웃는 듯한 그 시선은 뭐냐고, 인간아.

비꼬는 건지 아닌지도 헷갈린다. 내 기분이 별로 좋지 못해 보이니까 페르델은 어째 더 즐거워했다.

어휴, 아무튼 끼리끼리 논다더니. 이런 걸 보면 애비가 페르델이랑 노는 이유를 알겠다니까. 남 괴롭히는 데서 즐거움을 얻는 변태들.

"그런 특권과 그런 사랑을 누리는 이유지요."

하지만 그런 특권과 사랑의 이면에 다른 무언가가 숨어 있다는 걸 안 이상 기분이 좋지 않을 수밖에 없었다. 결국엔 그거잖아? 나중에 써먹으려고 아껴 주는 거. 내가 가축도 아니고.

이런 내 불만을 알아차린 건지 페르델이 웃는다.

"세상에 공평한 건 없습니다. 누리는 만큼 얽매이는 건 당연한 거죠."

"당연?"

"그래도 공주님께선 운이 좋으시네요. 적어도 국운을 위해 적국에 시집을 가거나 몸이 묶이는 그럴 일은 없을 테니."

페르델은 후궁의 공주들을 빗댄 것이다.

뭐, 그래, 그 공주들도 본국에선 예쁨 받고 자랐다니까. 티레니아처럼 본국으로 돌아가는 경우가 간혹 있긴 했지만 대신 다른 공주가 왔으니 상황이 나아지는 건 아니었다.

그러고 보니 티레니아는 왜 돌아간 거지? 한 달 전에 애비랑 대판 싸운 이후로 두 모자는 어째 소리 소문 없이 내 눈앞에서 사라졌다. 그냥 안 보이는 거라고 생각했는데, 생각나서 물어보니 돌아갔다더라. 이거 뭔가 찝찝한데.

설마 애비가 치워 버린 건가?

그래도 그 애기, 되게 예뻤는데.

뭔가 아쉬운 마음이 들락 말락 해서 나는 그냥 고개를 내저었다. 어차피 엮이면 피곤할 테니 그만두자.

"좋은 거야?"

"좋은 거죠."

글쎄, 좋은 거라는 건 알겠는데 딱히 어디가 좋은 건지는 모르겠다. 어차피 이 모든 게 내가 이뤄 낸 게 아닌 누군가의 결과물인 만큼 애비가 망하거나 이 나라가 망하면 나도 똑같은 처지가 될 거라는 건 안 봐도 뻔한 일. 그리고 페르델이 말하고 싶은 것도 그것일 터였다.

내가 한숨을 내쉬자 페르델이 예쁘게 웃는다.

"원래 인생은 운발과 타이밍입니다."

어이, 그건 대체 어디서 깨달은 진리야? 한 나라의 재상치곤 참 없어 보이는 사상이다.

"공주님께선 다행히 운과 타이밍 모두를 타고나셨네요."

"안 기뻐."

"하지만 그렇기 때문에 더 조심하셔야 합니다. 공주님께 바쳐지는 경의, 사랑, 존경, 그 모든 게 거짓일 수도 있으니까요."

진짜 어린애였다면 세상이 무너지는 듯한 충격을 가져다줄 소리이긴 했는데, 이미 별걸 다 겪어 봐서 그런지 나는 그냥 심드렁했다.

암, 살인의 피해자가 되는 경험을 쉽게 할 수는 없지.

죽을 때까지 살아 있는 기분 아나 몰라? 죽고 난 다음 환생하는 것도 기분이 아주 삼삼해.

그건 딱히 내가 공주가 아니라도 겪을 수 있는 일이란다, 페르델아.

"당신을 이용하고자 하는 사람들은 차고 넘칩니다. 그러니까 공주님은 모두에게 상냥하지만 엄격한 분이 되셔야 합니다."

"상냥하지만 엄격한 사람?"

아마 페르델이 말하는 '모두' 라는 건 나보다 신분이 낮은 사람들이겠지? 내 반문에 페르델이 고개를 끄덕인다.

"예, 하지만 그게 힘들다면 온전히 자신만의 편이 되어 줄 사람을 찾으세요. 공주라는 지위에 얽매이지 않고 당신 하나만을 위해 주는 그런 사람을 말이지요."

하지만 말이 쉽지, 그런 사람을 찾는 게 쉬운 일일까.

의문은 들었다만 페르델 말이 틀린 건 아니라 나는 그냥 한숨만 내쉬었다. 역시 사람 사는 건 어디나 힘들구나.

"그럼 페르델은 내 편이야?"

내 질문에 페르델이 두 눈을 동그랗게 뜬다. 설마 이렇게 직접적으로 물을 줄은 몰랐나 보지?

잠시 고민하는 듯 턱을 쓸다가 빙그레 웃는다.

뭐야, 이 수상한 웃음은?

"카이텔 편은 아니지만 공주님이라면 기꺼이 편이 되어 드리죠."

필요 없거든, 그런 친절.

구겨지는 내 표정이 보이지도 않는지 웃다가 문득 페르델이 고개를 갸웃한다.

"그러고 보니 공주님께선 정말 운이 좋으시네요. 이 제가 스승이기까지 하니 말입니다."

"좋은 거야?"

"당연하죠."

"왜?"

내가 질색을 하고 인상을 찌푸리고 있건만 페르델은 자기주장에 망설임이 없었다.

"그야 전 돈도 많고, 백도 있고, 무엇보다도 잘생겼으니까요!"

……아, 네.

근데 그거 언젠가 누구한테서 들어 본 대사 같은데. 나는 억지로 웃으며 반문했다.

"농담이지, 그거?"

"진담입니다."

오, 신이시여! 대체 내 주변 사람들은 다 왜 이 모양인가요?

나는 왜 정상인 사이에서 자랄 수 없는 건가!

별별 생각이 다 드는데, 갑자기 페르델이 두 눈을 반짝이며 나를 쳐다본다. 초롱초롱한 시선이 어째 아까보다 더 부담스러웠다.

뭐냐, 너?

"그런 의미에서 스승님이라고 불러 보실래요? 스. 승. 님!"

"……."

전 평생 이 남자를 스승님이라 부를 수 없을 것 같습니다, 신님.

* * *

  페르델이 내 스승이 된 이후로 나는 이 제국에서 가장 잘난 세 남자를 수중에 가진 승리자가 되었다.

  황제인 카이텔은 내 아빠지, 철혈재상인 페르델은 내 스승이지, 검은 기사인 아시시는 내 수호기사지. 이 제국에 나만큼 분에 넘치는 여자는 없었다. 아니, 있구나, 시르비아.

  "페르델이 잘 가르치나요?"

  "응, 의외로."

  시르비아도 진짜 의외라는 표정으로 고개를 끄덕인다. 나는 쿠키를 하나 집어 먹었다.

  "하긴 그래도 똑똑하긴 하니까요."

  근데 시르, 나야 뭐 그럴 만하지만 저기 네 남편 아니니? 그렇게 말해도 돼?

  가끔 생각하는 거지만 페르델은 시르에게 의외로 신뢰도가 바닥이었다. 그러니까 맨날 구박받지. 그래도 저들은 더러운 커플천국의 바퀴벌레 한 쌍이다, 칫.

  "근데, 시르."

  "예?"

  "아냐. 아무것도 아니야."

  내 반응에 시르가 의아한 듯 고개를 갸웃한다.

  사실은 왜 아시시가 그렇게 결혼에 부정적인 건지 물어보고 싶었다만. 시르가 그 이유를 알고 있는지도 의문이고, 내가 물을 자격이 있는 건지도 의문이다. 시르가 왜 그런 게 궁금하냐고 되물으면 해 줄 말도 없어서 그냥 입을 다물었다.

아무튼 이놈의 오지랖.

"근데 가족 모임은 잘 끝냈어?"

"아, 뭐 항상 그렇죠."

종갓집 맏며느리라는 게 이런 걸까. 그 한마디에 모든 해탈이 느껴진다. 그래도 시르비아가 해내는 걸 보면 본인도 비테르보 가문에 대한 불만은 없는 것 같았다. 신기하단 말이지.

"다만 북제국으로 시집가신 제 시누에게 문제가 생긴 모양이에요. 다음 달쯤이던가 온다던데. 당분간 묵으실 것 같아서 그 걱정밖에 없어요."

"왜? 오래 묵을까 봐?"

"그런 것보다는……."

시르가 조용히 시선을 돌린다.

나는 같이 고개를 돌리지 않아도 그 시선 끝에 뭐가 있을지 바로 짐작이 갔다. 아, 쌍둥이들 때문에.

어쩐지 시르비아의 진심이 느껴지는 것 같아 눈물 난다. 내가 아무 말 없이 어깨를 토닥이니 시르가 한숨을 내쉰다.

그래, 그래, 내가 네 맘 다 이해해.

우리가 그렇게 서로의 비애를 공감하고 있을 무렵, 부스럭거리던 드레스 룸에서 산세가 얼굴을 쑥 내밀었다.

"어, 엄마!"

산세가 잔뜩 얼굴을 찌푸리며 주섬주섬 나온다. 그러나 그것과 반대되게 발르는 당당하게 제 모습을 드러냈다.

"이것 봐라!"

두 놈들의 꼬라지를 확인한 순간, 나는 먹던 쿠키를 뿜을 뻔했다.

아, 나, 미치겠네. 저게 뭐야!

"자, 어때요? 우리 시녀들의 솜씨가!"

꾸미는 걸 끝낸 일린이 자랑스러워 하며 쌍둥이를 앞으로 내놓는다. 기겁하는 나와 달리 시르비아는 환하게 웃었다. 그리고 두 딸…… 이 아니라 여장한 아들들을 자랑스럽다는 듯 내려다본다.

나는 그 옆에서 웃긴 걸 참느라 죽어나고 있었다. 아니, 저게 대체 무슨 꼬라지요. 미치겠네, 진짜.

"웃, 웃지 마!"

부끄러운 듯 산세가 뺨을 붉히며 소리친다. 내 드레스를 입은 채 가발까지 쓰고, 두 꼬맹이들은 완전히 여자아이가 되어 있었다.

"리아, 나 예쁘지?"

부끄러운 듯 자꾸 숨는 산세와 달리 발르는 여장한 게 좋은 모양이었다. 나는 또 가발과 머리가 따로 놀고 드레스를 입혀 놨음에도 남자다운 발르를 보고 웃음이 터졌다.

저게 여자야, 산적이야?

수줍은 산세는 진짜 남자애라는 걸 모르고 보면 딱 여자애였는데, 발르는 뭐로 봐도 남자였다.

"세르이라, 고마워요. 덕분에 우리 딸들이 이렇게 예뻐졌네요."

"저야 재미있어서 좋았어요."

발르가 가발을 고정시키는 머리 장식을 자꾸 만지작거린다. 산세는 그저 시르비아에게 달라붙어 울기 직전이었다.

그러니까 누가 사고를 치라니? 이건 쌍둥이에게 시르비아가 주는 벌이었다. 가족 모임에서 하도 악마처럼 굴어서 그 벌을 주겠노라고 아침 댓바람부터 찾아왔었지. 역시 이런 거 보면 시르비아도 보통은 아니라니까. 아, 너무 웃었더니 뺨이 당긴다.

"그럼 아빠에게 가 볼까?"

시르비아의 말에 두 쌍둥이의 반응이 극명하게 갈렸다. 산세는 시르의 옷자락을 잡고 필사적으로 고개를 가로저었다. 그러나 발르는……

"오, 좋아! 당장 가자!"

물론 나도 당장 손을 들었다.

이 좋은 구경을 포기할 수는 없지.

"나도 갈래!"

*　　*　　*

포더르 궁 쪽 재상 집무실에 있을 거라 생각했는데, 페르델이 있는 곳은 솔레이였다.

그것도 하필 우리 애비 집무실.

시르비아도 이번만큼은 안 되겠다 싶었는지 주저했는데, 나는 포부도 당당하게 집무실의 문을 활짝 열었다. 그런 것 따위 내가 다 무시해 주겠어!

애비야, 내가 왔다!

"아빠!"

내가 부르는 소리에 애비가 잠시 나를 쳐다보더니 그냥 한숨을 내쉰다. 그 모습을 보고 나는 또 괜히 기분이 요상해졌다. 뭔가 알 것 같기도 한데, 모를 것 같기도 한, 그런 느낌적 느낌이 느껴진다.

아, 이거 다 드란스테 때문에 그래. 괜히 나까지 기분 이상하잖아!

그냥 쟤는 원래 저런 거야! 나를 배려하는 게 아니…… 려나?

다시 머리가 복잡해져서 인상만 쓰고 있는데, 알아서 보고를 접던 페르델이 내 뒤의 쌍둥이를 보고 두 눈을 동그랗게 뜬다.

"이게 누구야, 우리 아들내미들 아니야?!"

"아빠!"

페르델의 반응에 발르가 신이 나 달려간다. 그러나 산세는 부끄러운 듯 시르비아의 치맛자락을 절대 놓지 않았다. 저러니까 더 여자애 같네. 지금도 산세는 충분히 수줍은 레이디였다.

"아빠, 이거 봐!"

"오오, 역시 내 아들! 뭘 입혀도 예쁘구나!!"

자기한테 달려드는 발르를 안아 들며 페르델의 입이 귀에 걸린다. 자기 모습을 자랑하며 뿌듯해 하는 발르도 그랬지만 그 모습에 일일이 찬양을 늘어놓는 페르델도 결코 만만치 않았다.

그리고 나는 깨닫는다. 역시 저 집안은 범상치 않구나. 물론 비범함을 따지자면 우리 집안도 만만치 않았다.

"저게 뭐하는 짓거리지?"

시르비아의 인사를 받다가 카이텔이 인상을 찌푸린다. 남자한테 여자 옷을 입혀 놓은 게 눈에 거슬리는 모양이었다. 정작 두 아이들의 아버지인 페르델은 저러고 있는데 말이지. 이건 또 무슨 미친 짓이냐는 반응에 나는 새삼 네가 왜 그러냐는 듯 쳐다봐 주었다.

애비야, 내 눈엔 네가 하는 짓이 더 이상하단다.

하지만 이걸 입 밖으로 낼 용기는 없지, 하하!

그래도 언젠가 미친 척 카이텔 얼굴을 똑바로 보고 말해 보고 싶었다. 물론 죽을 각오 좀 하고. 아, 자살하고 싶어지면 시도해 볼까? 가장 빠르고 정확하게 이 세상을 뜰 수 있는 방법인 것 같은데. 그것도 아니면 술 먹고 나중에 해 보자고 다짐하며 나는 고개를 끄덕였다.

그사이 시르비아가 뿌듯한 표정으로 발르와 산세를 쳐다본다. 카이텔의 시선은 발르를 넘어서 산세에게로 향하고 있었다. 아까부터 안절부절못하던 산세가 우리 애비의 눈치를 본다. 그러다가 둘의 시선이 딱 마주쳤다.

"……!"

저거— 말려야 하지 않을까?

딱히 윽박지르거나 화내거나 그런 것도 아니었는데, 산세는 금세 울먹거리기 시작했다. 저러다가 애 울 것 같은데. 아니, 물론 카이텔을 봤을 때 어린애들이 저러는 건 정상이긴 한데, 그래도 이건 뭔가 좀.

"아빠!!"

그 순간 산세가 시르비아의 옷자락을 손에서 놓고 페르델에게로 달려갔다. 눈물을 그렁그렁 매달고 달려오는 산세를 페르델은 좋다고 품에 안아 주었다. 페르델 품에 꼭 안겨서 얼굴을 파묻고 비비적거리는 산세는 내가 봐도 귀여웠다.

하, 저런 살인적인 귀여움이라니. 이 맛에 아들을 키우는구나.

내가 아이를 키우는 소소한 재미가 뭔지 알아 가고 있는데, 그 모습을 물끄러미 쳐다보던 애비가 갑자기 날 잡는다.

"울어 봐."

뭐, 이 새끼야?

어이가 없다. 어이가 없다 못해 헛웃음이 나온다. 아, 나, 이 미친놈, 진짜.

"으에에에에에엥."

하지만 시킨다고 하는 내가 제일 미쳤다지. 하하, 아빠 따라서 정신 줄 놨네요.

네가 울라고 말한다면 울어 주는 것이 인지상정!

하지만 이런 우는 척은 카이텔이 원하는 바가 아닌 모양이었다. 썩 석연치 않은 표정으로 날 내려다본다.

뭐, 인마?

나는 그 즉시 우는 걸 그만두었다.

해 줘도 그래. 근데 대체 내가 왜 이러고 있는 거지? 제정신이 드니까 갑자기 부끄러움이 몰려온다. 아, 갑자기 부끄럽네. 그냥 뭐랄까, 구멍이 있으면 들어가서 숨고 싶다.

"이것 봐라! 우리 아들들 귀엽지? 이 귀여움이란. 누굴 닮았는지 말은 더럽게 안 듣는데, 그래도 사고 다 쳐 놓고 나서도 웃으면서 아빠아빠 하면 나도 모르게 용서해 주게 된다니까?"

아무래도 페르텔에겐 눈치라는 게 없는 모양이었다. 여기 부녀가 어색한 시선을 주고받고 있는데, 그 가운데 서서 지 아들 자랑을 시작한다. 카이텔은 아예 대놓고 노려보고 있었다.

"이제 제법 잘 뛰어다녀서 주말마다 공차기도 하고, 승마도 같이 배우고! 같이 놀면서 쉴 때마다 그래도 내가 아빠라고 이것들이 물 떠 오고 그러는데, 그럴 때마다 얼마나 귀여운지 몰라. 넌 아들이랑 공놀이하는 재미를 아냐? 쯧쯧, 이놈이 인생을 헛살고 있구먼."

근데 페르델아, 이만 그쯤에서 그만두는 게 어떻겠니?

물론 카이텔을 약 올려서 빡치게 하는 게 페르델의 유일한 취미이자 즐거움이라는 건 알고 있는데, 이건 좀 무서웠다. 너 때문에 내가 무슨 혹사를 당할지 모른다고! 이제 나한테 공놀이하자고 그러면 다 저놈 때문이었다, 엉엉.

"이제 검도 슬슬 배우기 시작하는데, 역시 우리 집안이 대대로 원수부 출신이잖아. 애들이 유전자가 그래서 그런지 남달라. 형이 그러는데 아주 뛰어나대. 역시 아들은 이런 맛에 키우나 봐. 그치?"

아오, 얄미운 놈.

살살 웃으면서 되묻는데, 진짜 딱 한 대만 치고 싶다. 그 마음은 애비도 나와 별반 다르지 않은 모양이었다. 잔뜩 날카로워진 눈빛을 하고 애비가 살벌하게 웃는다. 그건 마치 비웃는 듯한 표정이었다.

"그래?"

……나 이놈이 이럴 때가 제일 무섭던데. 가만히 입을 다물고 물러나려 했는데, 어떻게 알아차린 건지 애비가 내 팔을 꽉 잡는다.

흐읍, 나에게 자유란 허락되지 않는 거구나.

그 첨예한 긴장감 속에서 이대로 사라지고 싶다는 생각을 하고 있었다. 근데 답지 않게 애비가 상큼하게 웃는다.

"우리 따님은 나중에 크면 나랑 결혼할 거라던데."

"......."

페르델의 표정이 굳는다. 카이텔은 내 머리를 쓰다듬으며 한숨 아닌 한숨을 내쉬었다.

"부모와 자식은 결혼할 수 없다는 걸 어떻게 납득시켜야 할지 고민이더군."

"시르비아!!"

옆에 있던 시르비아를 데리고 페르델이 갑자기 집무실 밖으로 뛰쳐나간다.

나는 당황했지만 곧 돌아본 애비가 승리의 미소를 짓고 있는 걸 보고 혀를 찼다. 어휴, 이 한심한 놈.

이기니까, 좋냐? 이 유치한 놈아!

* * *

"요새 자주 보이는 걸 보니 한가한가 봐?"

내 질문에 얄미운 드란스테가 빙그레 웃는다. 앞에 있는 차를 한 모금 들이켜더니 턱을 괸다. 그 꼴이 무슨 시골 한량 같아서 나는 괜히 더 눈꼴 시렸다.

"뭐, 그렇지."

또 왔다가 금세 사라질 거라 예상하고 방치하고 있었더니 요새 대체 무슨 바람이라도 분 건지 드란스테는 또 한동안 눌러살기 시작했다. 사는 사람 없이 먼지만 쌓여서 거의 없는 방 취급당하는 제 거처에 떡하니 짐을 풀더니 웬일로 꽤 버티고 있다. 이것도 벌써 두 달쯤 된 일이라 이만하면 또 소리 소문 없이 사라지려니 했는데, 정말 의외였다.

그냥 오래 버티고 있는 거라면 네가 웬일로 그 역마살을 누르고 있는 거냐며 신기해 했겠지만 문제가 하나 있었으니, 그건 이 자식이 뻑하면 날 쫓아다니며 괴롭힌다는 사실이었다.

바로 오늘처럼.

오랜만에 평화로움을 만끽하고 있는 나를 찾아 후원에 쳐들어와서 이렇게 훼방을 놓고 있잖아!

잔뜩 인상 쓴 얼굴로 드란스테를 노려보는데, 순간 그와 시선이 마주친 시녀들이 하나같이 공대를 하고 지나간다. 대체 이놈이 뭐길래 이런 대접을 받고 있는 거람? 맨날 바람처럼 왔다가 사라지는 놈인데, 이렇게 극진히 대접을 받는 게 이해가 안 된다.

내가 대놓고 인상을 쓰자 드란스테가 소리 내어 웃었다.

아오, 짜증.

"너 진짜 정체가 뭐냐?"

"왜, 궁금해?"

그래, 궁금하다. 정체도 정체지만 이놈의 과거사가 제일 궁금했다.

벌써 이렇게 얼굴 보고 안 지가 칠 년이 넘어가는데, 어떻게 내가 아는 거라고는 이름이랑 생김새, 좋아하는 차, 이렇게 딸랑 세

개밖에 없어?

내가 이놈한테 관심이 없는 것도 아니었다. 없을 땐 진짜 없지만 보이면 관심이 갈 수밖에 없다. 하기야 이렇게 눈앞에 떡하니 버티고 서 있는데, 관심을 안 주려야 안 줄 수도 없지만.

내 반응에 드란스테가 기분 좋다는 미소를 짓는다. 나의 짜증 게이지 수는 또 올라갔다. 아오, 얄미워.

난 지금까지 세상에서 제일 미스터리한 건 우리 애비라고 생각했는데, 이 세상에 그런 사람이 딱 두 명 더 있었다. 하나는 아시시, 그리고 다른 하나는 눈앞의 드란스테!

"일단 네가 왜 우리 애비 스승이라고 불리는 건지가 제일 궁금해."

드란스테가 심드렁하게 턱을 괸다.

"그거야 스승이니까."

"뭘 가르쳤길래?"

"글쎄."

이걸 한 대 처, 마라?

진심으로 얼굴에 주먹을 날려 주고 싶다고 생각하고 있는데, 드란스테가 고개를 꺾더니 씩 웃는다.

"으음, 글쎄? 인생?"

뭔 헛소리야.

대낮부터 술을 처마시더니 이게 진짜 정신이 나갔나. 나는 진지하게 드란스테를 노려보았다. 그러지 말고 순순히 부는 게 네 신상에 좋을 텐데, 이 드란스테 놈아?

내 마음속의 외침이 먹히기라도 한 건지 드란스테가 갑자기 살

살 눈웃음을 친다.

"내 정체 알려 줄까?"

"응."

웬일이래? 나는 조금 혹했다.

맨날 내가 정체를 밝히라 하면 무시하거나 그냥 넘어가기 일쑤인 드란스테가 정말이지 웬일로 내 말에 반응을 한다.

머리에 총 맞았나? 아, 여기는 총이 없지.

어쨌든 좀 의아하긴 했지만 일단 난 궁금한 게 우선이었으므로 가까이 다가오라는 녀석의 손짓에 상체를 앞으로 내밀었다. 드란스테의 얼굴이 좀 더 가까이 다가온다.

나는 숨을 죽였다. 드란스테가 진지한 표정을 짓는다.

그러더니…….

"비밀!"

죽고 싶냐!!

진심 내가 온화한 성격이라 망정이지 우리 애비 같은 망나니였으면 이미 칼을 뽑아 들고도 남을 상황이었다.

내 살기 어린 표정에 드란스테가 깔깔대며 웃는다. 테이블을 손바닥으로 두들기고, 제 배도 두들기고, 아주 그냥 난리가 났구먼. 아오, 이런 놈을 믿다니, 내가 멍청이지. 아, 짜증 나!

"아, 웃겨라."

뭐가 그렇게 웃긴지 어느새 눈가에 눈물이 그렁그렁하다. 나는 대놓고 인상을 썼다.

"그만 웃어라."

그래도 내가 신경질 부리는 건 무서운 모양인지 끅끅대며 웃긴

해도 웃음을 참는 기색은 보였다. 그런데도 얄밉네. 내가 그렇게
뚱한 표정으로 계속 노려보고 있으려니 겨우 진정된 건지 눈가의
눈물을 훔치던 드란스테가 갑자기 제 턱을 짚는다.

"내기 할래?"

"뭔 내기?"

이게 진짜 이제는 자다가 봉창 두드리는 소리까지 하네? 어이가
없어서 헛웃음을 지으니까 드란스테가 예쁘게 웃는다.

"내가 뭐인지 맞춰 봐—."

"죽고 싶구나. 그냥 불어."

내 살벌한 반응에 드란스테가 재빨리 뒷말을 덧붙인다.

"맞추면 내가 한 가지 다른 무언가를 알려 주지. 이를테면……."

드란스테가 제 목소리를 낮춘다. 제법 진지한 모습에 나는 나도
모르게 숨을 죽였다.

"카이텔의 어린 시절 어때?"

"콜!"

이게 웬 떡이냐!

나는 당장 동의했다. 우리 애비의 어린 시절이라니.

전혀 들을 수 없는 이야기를 들려준다는 말에 그만 혹해 버렸다.
설마 이거까지 사기는 아니겠지? 의심하는 내 시선에 드란스테가
삐긴다. 아무튼 생긴 건 멀쩡하다니까. 얼굴이 아깝다!

진짜 이놈에게 미모를 빼면 남는 게 뭘까 고민하고 있는데 드란
스테가 갑자기 씩 웃었다. 뭔가를 꾸미는 듯한 미소에 불길한 예
감이 들어 자연스레 인상을 찌푸려졌다. 역시나 드란스테가 음흉
하게 말한다.

"대신 네가 지면……."

지면, 뭐?

"나한테 시집와."

"됐거든?"

이건 내가 꼬꼬마일 때도 시집 타령이더니 커서도 난리다.

아직 포기 안 했냐? 징하다, 징해.

그러거나 말거나 드란스테는 이미 내가 내기에서 지면 어떻게 결혼식을 올릴까 무서울 정도로 구체적인 망상을 주절거린다. 손에 쥔 찻잔을 던지고 싶어서 근질근질하는데, 드란스테의 표정이 갑자기 바뀐다. 그러더니 눈 깜짝할 사이에 사라졌다.

……이 자식이.

"뭐하고 계셨습니까?"

"아? 응."

갑자기 들린 아시시 목소리에 하마터면 쥐고 있던 찻잔을 진짜로 던질 뻔했다.

그나저나 갑자기 왜 사라졌나 싶었더니 아시시가 돌아와서였구나. 괜히 얄미워한 게 머쓱해서 나는 헛기침을 했다. 아시시가 의아한 표정을 짓는다. 나는 그냥 말없이 웃었다. 아무래도 드란스테와 있었다고 하면 별로 좋아하지 않을 테니.

"그냥 있었어. 운동하고 온 거야?"

"예, 다녀왔습니다."

아시시는 이 주에 한 번 하는 겨울달기사단의 훈련을 다녀오는 길이었다. 내 수호기사라고 해도 아무리 그래도 기사니까 가끔 있는 중요한 훈련엔 빠지면 안 된다며, 이렇게 한 번씩 다녀오곤 했다.

그러고 보니 드란스테 놈, 인심 써서 먼저 사라져 준 건가. 아시시가 또 걱정 폭발해서 날 달달 볶을까 봐? 웬일로 그런 착한 일을 한 건가 싶었지만 그래도 내심 고마운 건 사실이었다. 아무튼 그놈은 가끔 이런 애매한 일을 해서 마음 놓고 미워할 수도 없게 만든단 말이지. 얄미운 자식.

"책을 읽고 계셨습니까?"

"응?"

내 옆에 놓인 책을 보며 아시시가 묻는다. 어느새 옆에 선 아시시는 여느 때와 같이 늠름했다.

문득 처음 봤던 날이 생각나네.

나는 무심코 웃었다. 그때는 이런 거 상상도 못했는데.

"근데 벌써 다 읽었어."

내가 자리에 일어서자 자연스레 아시시가 따라붙는다. 후원이라도 한 바퀴 돌아보고 돌아가서 저녁을 먹을 생각이었다. 항상 하는 거라 아무 생각 없이 일어난 건데 막상 아시시를 보고 있자니 뜬금없이 마음이 동한다.

"아시시, 우리 손잡을래?"

"예?"

이거 필요 이상으로 놀라는 거 아니야? 먼저 말해 놓고 나는 괜히 민망해졌다.

"아니, 그냥……. 나, 생각해 보니까 아시시랑 손잡아 본 적은 없는 것 같아서."

맨날 안겨 있었으니까.

아니면 아시시 소매를 잡고 가거나 아니면 아시시가 내 뒤에서 걸었다. 아빠랑 손잡고 걸어가는데 아시시가 뒤를 따르는 형상이 제일 많았다지.

어라, 근데 생각해 보니 진짜 손잡은 적은 없었네.

막상 깨닫고 나니 어떻게 그럴 수가 있을까 의심이 갈 정도로 새삼스럽다.

난 아시시한테 해 준 게 하나도 없구나. 아시시는 맨날 날 열심히 지켜 주는데. 아시시에 대해 아는 것도 없다. 정말 무심한 주인이었구나 생각하며, 나는 겨우 웃었다.

"자, 손잡자."

손을 펴고 바로 앞에 내미니 아시시가 내 손을 빤히 내려다본다. 낯선 물체를 바라보는 시선이라 나는 조금 민망해졌다.

사람 손 처음 보니?

아시시 표정이 마치 이건 뭔가 고민하는 얼굴이다. 괜히 손잡자고 한 걸까? 그냥 손잡지 말자고 하고 싶었지만 그래도 어쩐지 그가 잔뜩 당황한 기색이라 나는 애써 참고 그 어색한 공기를 인내했다. 싫은 기색 같은 건 느껴지지 않으니까. 참자, 참자!

뭔가 간질간질한 기분을 애써 참고 있으려니 한참 만에 아시시가 반응한다. 멈칫하며 손을 뻗는 꼬락서니가 영락없이 수줍음 많은 아가씨였다. 근데 아시시는 남자잖아?

"저기, 아시시."

이건 뭘까. 나는 진지하게 내 손을 내려다보며 한숨을 내쉬었다.

"아시시, 이건 잡는 게 아니라 집는 거잖아."

혹시 내 손이 더러운 거니? 집고 있게. 그것도 너무 살포시 집고 있어서 할 말이 없다. 이건 대체 무슨 신개념 손잡기인 걸까? 설마 지금 유행하는 손잡는 방법인가? 내가 유행에 뒤떨어지는 거야?

갖은 고뇌에 시달리고 있으려니 아시시가 대꾸한다.

"괜찮습니다."

아니, 손잡는 게 틀렸다는 데 뭐가 괜찮아.

"아시시, 지금 네가 내 손을 잡은 게 아니라 집은 거라고."

"저는 괜찮습니다."

아니, 내가 안 괜찮거든?

도대체 왜 손잡는 거 가지고 이렇게 안절부절못하는 건지 알 도리가 없다. 나는 아시시를 물끄러미 올려다보았다. 고작 내 손을 집고 있는 주제에 뭐가 걱정인지 아시시는 벌써부터 인상을 쓰는 중이었다. 어쩔 수 없지.

나는 한숨을 내쉬며 내 쪽에서 손을 틀어 아시시의 손을 잡았다. 내 손이 먼저 자기 손을 잡자 아시시가 움찔한다. 내 손에 잡힌 아시시의 손에서 순식간에 힘이 빠져나가자 당황스러웠다.

얘, 왜 이러지?

좀 더 꽉 잡았으면 좋겠는데, 지금 이대로 잡다간 조금만 손이 흔들려도 빠질 거 같았다. 내가 재촉하자 아시시가 울 것 같은 표정을 짓는다. 대체 왜? 그냥 손잡자는데, 누가 보면 내가 옷이라도 벗겨 가는 줄 알겠다. 그렇게 싫은 거냐!

설마 진짜 싫어서 이러나 진지하게 고민하는데, 아시시가 입술을 꾹 깨문다.

"얼마나 힘을 줘야 할지…… 모르겠습니다."

……응?

순간 너무 당황해서 나도 모르게 이상한 소리를 내 버렸다.

아니, 그건 그렇고. 너 지금 뭐라고?

"……설마 내 손을 잡기 위해 힘을 얼마나 줘야 하는지 몰라서 손을 못 잡고 있다는 그 말은 아니겠지?"

설마, 아닐 거야, 아니겠지.

그러나 설마는 오늘도 날 무참하게 배신했다. 아시시가 크게 고개를 끄덕인다. 그리고 나는 할 말을 잃었다.

"리아 님 손이 너무 작고 연약해서 조금이라도 힘을 주면 터질 것 같습니다."

아시시는 한껏 진지하게 말했다. 그 폼이 진짜 정말 무척 심각해서 나는 내 손이 풍선으로 만들어졌던가 하고 순간 착각을 일으켰다.

그럴 리가 없잖아!

아시시가 순식간에 침울한 표정으로 고개를 숙인다. 나는 뭐라 말할 수가 없어서 난감해졌다.

아, 진짜 얘는……. 익숙해졌다 싶으면 하나씩 무언가를 터뜨린다. 당황스럽기보다 이젠 놀랍다. 대체 어떻게 생각하면 힘을 너무 줘서 손이 터진다고 생각할 수 있는 거지?

"내 손 그렇게 안 연약해. 잡아도 돼."

"그, 그치만……."

그치만은 무슨 그치만이야!

어쩔 수 없지. 이렇게 나온다면 나도 다 생각이 있다 이거야! 나는 대뜸 내 손에 들어온 아시시의 큰 손을 꽉 잡았다. 어른 손이라 그런지 내 손에 비해 적어도 두 배는 되는지라 아시시의 손아귀에 잡힌 내 손이 하나도 안 보인다.

얼굴은 곱상한데, 아시시의 손은 정말 거칠다. 역시 검을 쓰는 사람이라 그런가. 카이텔도 그리 고상한 손은 아니지만 아시시 손은 그보다 더 거칠었다.

"자, 이렇게 잡으면 돼. 딱 이 정도로."

손을 펴서 다시 아시시의 손을 꽉 잡으니 몸을 움찔한다. 내가 손에 힘을 줄 때마다 아시시는 쩔쩔맸다.

뭐야, 꼭 무슨 널 괴롭히고 있는 모양새처럼 느껴지잖아! 세상에 손잡는 걸로 괴롭힘을 당하는 건 너밖에 없을 거다, 이놈아! 진짜 미치겠다. 애를 어찌해야 되는 거지?

"알았지? 딱 이렇게 잡으면 된다고. 응?"

"예. ……알겠습니다."

내 독촉에 아시시가 살짝 손에 힘을 준다. 내 손을 감싸는 큰 손의 감촉에 나는 나도 모르게 웃음을 짓고 말았다. 진짜 손 한 번 잡기 힘들다. 하지만 그보다 손 하나 잡기 힘겨워 하는 아시시가 너무 귀여웠다.

이런 걸 귀엽다고 생각하다니 나도 망했다니까, 진짜.

"왜 웃으십니까?"

내가 웃으니까 의아한 모양이다. 나는 기꺼이 환하게 웃어 주었다.

"아시시가 너무 귀여워서."

"……."

내 대꾸에 아시시의 얼굴이 순식간에 달아오른다. 나는 우리 둘이 잡은 손을 흔들며 그를 향해 다시 한 번 웃었다.

"자, 우쭈쭈, 우리 기사님."

내 말에 아시시가 인상을 찌푸린다. 애 취급을 받은 게 부끄러운 모양이었다.

하지만 그만둘 생각은 없단 말씀. 이러는 아시시도 좋은걸. 이렇게 좋아 죽겠는 나도 정말 구제불능이라고 생각하며, 나는 꽉 잡은 아시시 손을 내려다보다 그 손을 쥐고 흔들었다.

"자, 가자!"

* * *

벌써 아그리젠트의 계절은 여름을 지나 가을로 향하는 중이었다.

시간 한번 빠르구나.

곧 카이텔의 생일이라 그런지 요새 황궁이 소란스러운 게 나에게까지 느껴졌다. 물론 그게 아니라도 아클리스가 뜨는 바람에 이미 온 나라가 들떠 있었지만.

이렇게 낮인데 햇살을 가르고도 하늘에 달이 떠 있다.

나는 멀거니 하늘을 올려다보다가 하늘을 가득 메운 커다란 달의 정취에 무심코 큰 한숨을 내뱉었다. 저걸 보는 것도 이제 세 번째인가? 얼추 삼 년 주기로 뜨는 달이거늘 볼 때마다 감회가 새롭다.

처음엔 그저 신기하기만 했는데 지금은 뭐랄까. 저 달이 말을 걸고 있는 것 같았다. 여긴 내가 알던 곳과 전혀 다른 곳이라는 걸. 그리고 이게 진짜 내 세상이라고.

"저 청혼 받았어요."

“……?”

멀거니 생과일주스나 축내고 있는데, 문득 들린 말에 나도 모르게 괴고 있던 턱을 삐끗했다.

방금 내가 뭘 들은 거지?

날 잡아 주며 일린이 수줍게 웃는다. 그 미소가 순간 내 눈에 정면으로 들어왔다.

“곧 결혼해요.”

“진짜?!”

아니, 잠깐. 네가 남자가 어디 있다고? 아, 하신? 근데 친해진건 알았다만 벌써 그렇게 진도가 나갔단 말인가. 정작 나는 얼떨떨한데 일린이 붉어진 제 뺨을 짚으며 자꾸 부끄러워한다. 나는인상을 썼다.

“누구? 하신?”

“예, 공주님. 축하해 주실 거죠?”

아니, 축하할 일이긴 한데 말이지.

“물론 축하해 주긴 해야겠지만 이건 너무 이르잖…….”

“축하한다, 일린.”

내 말을 끊고 어느새 세르이라가 일린의 머리를 쓰다듬는다. 세르이라의 축하에 일린의 표정이 순식간에 펴졌다. 세르이라도 자랑스러운 얼굴로 일린을 내려다본다.

“감사합니다, 세르이라 님.”

그 순간 활짝 웃는 일린은 정말이지 너무나도 행복해 보였다.

그 모습을 보려니 불평하려던 말이 입안으로 쏙 들어간다. 저렇게 행복해 하는데, 뭐라고 할 수도 없고. 내가 뭔데. 아니, 근데 결혼한다니까 내 기분이 왜 이러지? 하신은 좋은 놈인데. 정말 좋은 놈 맞긴 한 것 같았는데 왜……. 아니, 그게 문제가 아니라.

"그래, 네가 드디어 시집을 가는구나. 갈 수 있을지 많이 걱정했다만."

"어머, 세르이라 님도!"

……떨어지기 싫다.

세르이라의 짓궂은 농담에 얼굴이 붉어져 허둥지둥대는 일린을 보며 나는 괜히 입맛이 썼다. 말도 안 돼. 소외된 기분이었다. 보내기 싫어. 대체 언제 이렇게 정이 든 거지? 그보다도 일린을 마치 누군가에게 뺏기는 기분이었다.

"공주님?"

시집가면 당연히 시녀 일은 그만두겠지?

그렇겠지. 시집가면 당연히 시녀 일 그만두는 건데. 아, 좋기도 한데 싫기도 하고……. 이 기분을 대체 뭐라고 표현해야 하는 거람?

내가 대답하지 않고 손으로 얼굴을 짚으니까 일린이 고개를 갸웃한다. 아, 몰라. 이 기분으로는 도저히 일린을 축하해 줄 수 없을 것 같다. 나는 괜히 입술을 깨물었다.

그때였다. 익숙한 목소리들이 들린 건.

"리아!"

태어나서 쌍둥이들의 방문이 이렇게 반가운 건 처음이었으리라.

쌍둥이들의 목소리에 벌써부터 시녀들은 한숨이거늘 나는 얼굴에서 손을 떼고 겨우 웃을 수 있었다. 차라리 이 복잡한 기분을 잊게 만들어 주는 존재들의 등장에 한편으로는 안도하는 마음까지 생긴다.

"놀러 왔어!!"

오늘도 어김없이 해맑은 발르의 목소리가 제일 먼저 들린다. 그 뒤로 산세가 따라오고……. 어라?

"누구야?"

처음 보는 존재에 나는 고개를 갸웃했다.

두 꼬맹이들이 절대 지는 존재감은 아니건만 둘을 순식간에 애기로 만드는 저 존재감은 뭐지? 처음 보는 얼굴이었다. 뭐야, 우리나라에 저런 사람이 있었던가? 또래의 어린애들을 많이 만나 본 건 아니라 조금 당황스럽다. 거기다가 두 쌍둥이는 자랑스럽게 그 남자애를 데려오고 있었다.

한 열 살? 많아 봤자 고작 열한 살 정도일 것 같은 어린애가 두 꼬맹이들 손을 잡고 다가온다.

탐스럽게 흘러내리는 회색 머리카락, 총명하게 빛나는 은청안. 한 번 봤다 하면 절대 잊을 수 없을 미모의 어린애였다.

뭐야, 어린애 주제에 왜 이렇게 잘생겼어?

당황한 내가 보이지 않는지 오자마자 쌍둥이들이 그 남자애를 앞에 내세운다.

"리아, 우리 형이다!"

"우리 형이야! 잘생겼지?!"

그래, 잘생겼네. 근데 진짜 처음 보는데.

거기다가 형이라니, 이게 무슨 헛소리지? 얘네가 약을 먹지 않은 한 자기들이 비테르보가의 첫 손주라는 건 아주 잘 알고 있을 텐데?

내가 알고 있기에 페르델은 다섯째인데 세 번째로 결혼했고, 세

번째로 애를 낳았다. 페르델 형인 이테올이 낳은 건 딸이잖아? 근데 이 형님은 어디서 갑자기 툭 튀어나온 거지?

고민에 열중하느라 너무 빤히 쳐다보고 있던 모양이었다. 내 시선이 부담스러웠던 건지 녀석이 먼저 웃는다. 어라?

"아힌 뤼체른 헨보스입니다. 처음 뵙겠습니다, 공주님."

헨보스라면 북제국의 이름인데, 스헤르토헨보스.

순간 페르델의 누나가 북제국으로 시집갔다는 소리를 들었던 기억이 얼핏 떠올랐다. 아, 맞다. 시르비아가 이번에 북제국에서 시누이가 온다고 그랬었지.

"아리아드나 레르그 일레스트리 프레 아그리젠트. 리아라고 해요."

일국의 공주로서 실례를 범한 것 같아 살짝 민망하다. 그래도 우리나라 귀족이라면 그나마 괜찮은데 외국의 귀족이라니. 망했다.

내 인사에 아힌이 웃는다. 그 미소가 제법 예뻐서 나는 깜짝 놀랐다. 제, 제법인데.

"형아! 우리 리아 예쁘지?!"

산세가 갑자기 뛰어들지 않았다면 한참 동안 그러고 바라보고 있을 뻔했다. 갑자기 놀란 가슴을 쓸어내리며 나는 괜히 안도의 한숨을 내쉬었다. 아, 방금 미소 진짜 대단했어.

"나중에 우리 색시 삼을 거다!"

"응. 우리 색시 될 거야!"

근데 이것들이 어따 대고 작업질이야. 언제 내가 니들이랑 결혼한댔냐?!

갑자기 머리가 지끈지끈거린다. 이건 다 페르델이 한 짓이겠지. 안 봐도 뻔했다. 내 시선이 살벌해지고 있건만 주제도 모르고 까불기 시작하는 쌍둥이들 때문에 나는 심각하게 고민했다.

외국 손님 앞에서 한번 단체 기합 좀 줘?

아그리젠트 공주가 얼마나 막장인지 단번에 보여 줄 수 있을 것 같은데. 어쩔까 고민하고 있는데, 갑자기 아힌이 두 녀석을 다독였다.

"그래, 그럼 미래의 신부님께 멋진 모습만 보여야겠지?"

금방 산만해져서 난리 치려던 애들이 그 한마디에 두 눈을 반짝반짝 빛낸다.

나는 재삼 놀랐다. 내가 제일 멋지다며 난리 난 쌍둥이를 고작 몇 마디 말로 진정시켜? 이건 시르비아도 못하는 건데? 물론 나도 못한다.

애들이 아힌을 데리고 후원으로 나간다. 그 뒤를 따르며 나는 괜한 혼란에 휩싸였다. 애 다루는 거 능숙하네. 본인도 애인 주제에.

"형아, 이것 봐라."

"어, 산세, 저거 봐!"

저놈들이.

그래도 쌍둥이는 쌍둥이였다. 금방 후원을 뒤집어엎을 듯 헝클어 놓으며 뛰어놀기 시작한다. 아힌은 그저 끌려다니며 둘이 너무 심각하게 사고 치지 않게 제지했다.

잘생기긴 진짜 잘생겼네. 비테르보 두 꼬맹이도 결코 뒤지는 미모는 아니건만 아직 어린 데 어린놈이 아우라가 장난이 아니었다. 크면 진짜 여러 여자 울리겠어. 보석 같은 은청안이 맑게 비친다. 나는 그걸 구경하며 어떤 인간인지는 몰라도 저 남자애한테 시집갈 여자애는 꽤나 고생할 것 같다는 생각을 했다.

그래도 저 두 꼬맹이가 나만큼이나 저놈을 따르는 모양이네. 제 부모 말은 우습게 알면서 저놈 말은 다 들어준다. 하, 내 말도 씹어 먹는 놈들이.

괜히 기분이 상해서 입술을 삐죽이는데, 순간 내 시선을 느낀 건지 아힌이 고개를 돌렸다. 그 바람에 긴장감 없이 쳐다보고 있던 나랑 시선이 딱 마주치고 말았다.

"……."

어, 어쩌지? 너무 빤히 쳐다보고 있었던 걸까.

나는 그냥 애들 잘 다루는 게 신기해서 쳐다본 건데.

설마 이상한 인간으로 찍히는 건 아니겠지? 이거 공주 체면 말이 아니라고 생각하며 난감해서 입술을 깨물었다. 한데 갑자기 아힌이 미소를 짓는다.

……?!

대체 왜 웃는 거지? 의미를 모르겠는데? 순간 당황해서 나는 한 손으로 만지작거리던 찻잔마저 엎을 뻔했다. 근데, 근데! 근데 문제는 내가 그 미소에 순간 얼굴이 달아올랐다는 사실이었다.

잠깐, 대체 이건 뭐야?!

* * *

"아힌을 보셨다고요?"

수업을 시작하자마자 페르델이 고개를 갸웃했다. 나는 별로 달갑지 않은 표정으로 고개를 끄덕였다. 아직도 그날을 생각하면 기분이 요상했다. 아니, 어린놈이 벌써부터 훈훈한 건 좋다지만 천하의 내가 어린애한테 설레다니. 이건 정말 정신이 붕괴될 만한 일이었다. 벌써부터 쇠고랑 찬 기분이라고.

내가 괴로워하는 것도 몰라 주고 페르델이 빙그레 웃는다.

"쌍둥이들이 고새 공주님한테 데려갔나 보죠? 어지간히 마음에 든 모양일세."

"그래, 그놈 말 엄청 잘 듣더라."

지난 숙제로 내준 신화 독후감을 내밀며 나는 입술을 삐죽였다.

내 반응에 페르델이 고개를 갸웃한다. 내 태도가 왜 이따구인지 궁금한 모양이었지만 난 결코 말해 줄 생각이 없었다. 그런 꼬마 애한테 두근거렸다는 걸 무슨 용기로 설명하느냐고! 아무리 그래도 어린애는 내 수비 범위가 아니라고 생각했거늘. 그것도 그런 한참 어린 꼬마 애한테! 하, 세상 말세야.

"아힌은 제 누나의 아들입니다."

"그건 알아."

내가 고개를 끄덕이니 페르델이 싱긋 웃는다.

"그래요? 그럼 차기 북제국의 황제라는 것도 아세요?"

응? 이건 또 무슨 소리지?

내가 두 눈을 동그랗게 뜨자 페르델이 그럴 줄 알았다는 듯 승리의 미소를 짓는다. 참 얄미운 미소였다.

그나저나 그놈이 황족이었다고? 원래 스헤르토헨보스의 모든 지배자는 헨보스란 성을 쓰기 때문에 그냥 넘겼는데 설마 그놈이 황족이었단 말인가? 놀라서 입을 다무는데 페르델이 설명을 시작한다.

"이번에 북제국의 성황 스히나가 아힌을 양자로 삼아서 다음 대의 황제로 만든다고 선포했습니다."

"진짜?"

"하지만 제 누이는 그걸 결사 반대하고 있고, 그래서 외가인 아그리젠트로 도피를 온 거죠. 북제국의 황제가 미치지 않은 이상 아그리젠트까지 쳐들어오진 않을 테니까."

양자로 삼는다고?

친자도 아닌데 굳이 양자를 삼아서 황제로 만들려는 의도는 모르겠다만 그보다 난 다른 게 더 궁금했다. 근데 왜 아그리젠트로 안 쳐들어온다는 거지? 어째서?

고개를 갸웃하다 나는 곧 깨달았다.

아, 맞다. 우리 아빠가 미친놈이었지.

비록 지금은 얌전하다고 해도 한땐 악명을 전 대륙에 떨치던 인간이었다. 만약 북제국이 쳐들어오면 옳다구나 하고 북제국을 날름 삼켜 버릴 인간이라지. 뻔히 그려지는 미래에 일종에 아찔함까지 느끼고 있는데, 페르델이 빙그레 웃다가 갑자기 손뼉을 친다.

"그래, 이왕 이렇게 된 거 오늘은 세 제국에 대해 배워 볼까요?"

갑자기 왜 말이 그렇게 되는 거지?

인상을 쓰고 둘의 상관관계에 대해 전혀 이해가 안 간다는 표정을 지었다. 그러나 내 노골적인 불만에도 페르델은 꿋꿋하게 지도를 펼쳐 든다. 전에 봤던 그 대륙 지도였다.

"공주님께서 아시다시피 이 대륙은 세 곳으로 나뉘어 있습니다. 북부, 중앙, 그리고 남부. 이렇게 가르는 기준은 하나입니다. 그

나라가 어느 문화권이냐는 것이죠."

그건 안다. 아니, 이 대륙에 태어난 사람이라면 누구나 아는 사실이었다.

세 대륙이 섬기는 존재는 각각 다르다. 북부는 천사, 중부는 정령, 남부는 신. 그리고 그 하나로 모든 문화, 경제, 사회가 갈라진다. 얼핏 보면 이해가 안 가는 구도였는데, 막상 자세히 설명을 들어 보면 달랐다.

"북부는 천사가 강림한 땅입니다. 신의 복음을 전하는 천사의 등장에 모든 것이 좌우된 대륙이죠. 따라서 천사의 제국이라 불리는 스헤르토헨보스를 중심으로 모든 나라의 역학 관계가 규정됩니다. 천사를 따르는 나라, 천사를 증오하는 나라. 참 쉽죠?"

북부에 있어서 천사는 일종의 메시아였다. 예수 그리스도란 느낌이랄까. 물론 북부에서 말하는 신 역시 하나님 같은 유일신이었다.

"그에 반해서 중부는 대정령을 모시기 때문에 사고방식 자체가 다릅니다. 모든 정령이 있지만 국가적으로 모시는 정령은 계절 정령뿐입니다. 또 나라마다 모시는 정령이 다릅니다."

이건 너무 많이 들었던 설명이었다. 무엇보다도 아그리젠트가 이 대정령의 휘하에 있는 나라라 더 그랬다. 페르델도 그래서인지 정령에 대한 설명은 길게 하지 않았다.

"그리고 남부는 레기온이라는 신을 숭배합니다."

"레기온 신족이잖아."

"네, 정확히는 레기온 신족이라 표현하는 게 맞죠."

레기온 신족은 주신 아래 수많은 신족이 있는 형태로 일종의 그리스나 북유럽 신화 속에 나오는 신들 같은 느낌이었다. 그래서 신전도 수많이 세워져 있고, 신들을 모시는 축제도 많단다. 언젠가 꼭 가 보고 싶었는데, 그들을 모시는 프레치아가 지금 아그리젠트 직할령이 되어 버리는 바람에 망했다. 게다가 페르델이 지금 프레치아에서 민족색을 말살시키는 정책을 펴고 있기 때문에 두 번 망했다. 아, 나.

"그 신족이 율레스와 토레스 두 편으로 나뉘어져 치고받고 싸우던 게 남부입니다. 그래서 율레스가 지배하는 프레치아 제국과 토레스를 모시던 남동 삼국이 나뉘어 존재하고 있습니다."

"진짜 신이 있었대?"

"예. 남부에 남은 다수의 성물이 신의 존재를 증거하고 있잖아요?"

의심하는 건 아니었다만, 그래도 성물씩이나 가지고 있는데 우리 애비한테 졌다는 게 믿기지 않아서 괜히 한 번 물어봤다. 성물이란 레기온의 신족이 그 땅에 내린 선물로, 신의 인정을 받은 자만 쓸 수 있는 물건들을 일컫는다. 각각에 어마어마한 힘이 담겨 있어서 제대로 쓸 수만 있다면 대륙 통일도 문제는 아니라는데…….

대체 왜 망한 거지?

"아무리 좋은 물건이 있어도 쓰는 사람이 현명하지 못하다면 그저 그런 물건이 되는 법이죠."

……내 속마음을 읽기라도 했니?

순간 이놈이 독심술이라도 하는 걸까 쳐다봤는데, 페르델은 그저 예쁘게 웃고 말았다. 난 가끔 이놈이 무서워.

"이 세 대륙은 암묵적으로 서로를 다른 세계로 인식하고 몇 천 년 동안 건드리지 않았습니다. 사실 침범하려 해도 다른 문화권의 절대자가 엄벌을 내릴지도 모른다는 불안감이 그런 상황을 만들게 된 것이죠. 그런데 이 금기와 불문율을 가장 먼저 깬 것이 바로 카이텔입니다. 이 대륙의 모든 지배자가 아그리젠트를 두려워하는 건 그런 이유죠."

하긴 나도 좀 무서웠다. 그 문화권 안에서의 다툼은 흔하다지만 성물이 떡하니 버티고 있는 나라에 쳐들어가고, 천사가 강림했다는 땅까지 침범하려 했었다니. 진짜 미친놈은 역시 뭔가 다르구나. 이런 데서 감탄하면 안 되는데 자꾸 감탄이 나온다.

와, 쩌네.

대략적인 설명이 끝나자 페르델이 다시 프레치아를 가리킨다.

"성물의 존재 때문인지 프레치아 레기온의 성물을 다룰 줄 아는 자만이 황제가 될 수 있습니다."

"엑? 다 쓸 수 있는 게 아니었어?"

"너도 나도 개나 소나 쓸 수 있으면 그게 성물입니까?"

하긴 그건 그렇지.

그래도 표현이 너무 저렴하다고 생각하며 나는 떨떠름하게 턱을 괴었다. 페르델이 이어 말한다.

"각각의 성물에는 특정한 인정이 필요하다고 합니다. 신의 증표를 가진 자는 성물의 인정을 받을 수 있다고 하는데, 이 성물의 인정을 받게 되면 황제가 됩니다. 물론 보통 직계 황족이면 다 다룰 수 있다고 하더군요."

"우와, 그럼 황제가 태어날 때부터 정해져 있는 거네."

"공주님도 그렇잖아요?"

응? 갑자기 난 왜 끌고 들어가?

내가 고개를 갸웃하니 페르델이 싱긋 웃는다.

"아그리젠트는 모든 황족이 정령의 축복을 받습니다. 물론 직계에 한 한 거지만 시조의 피를 잇기만 한다면 무조건 받는 거죠. 그 축복은 불로장생의 축복이라 합니다. 바로 공주님의 그 머리가 축복의 증거인 거죠."

"어? 은색?"

이건 전에 드란스테한테 들어 본 적 있었다. 내 반문에 페르델이 고개를 끄덕인다.

"그래서 그 머리를 가진 자를 우선해서 황위 계승권이 인정됩니다."

그렇구나.

난 그냥 예쁜 머리색이라고 생각했는데 다 그런 뜻이 담겨 있었다니. 그래도 불로장생의 축복은 좀 좋았다. 흠흠.

"반면 북제국엔 성흔이라는 게 존재합니다."

"성흔?"

"예, 천사의 몸에 새겨져 있던 문양이라고 합니다. 특정한 모양으로 몸에 나타나는데, 그것이 기적을 행할 때만 드러난다고 합니다. 천사의 증거이기에 스헤르토헨보스에서는 이 성흔을 가진 자에게 황족에 준하는 대우를 합니다. 그리고 황제를 결정짓는 가장 중요한 요소이기도 하지요."

왜 순간 바다를 가르는 모세의 기적이 떠오른 건진 모르겠지만 그래도 여전히 아리송했다. 진짜 그런 기적을 말하는 건가?

"아힌이 다음 대의 황제로 내정된 이유도 그런 탓이지요. 듣자하니 성흔이 완벽하다더군요."

"그게 좋은 거야?"

"성흔의 모양이 뚜렷하고 빛이 강할수록 더 강한 기적을 불러낸다니까요."

그게 아니라면 마법 같은 건가? 다음에 또 아힌을 만나면 시켜봐야겠다고 생각하며 나는 고개를 끄덕였다.

이제 스승의 권한으로 내 머리 정도는 쓰다듬을 수 있게 된 페르델이 손을 뻗어 머리를 쓰다듬는다. 고작 머리 쓰다듬는 것뿐이었는데 그것만으로도 행복한 표정이었다.

"시르비아 임신했다며."

"어? 벌써 거기까지 소식이 들어갔습니까?"

전에 시르비아 데리고 나가더니 그대로 아기를 만든 모양이었다. 또 임신이라며 시르비아가 투덜대긴 했지만 그래도 싫은 눈치는 아니었던 게 기억이 난다. 덕분에 난 당분간 또 시르비아를 못 보게 생겼지만 쌍둥이들이 동생 생긴다며 신나 하는 모습 때문에 마냥 투덜거릴 수도 없었다. 페르델이 웃었다.

"일단 오늘 수업은 여기까지입니다."

아싸! 이제 아시시랑 나가 놀아야지.

자리에서 일어서려는데 갑자기 페르델이 날 잡는다. 응?

"그럼 이제부터 숙제."

……이 자식이.

내 얼굴이 구겨지는 걸 확인하며 페르델이 사악하게 웃는다. 아오.

"이것 외에 세 나라의 차이점을 알아 오세요. 물어봐도 좋고, 문헌을 찾아봐도 좋습니다. 적어도 세 개 이상은 알아 오시길 바랍니다."

그래도 어려운 숙제는 아니라서 다행이었다. 나는 고개를 끄덕였다. 하지만 페르넬은 이번에도 날 그냥 보내 주지 않았다.

뭐야, 이번에는 또?

불만 가득한 표정으로 고개를 드니 페르넬이 사뭇 진지한 표정으로 무언가를 가리킨다. 그건 지도였다. 그것도 북대륙의 어느 나라.

"왜?"

"이 나라 이름 읽어 보실래요?"

내가 글자도 못 읽는 까막눈인 줄 아냐! 나는 새침하게 거기 써진 글자를 읽었다.

"부레티?"

"기억해 두세요."

응? 나라 공부하면서도 단 한 번도 들어 본 적 없는 당부에 나는 고개를 갸웃했다. 이 나라가 뭔가 중요한 건가? 하지만 북대륙의 동쪽에 치우쳐져 있어서 별로 그럴 것 같진 않았다. 뭐지?

"왜? 뭐, 중요한 나라야?"

하지만 이내 고개를 가로저은 페르넬이 나지막이 한 말에 나는 조용히 수긍할 수밖에 없었다.

"공주님 어머님의 나라십니다."

　　　　　*　　　*　　　*

　부레티.

　북부 대륙에 있는 작은 왕국으로 통칭 '북마녀의 왕국'이라고 불리는 나라. 사슴뿔이 달린 오팔이 나라의 상징이고, 수호신은 검은 흑표범이며, 스헤르토헨보스 건국 이전 가장 위세 높았던 왕국이다. 특이하게 이 나라는 왕위 계승이 모계 혈통으로 이어지고, 아직도 공주가 왕자보다 계승 순위가 우선이라고 한다. 또 마녀의 혈통을 잇고 있기에 이 나라의 왕족은 성흔을 가진 자와 닿으면 거부반응으로 눈동자 색이 변한다는 특징이 있었다.

　책에는 항상 모든 지식이 다 있을 줄 알았는데, 막상 찾아보니 그 외의 내용은 별로 없었다.

　갑자기 도서관에 가서 부레티에 관한 책을 찾아보는 날 보며 우리 궁 시녀들은 의아해 했지만 나는 겨우 얼버무렸다. 그나저나 전혀 생각지도 못한 일에 조금 기분이 얼떨떨했다. 갑자기 엄마의 조국이라니.

　늘 말하는 거지만 딱히 어머니라고 애틋하거나 사랑한다는 그런 감각이 남아 있는 건 아니었다. 아닌데, 뭐랄까?

　좀 미묘하다. 세르이라가 내 엄마라고 생각하지만 그럼에도 분명 채워 줄 수 없는 그런 부분이 나를 자극하는 기분이었다.

　엄마는 과연 나를 왜 낳았나?

　내가 가진 저주는 뭐고, 우리 애비가 받은 저주는 또 무엇인가? 엄마는 왜…….

아무튼 엄마랑 관계되면 온통 모든 게 수수께끼다. 그러면서 가끔 생각하는 거지만 만약 날 낳고 돌아가시지 않았다면 어떤 삶을 사셨을까? 그냥 같이 죽었으려나? 카이텔이 살려 두지 않았을 테니.

없기에 생각해 본다. 하지만 매번 그런 식의 생각을 하며 자조한다. 아무튼 배가 불렀지.

"세 나라의 차이점이라⋯⋯."

괜히 눈앞에 세르이라를 마주하는 게 조금 껄끄러웠다.

나는 그냥 웃었다. 미안해서.

그래, 엄마가 내 눈앞에 이렇게 있는데 내가 자꾸 한눈을 판다. 머리 검은 짐승은 이래서 거두면 안 된다고 했던가. 그런 인간은 되지 말아야지 하면서도⋯⋯. 에이 씨, 몰라.

"북부의 음식은 싱겁고, 남부의 음식은 짜요."

북부 음식은 싱겁고, 남부는 짜다. 메모장에 작은 글씨로 써 넣고 나는 다시 세르이라를 올려다보았다. 뭐 다른 건 없쑤, 엄마?

"일린에겐 안 물어보세요?"

"됐어. 결혼 준비하느라 바쁠 거 아니야."

그거 때문에 홀라당 휴가까지 받아서 가 버렸다. 물론 삼 일밖에 안 되어서 내일이면 돌아오지만 나는 벌써부터 일린의 빈자리를 실감하게 되어서 기분이 썩 좋지는 않았다. 그냥 결혼 안 하면 안되나. 안 되겠지? 하.

툴툴대는 내가 뭐가 그리 좋은 건지 흐뭇한 미소로 세르이라가 내려다본다. 그 시선에 나는 괜히 뻘쭘해져서 헛기침을 했다.

"정 뭣하면 폐하께도 여쭤 보세요. 저보다 많이 알고 계실걸요?"

일단 아시시가 북부는 적게 움직이면서도 효율적인 검술이고, 남부는 동작이 크고 화려하며 압도적인 검술이라고 가르쳐 준 게 있어서 하나만 알면 됐다.

진짜 애비한테 물어볼까?

세르이라는 이제 모르겠다며 손을 털었다. 뭐, 어쩔 수 없지. 애비한테 가 봐야지.

"북은 조용하게 재수 없고, 남은 시끄럽게 재수 없어."

……내가 너한테 뭘 바라겠냐.

집무실에 오자마자 나는 웃고 싶은 건지 울고 싶은 건지 구분이 가지 않아 괴로웠다. 북쪽이랑 남쪽은 중앙과 어떻게 다르냐는 내 질문에 애비가 한 대꾸라는 게 정말 가관이었다.

이러고도 정말 이 나라 괜찮은 건가?

"어……. 응."

그래, 너한테 물어본 내가 바보지. 한숨을 쉬며 이제 누구한테 물어봐야 하나 고민하고 있는데, 애비가 웬일로 내 일에 관심을 갖는다.

"근데 그건 왜 묻는 거지?"

"스승님이 숙제 내 줬어."

물론 내 대답을 듣자마자 바로 얼굴을 구긴 건 두말하면 입 아픈 소리. 카이텔은 도대체 페르델이 나한테 뭘 가르치기는 하는 건지 영 믿음이 안 가는 표정이었다.

더 있다간 나한테 불통이 튀겠구먼. 좋지 않은 예감이 드는구나. 안 되겠어. 여길 빠져나가야지.

나는 빙그레 웃고 애비의 뺨에 쪽 소리 나게 뽀뽀부터 했다. 내 뽀뽀에 애비의 표정이 그나마 누그러진다.

"그럼 나 가 볼게."

내가 집무실을 나가자 카이텔은 다시 서류로 시선을 돌렸다.

저것도 국가 기밀.

잠시 열린 문으로 그 모습을 훔쳐보다 나는 몸을 돌렸다. 후원이 나 가야지. 그나저나 메모장을 쳐다보니 한숨만 나온다. 아직 하나가 부족한데. 아무리 그래도 카이텔의 말을 여기다가 적을 수는 없었다. 아, 더 찾는 건 귀찮은데. 그냥 미친 척 적어 봐?

"뭐해?"

언제 온 건지 드란스테가 내 앞으로 고개를 쑥 내민다. 나는 고개를 들었다.

"숙제."

"오호?"

드란스테는 어디서 만찬이라도 즐기고 온 모양새였다. 풍기는 맛있는 냄새에 나는 나도 모르게 인상을 썼다. 이게 혼자서만 좋은 거 다 먹고 다니네. 갑자기 밥이 먹고 싶은데 아직 밥 먹으려면 시간이 좀 남았다.

나는 그냥 한숨을 쉬었다. 정말 공주라고 마냥 좋은 건 아니야.

"아 참, 드란스테, 우리 엄마가 부레티 사람이래."

"부레티?"

"응, 북마녀의 왕국이라고 불리는 나라인데, 우리 엄마가 거기 공주였대."

아무래도 먼 북부에 대한 이야기이다 보니 아그리젠트에는 부레티에 대한 책이 별로 없었다. 그래도 찾아보면서 더 알게 된 건 아그리젠트랑 전통적으로 우방국이라는 사실이었다. 우방국인데도 부레티에 대한 정보가 별로 없는 건 부레티가 워낙 비밀에 싸인 나라라서 그랬다. 마녀가 그 땅을 수호한다는 말답게 그 나라엔 온갖 마법이라는 게 존재한다는 것만은 알 수 있었다. 이건 기적과는 전혀 다른 거라 스헤르토헨보스랑 사이가 안 좋다고.

"흐응, 과연 그랬군."

"응?"

드란스테가 싱긋 웃는다. 뭔가 얄미운 미소라서 나는 괜히 인상을 찌푸렸다.

"뭐가?"

너만 알지 말고 나도 좀 알려 주지 않으련?

대체 뭘 알게 된 건지 궁금하다. 나는 드란스테의 소매를 붙잡았다.

자, 빨리 불어!

날 바라보는 드란스테의 동공이 살짝 변한다. 고양이처럼 세로로 줄어든 동공을 보니 느낌이 이상했다.

"전에 네가 날 볼 수 있는 건 혈통에 기인한 거라고 말한 적 있지?"

"그랬나?"

아, 그러고 보니 처음 드란스테를 만났을 무렵에 그런 이야기를 했던 것도 같았다. 이제는 소리 내어 말할 수 있게 되어 별 상관하지 않았지만 그땐 정말 궁금했지. 무엇보다도 내 눈에만 드란스테가 보이는 건 아직까지도 미스터리였다.

"네 혈통에 잠재되어 있는 마녀의 피가 정령의 피와 섞여 자극
받은 모양이군. 제법인데? 어린 아기 때부터 그런 시력과 기억력
이라니."

"뭐? 그럼 그동안의 기이 현상은 다 그거 때문이었단 말이야?"

내가 널 볼 수 있는 거랑, 네가 내 말을 들을 수 있는 거랑, 아기
때부터 기억이 생생한 거 모두? 하지만 아직도 내가 왜 환생 전의
기억을 가지고 태어난 건지 그 의문은 풀지 못했다.

드란스테가 어깨를 으쓱한다.

"그러니까 아기 때부터 똑똑했던 거 아니겠어?"

하지만 신체적 능력은 달렸는데. 그것도 확실히 기억하고 있다.
정서적 발달이나 정신적인 건 뛰어났지만 내 신체는 그리 뛰어나
지 못했다. 딱 적당한 애기 정도? 말 배우는 건 좀 빨랐지만 그건
인간이 되고자 한 나의 부단한 노력 덕이었고.

아무튼 좀 놀랍다. 내가 마녀였다니.

"그럼…… 나 마법 쓸 수 있어?"

"아마도?"

헐?! 진짜?

너무 놀라 묻지도 못하고 두 눈만 동그랗게 떴는데, 드란스테가
씨익 웃는다.

"한 열다섯 살이 지나면?"

"진짜, 정말?!"

"그때 되면 한 달에 한 번 정도 걸리겠지."

……아, 나, 그거 말하는 거였냐!

순간 무언가가 내 안에서 끓어오른다. 나는 손을 뻗어 드란스테

의 허리에 주먹을 꽂았다. 드란스테가 낄낄 쳐웃는다. 아오, 짜증 나는 놈. 짜증 나니까 한 대 더 맞아라. 그러나 두들겨 맞으면서도 뭐가 그리 좋은지 드란스테는 연신 웃기 바빴다. 아, 진짜, 이 새끼 이거 안 되겠네.

인간이 왜 고등동물인가. 그건 바로 도구를 쓸 줄 알기 때문이었다. 나는 다른 손에 들고 있던 메모장을 집어 들었다.

받아라, 이 부모님의 원수!

하지만 내 회심의 일격은 드란스테의 팔에 허무하게 막혀 버렸다, 엉엉.

"그래서 알아냈어?"

뭘 알아내, 알아내긴?

그러나 곧 나는 드란스테가 뭘 말하는지 알 수 있었다. 아, 맞다. 내기했었지. 어쩌다 잊고 있던 사실이었다. 아니, 나름 생각을 해보긴 했지만……. 미친, 뭐가 있어야 해 보든가 하지. 아무것도 모르는데 이 새끼 정체를 어떻게 알아내?

"야, 근데 네 정체 말인데, 힌트 하나 없이 달랑 알아보라는 건 너무 난이도가 높잖아. 불공평해!"

내 항의에 드란스테가 입술을 매만진다. 본인도 수긍하는 모양새였다. 그래, 그렇다니깐.

"음, 그럼 힌트 하나를 주지."

"정말?"

웬일이래? 이렇게 순순히 힌트를 다 주고.

그러나 나는 다음 순간 듣게 된 힌트에 왜 그렇게 이놈이 순순히 나온 건지 그 이유를 알 수 있었다.

"힘과 권력의 상징이다."

죽을래, 이 썩을 놈아!

*　　*　　*

태어나고 처음으로 나는 오늘 일찍 일어났다.

얼마나 일찍 일어났냐면 새벽 훈련을 위해 일어나는 카이텔과 같은 시간에 일어난 것! 물론 카이텔한테는 내가 깼다는 걸 비밀로 하고 자는 척을 하다가 그가 나가고 나서 바로 일어났다.

"아, 이럴 땐 궁이 따로 있는 게 더 편한 것 같아."

원래 독립할 시기는 한참 지났건만 어째서인지 카이텔은 나에게 따로 궁을 내려 주지 않았다. 관례를 어기는 짓이라며 대신들의 반대와 험담이 들끓는 데도 묵묵부답. 전엔 왜 저러나 싶겠지만 지금은 어쩐지 나랑 떨어지고 싶어 하지 않는 것 같아 좀 좋았다.

그럼, 그렇지. 이미 애비는 나의 노예였지. 아, 내 매력에서 헤어나오질 못하는구먼.

"일어나셨어요?"

"응!"

세르이라가 날 맞이하며 세안과 옷 갈아입는 걸 돕는다. 빨리 준비를 마치고 나는 바로 주방으로 발길을 옮겼다.

아침밥을 먹으려고 그러는 것이냐? 물론 그런 이유도 있지만 내가 오늘 이렇게 만반의 준비를 하는 이유는 따로 있었으니!

그건 바로 오늘이 애비의 생일이라는 사실 때문이었다.

"근데 내가 만들 수 있을까?"

"파티쉐가 도와줄 테니 너무 걱정하지 마세요."

일 년에 한 번 오는 생일인데, 이날만 되면 내 일 년 중 고민은 거의 폭발 직전이 된다.

도대체 무슨 선물을 해 주지? 뭘 선물해야 카이텔이 웃을까? 도대체 뭘 해 줘야 하는 거지?!

워낙 가진 게 많은 인간이라……. 아니, 것보다 이 세상의 모든 걸 가졌다고 말해도 과언이 아닌 황제이시라 내 고민은 거의 극에 달했다. 뭘 줘도 부족해 보인다고 해야 하나? 아무래도 가격 나가는 걸로 카이텔에게 어필하는 건 좀 아니다 싶어서 직접 만든 카네이션, 춤, 노래, 지금까지는 이런 걸로 때웠는데……. 그래도 명색에 생일인데, 내가 너무 날로 먹는 것 같아서 올해는 계획을 하나 세웠다.

그건 직접 수제 케이크를 만들어서 선물하자는 것!

물론 황궁에 넘쳐나는 게 주방장이고, 파티쉐고, 쇼콜라티에지만 그래도 이렇게 귀엽고 예쁘고 사랑하는 딸이 직접 만든 선물이니까 더 가치 있지 않을까?

……자신 없네.

"아빠가 기뻐할까?"

"당연히 기뻐하시죠."

그치만 세르이라가 무척 긍정적이라고. 대체 우리 아버지에 대한 세르이라의 무한 신뢰는 어디서 온 건지 당최 알 수가 없다. 심지어 자기를 사형까지 시키려 했던 놈인데.

알다가도 모르겠다며 머리를 절레절레 흔드는데, 세르이라가 웃었다. 칫, 웃는 건 예쁘네.

사실 미역국을 끓여 주고 싶었지만 미역국을 끓이기엔 이 나라는 한국과 너무 식습관이 달라서 어쩔 수 없었다. 거기에 미역을 구할 수 없다는 게 첫 번째 이유기도 했고.

하지만 케이크는 미역국이랑 의미가 좀 다른데. 나는 불안했다만 그래도 이왕 하기로 한 거 열심히 하기로 마음먹었다. 그래, 최고의 케이크를 만들어 주면 되지!

"공주님!"

주방으로 도착하니 주방장이 후다닥 달려온다.

아, 우리 주방장님. 맨날 맛있는 밥만 해 주는 주방장님을 보니 너무 반가워서 나도 모르게 밥 달라고 말할 뻔했다.

"아침은 드셨나요?"

"아니, 이거 만들고 먹을 거야!"

"그럼 케이크가 구워질 때 드세요."

응응.

고개를 끄덕이니 주방장이 어린이용 조리복을 건네준다. 앞치마까지 매고 나는 키를 맞추기 위해 갖다 놓은 의자 위에 올라갔다. 주방장이 하나하나 설명하며 이끌어 준다. 서툴고 잘 못하는 내가 짜증 날 법도 한데, 그저 마냥 허허 웃으며 가르쳐 주었다. 제빵이라는 건 정말 힘들구나.

케이크를 만들면서 든 생각은 그거 하나뿐이었다. 내가 왜 이걸 한다고 나댔을까?

내가 생각하는 것과 직접 하는 건 뭔가 많이 달랐다. 금방금방

만들 수 있을 줄 알았는데 의외로 걸리는 시간도 길다. 무엇보다
도 제빵 기계가 이렇게 간절히 그리워지는 건 처음이었다.

계란 거품 내고 크림 휘핑 하느라 손 빠지는 줄 알았네. 전생에
왜 제빵 같은 걸 배워 놓지 않은 거지?

물론 배워도 못했겠지만 진짜 지금 이 순간 내가 쓸모없게 느껴
져서 괜히 기분이 가라앉았다. 나에게 요리에 대한 재능이라고는
눈곱만큼도 없는 게 분명하다. 그래도 오늘은 잘해야 하는데.

그러나 막상 내 손을 거친 케이크를 보고 있으려니 속상함에 한
숨부터 나왔다.

"다시 만들까?"

이건 아무리 봐도 초보 티 팍팍 나는 케이크인데. 초콜릿을 싫어
하는 카이텔 때문에 일부러 생크림 케이크로 한 건데, 생크림으로
케이크를 바르고 꾸미는 건 정말 어려운 일이었다.

내가 인상을 쓰니 옆에서 주방장이 웃는다. 세르이라도 웃었다.

"충분히 예뻐요. 괜찮아요."

아니, 그래도 이상한데.

과일을 올려다보면 좀 나을까 싶었는데 과일을 얹어도 그대로였
다. 내가 울 것 같은 표정을 지으니 세르이라가 내 어깨를 토닥거
려 준다. 주방장이 둥그렇게 생긴 초코판을 가져왔다.

"자, 여기에 폐하께 한마디 쓰세요."

그러면서 손에 쥔 생크림과 다른 생크림 주머니를 건넨다. 이건
케이크를 꾸미던 생크림보다 입구를 작게 내 크림이 적게 나오는
생크림이었다.

나는 한숨을 내쉬었다. 에라, 모르겠다.

다시 만들려고 해도 시간이 없다는 건 내가 제일 잘 알았다. 이제 파티 참여하려고 꾸미러 가야 하는 걸. 하지만 이런 걸 정말 선물이라고 내밀어도 되는 걸까 고민된다.

아, 그냥 아무거나 선물로 줄걸!!

                        *   *   *

"무슨 일 있으십니까?"

내가 너무 침울해 보인 건지 아시시마저 묻는다. 나는 그냥 고개를 가로저었다. 케이크가 생각한 것보다 이상하게 나왔다고 말이라도 하고 싶은데 그럼 더 속상해질까 봐 그냥 입을 꾹 다문다.

내가 속상하건 말건 세르이라는 케이크가 완성되자마자 나를 내 방으로 끌고 왔었다.

이미 아침에 씻었건만 전신 목욕에 무슨 마사지까지 시키더니 머리도 말고 올리고 난리도 아니었다. 미리 드레스를 골라 줘서 망정이었지 당일 날 고르는 거였으면 분명 죽어났을 게 뻔했다. 항상 당하던 거라지만 당할 때마다 파티에 전쟁 치르러 가는 기분이라 진이 다 빠졌는데, 그래도 더 기운이 빠지는 건 기껏 생일 선물이라고 준비한 케이크가 그 모양이라서였다.

그사이에도 나는 숙련된 시녀들의 솜씨로 때 빼고 광내는 중.

원래 웨이브 진 머리이건만 도구를 써서 내는 웨이브는 확실히 뭔가 달랐다. 거기에 작은 구슬이 마치 보석처럼 박힌 머리 장식도 제법 예뻤다. 시녀들이 심혈을 기울여 꾸미니 원래 예뻤던 본판이 더욱 예뻐졌다.

역시 공주는 벼슬이야.

전생에 큰 덕을 쌓은 적도 없는데, 이런 예쁜이로 태어난 건 기쁘지만 그래도 내가 만든 생일 선물만 생각하면 속상한 건 사실이었다.

"아시시는 아빠 생일 선물로 뭐 준비했어?"

그렇게 물으며 아시시의 팔을 붙잡으니 그가 고개를 갸웃한다.

"늘 드리던 걸로 드렸습니다."

"뭔데?"

"적장의 목."

……그게 생일 선물이냐고, 미친.

대체 어디서부터 까야 할지 감도 잡히지 않아서 멍하니 아시시를 보는데, 그가 살포시 웃는다. 그래, 우리 아시시한텐 잘못이 없지. 잘못된 건 다 카이텔이야! 아, 이 나라는 망했어.

"자, 공주님, 이제 가요. 선물 드려야죠?"

"벌써?!"

아시시랑 놀고 있으려니 언제 다가온 건지 세르이라가 내 팔을 붙잡는다. 이제 돌아온 일린은 그저 고개를 갸웃하기만 했다. 아니, 일린 얼굴 보기 껄끄러우니 가긴 가야 할 것 같은데, 그렇다고 애비를 보고 싶은 건 아니거든?!

나이를 먹으면 그나마 내 의지가 무시될 일이 없을 거라 믿었는데 그런 거 없었다. 엉엉, 더러운 세상.

나는 결국 카이텔 집무실까지 끌려왔다. 그것도 세르이라한테!

"자, 공주님."

아니, 가기 싫다고!

그러나 이미 집무실의 문은 열린 지 오래였다. 망했어요.

안으로 들어서니 카이텔은 오늘도 여전히 공무 처리 중이었다. 매일 이러는 게 일과이긴 하지만 그래도 제 생일까지 이러는 모습에 진짜 안쓰러웠다.

문득 울컥한다. 이제는 좀 제 생일을 좋아해도 될 것 같은데.

분명 자기 생일인데 본인이 더 싫어한다. 그 혐오가 어디서 오는 건지 모르겠지만 그래도 내가 애비의 생일을 챙겨 준 이후로는 그 전에 비해서 많이 나아졌다고 생각했다. 아마도.

암, 그렇고말고. 이렇게 귀여운 딸이 생일을 챙겨 주는데 좋아해야지!

"벌써 파티 시간이 된 건가?"

날 보더니 카이텔이 웃는다. 그 미소가 제법 평온해서 나는 잠시 안심했다. 시르비아가 어느새 포장된 케이크 상자를 넘겨주기 전까지는.

"폐하, 공주님께서 선물을 준비하셨습니다."

"그래?"

으아아악! 아니라고!

엄마는 대체 내게 무슨 악감정을 가져서! 정말 나한테 무슨 원수라도 진 모양이었다. 내가 기겁을 하고 고개를 가로젓는데 세르이라가 웃으며 자꾸 나를 앞으로 민다.

나는 이제 울 것 같았다. 아니, 이런 걸 선물로 줬다가는 분명 까일 거라고! 쩔쩔매는 나를 보며 카이텔이 흥미를 보였다.

"뭔데 그러지?"

넌 또 왜 관심 가지고 그러십니까, 아버지.

나는 깨달았다. 아, 바로 이런 게 죽을 맛이라는 거구나.

"그러니까, 그게······."

내가 말을 더듬자 카이텔이 말해 보라는 듯 고개를 치켜든다. 나는 입술을 깨물었다. 애비야, 네 관심이 부담스럽구나. 아! 내가 대체 왜 케이크 같은 걸 만든다고 나대서!! 그냥! 얌전히! 아무거나 줄걸!

"아빠 생일이라고 케이크 만들어 봤는데······. 이상해."

그래도 꼿꼿이 튀쳐나가고 싶은 기분을 꾹 누르며 나는 세르이라가 준 케이크 상자를 카이텔 앞에 내밀었다. 그 상자를 보는 카이텔의 표정이 대번에 변한다. 조금 얼떨떨한 표정이었다.

아, 몰라. 죽고 싶다, 그냥.

"케이크라고?"

"드셔 보셔야죠?"

옆에서 세르이라가 자랑스럽게 웃는다. 나는 그냥 울고 싶었다. 엄마가 나한테 이럴 줄은 몰랐어, 진짜. 왜 그런 걸 물어봐? 그냥 구경만 하고 끝내면 안 되는 거야?!

아시시마저 놀랍다는 시선을 내게 보낸다. 하지만 나는 그냥 마냥 죽고 싶었다. 하, 그냥 콱 케이크에 얼굴 묻고 죽을까.

오랜만에 드는 자살 충동이다. 이대로 사라지고 싶어······.

애비가 조금 멍한 표정으로 날 본다. 그러더니 세르이라가 케이크 상자에서 케이크를 꺼내고 잘라 주는 걸 지켜본다.

별로 달가워하는 표정이 아니라서 나는 더 죽을 맛이었다. 신이

시여, 정녕 이대로 사라질 수는 없는 걸까요? 네?!

"자, 드세요."

세르이라가 케이크 조각을 애비에게 넘긴다. 나는 소리 지르고 싶은 충동을 간신히 참아 냈다. 안 돼! 아아아아악! 다신 케이크 같은 거 안 만들 거야! 으아악!

"좀 탔군. 딱딱해."

아니, 이놈이!

그래도 기껏 만들어 줬는데 돌아오는 반응이 저 모양이라 기분이 팍 상한다.

흥, 그래, 태워서 미안하다!

제국 최고의 파티쉐랑 만든 건데도 저 모양이면 내가 얼마나 요리에 재능이 없는 건지 익히 알 수 있었다. 입술을 삐죽이고 있으려니 애비가 갑자기 웃는다.

"그래도."

탔다면서도 카이텔은 꾸역꾸역 내 케이크를 다 먹었다. 그 모습을 보니 뭐랄까. 조금 가슴속이 간지럽다. 뭐지, 이 느낌?

"맛있구나."

"정말?"

웬일로 나오는 칭찬이냐? 나는 두 눈을 동그랗게 떴다.

애비가 웃는다. 매번 보는 미소와 별반 다르지 않은 미소이거늘, 그래도 가끔은 저 미소가 다정하다고 느껴진다. 걱정했는데……. 정말 걱정했는데, 그래도 이 반응을 보니 마음이 놓인다. 애비가 웃었다.

"근데 다신 만들지 마."

······살짝 감동할 뻔했는데, 아오.

*　*　*

내 생일과 달리 카이텔은 황제라 그런지 유난히 더 파티가 화려했다. 장식들도 그렇고, 오는 손님들도 그렇고.

내 생일도 제법 다국적인 손님들이 온다지만 카이텔 생일은 역시 급이 달랐다. 게다가 더 오래한다. 도저히 분위기가 내가 낄 자리가 아니라 나는 적당히 얼굴만 비추고 통로로 빠져나왔다.

근데 이제 일곱 시 정도라 아직 궁으로 돌아가긴 좀 그런데. 그래서 시르비아가 데려왔다는 쌍둥이나 보러 갈까 했는데. 이 망할 놈의 쌍둥이는 역시나 제자리에 가만있지를 않았다. 그래, 역시 니들은 내 기대를 배반하지 않는구나.

어린애들이 모인 방으로 들어가니 낯선 얼굴만 한가득이다. 나는 한숨을 내쉬고 쌍둥이들을 찾기 위해 밖으로 나왔다.

"이 망할 꼬맹이들이 또 어디를 간 거야?"

분명 멀리 가진 않았을 텐데.

그렇다고 주인도 없는 솔레이엔 가지도 않았을 터. 그럼 대체 어딜 간 거지? 이제 짚이는 곳도 없다.

복도에 나와 신경질적으로 머리를 긁으며 나는 한숨을 내쉬었다.

"아오, 망나니들."

아무튼 누굴 닮았는지 진짜 궁금하다. 페르델도 그렇게 막장은 아니었다고 하는데. 누굴 닮았던 분명 상상 그 이상이라고 생각하며 몸을 틀다 순간 나는 그 자리에서 딱 몸을 굳혔다.

"……."

"……."

생각지도 못했던 은청의 눈동자와 시선이 딱 마주쳤다.

헐, 언제부터 서 있었던 거지?

있는지도 몰랐다. 아니, 그것보다 식은땀이 흐르는 기분이라는 게 이런 걸까. 나도 모르게 입술을 깨문다.

그 순간 아힌이 웃었다.

"저기."

"못 들은 걸로 하겠습니다."

그 말은 들었단 거잖아!

으윽, 이를 어쩌면 좋아. 분명 이건 나라 망신이었다. 아, 나.

나는 그런 공주가 아니라고, 얌전하고 조신한 공주라고 목 놓아 우기고 싶었으나 이미 욕하는 걸 들킨 마당에 어쩔 도리가 없다. 그저 입술을 깨물 뿐. 아무튼 쌍둥이들, 만나면 죽었어.

그나마 다행이라면 아힌이 언뜻 즐거워 보인다는 거랄까? 내가 욕하는 걸 이상하게 여기는 분위기는 아니었다.

"생각보다 재미있으신 분이시네요."

……좋은 거냐.

어쩐지 한숨을 내쉬고 싶다. 더불어 그냥 사라지고 싶었다. 부끄러워서 죽고 싶다. 내가 말없이 이마를 짚으니 아힌이 이쪽으로 다가온다.

"쌍둥이를 찾으십니까?"

"응? 네."

어떻게 안 거지?

하지만 곧 아힌이 어떻게 그 사실을 알았는지 깨달았다. 어린애들 놀라고 처박아 놓은 저 방에서 멋대로 빠져나와 깽판을 칠 담력을 가진 건 이 제국에서 그 꼬맹이들밖에 없었으니까. 고로 나 또한 저기 있지 않고 나와 있다는 건 둘을 찾는다는 소리였다. 나도 참 멍청하네.

"같이 가죠, 그럼."

응? 쌍둥이들이 있는 곳을 알고 있는 건가?

얼떨떨했지만 어느새 나는 아힌과 같은 쪽으로 걷고 있었다.

이거 참 거시기 하구먼.

전에 봤을 때도 느꼈던 거지만 이렇게 가까이서 보니 느낌이 또다르다. 나는 조심스레 시선을 돌려 옆을 쳐다보았다. 나보다 하얀 피부를 가진 아힌은 어딘가 하얗고 창백한 느낌이었다.

그러고 보니 이놈이 나보다 오빠였지.

새삼스럽다만 내 신체 나이로 따지고 보면 그랬다. 이 어린놈한테 오빠라고 불러야 한다니.

"저기 말 놔도 되는데."

"존대가 편합니다."

"그, 그래."

기껏 신경 써 준 건데 딱 잘라 말하니 할 말이 없다. 나는 그냥 입맛을 다셨다.

아, 어색하다. 눈은 즐겁다만…… 이 공기는 정말 버티기가 힘들었다. 버틸 수가 없다. 대체 어떻게 해야 이 어색함을 없앨 수 있는 거지? 아, 미치겠네.

게다가 처음 봤을 때부터 반말을 쓴 터라 말투를 고치는 것도 어려웠다. 에라 이, 이제 와서 존대하는 것도 웃기니까 그냥 반말 써야지. 어차피 아힌도 별로 꺼리는 기색은 아니었다.

"스헤르토는 어떤 나라야?"

둘 사이에 흐르는 공기가 너무 어색해서 물어본 건데 아힌의 표정에 의아한 기색이 떠오른다. 사람 민망하게 너무 놀라는 거 아니냐? 하지만 놀랐을 뿐 별다른 감정이 있는 건 아닌 모양이었다. 잠시 고민하는 듯하더니 금방 내 질문에 대답해 준다.

"하얀 제국입니다."

"응? 왜? 일 년 내내 겨울이야?"

북쪽에 있는 제국이라니 당연히 눈에 뒤덮인 제국이 연상된다. 그러나 아힌은 뜻밖의 대답을 내놓았다.

"아니요. 겨울이 길긴 하지만 일 년 내내 겨울은 아닙니다. 게다가 춥지도 않거든요."

"응? 왜?"

"예하의 결계 덕에 제국 전체의 온도가 일정 수준으로 유지되고 있기 때문입니다."

그럼 왜 하얀 제국이라고 표현한 거지?

내 속마음을 들여다보기라도 한 듯 아힌이 대꾸한다.

"건물 대부분이 희기 때문에 하얀 제국이라고 합니다."

아, 그런 뜻이었구나. 그치만 어떤 제국이냐고 물어봤던 것 같은데.

그냥 건물이 하얗다고 하얀 제국이라니, 대답이 조금 거식했다. 뭐지, 이 찝찝함은? 딱히 이미지 같은 걸 물어본 게 아니었는데……. 그러나 이 어색한 관계에 지적하기도 그러니까 나는 그냥 그 부분은 너그럽게 넘어가 주었다.

"아 참, 너 황제 된다며."

아무 생각 없이 한 말이었는데, 그 말에 아힌이 그 자리에 우뚝 멈춰 선다. 그의 표정을 보고 나서 나는 내가 얼마나 실없는 말을 내뱉었는지 자각했다. 으엉.

"미안……. 죄송합니다."

다급히 사과해 봤지만 이미 내뱉은 말이라는 게 늘 그렇듯 이미 상황은 주워 담을 수 없게 되었다. 이, 이걸 어쩌지?

그냥 어색한 채 가만히 놔두는 건데 그랬다. 나는 좀 난감했다. 괜히 이 관계를 개선해 보려다 실수만 하네. 허둥대는 내 모습에 아힌이 곧 정신을 차린 건지 고개를 가로젓는다.

"괜찮습니다."

괜찮긴 뭐가 괜찮아. 나는 정말 미안해서 입술을 깨물었다. 내 표정을 물끄러미 응시하다가 아힌이 웃는다.

"공주님께선…… 순수하시네요."

"응?"

나 지금 칭찬 받은 건가? 열 살짜리 꼬맹이한테?

근데 그래 봤자 꼬맹이한테 들은 거라 하나도 기쁘지 않았다. 게다가 은근히 이거 무시당한 것 같아. 이제 하다하다 열 살한테도 무시당하는구나. 물론 진짜로 무시당한 건 아니었다만 기분이 좀 그랬다, 좀.

그래, 물론 내가 좀 순수하긴 하지.

아힌이 다시 길을 걷기 시작한다. 그 옆에 따라붙으며 나는 괜히 입맛을 다셨다. 내가 뭔가 실수한 것 같기는 한데 아힌이 별로 신경 쓰지 않는 것 같아 보이기도 하고, 아닌 것 같기도 하고. 에라, 모르겠다.

"그 성흔이라는 거 어떻게 생겼어?"

그래도 역시 침묵은 무거웠다. 내가 웃으며 물으니 아힌이 잠시 나를 돌아본다. 그 표정이 마치 왜 그런 게 궁금한 건지 모르겠다고 묻는 것 같아서 나는 괜히 더 웃었다.

"미안. 근데 궁금해서……."

"날개 모양입니다."

"날개?"

대답 안 해 줄 것 같았는데, 다 해 주네.

애가 착하다고 생각하며 나는 고개를 갸웃했다. 내 표정에 아힌이 살짝 미소를 짓는다. 그 미소가 너무 예쁜지라 순간 나는 이놈이 미소만으로도 충분히 벌어먹고 살 수 있겠구나 생각했다. 진짜 백만 불짜리 미소네.

"스헤르토헨보스의 국기를 보신 적 있으십니까?"

"응. 그거 세 쌍의 날개가 달린 구름꽃이잖아."

"그게 성흔에서 따온 문양입니다."

아, 그렇구나. 그럼 성흔은 세 쌍의 날개라는 건가. 아무 생각 없었다지만 그건 조금 신기했다.

"우와, 신기하네. 한 번 보고 싶다."

내 말에 아힌이 두 눈을 동그랗게 뜬다. 그 반응을 보고 나서야 내가 무슨 발언을 했는지 깨달았다.

아니, 보여 달라고 한 말은 아닌데. 근데 막상 그렇게 말하면 또 분위기 괜히 어색해질 것 같다. 어, 어쩌지? 다행히 아힌이 별말 안 하고 넘어갔지만 나 오늘 제대로 망신살 뻗치는구나.

"미안. 내가 너무 물었다."

"괜찮습니다."

근데 내가 망신당한 것에 비해 우리 사이는 좀처럼 좁혀지지 않은 모양이었다, 흑.

아니, 딱히 친해지고 싶다거나 뭐 그런 건 아닌데……. 그래도 이 어색한 공기는 좀 어떻게 해죠. 난 애들의 침묵이 무섭다고. 얘는 특히 무서워. 대체 쌍둥이들은 어디에 있는 거야? 이미 우리는 궁 밖으로 나와 희사원으로 가고 있건만 쌍둥이들의 머리는커녕 머리카락도 보이지 않았다. 대체 그놈들은 왜 이런 데까지 나온 건지 짜증이 치솟는다. 아오, 만나기만 해 봐.

내가 입을 다물자 다시 둘 사이에 어색한 기류가 하나둘 피어나더니 뭉게뭉게 끼었다, 윽.

아, 이런 거 진짜 싫은데. 하, 이렇게 되면 어쩔 수 없지.

"나한테 뭐 궁금한 거 없어? 내 질문에 대답해 줬으니까 나도 대답해 줄게."

호의를 담아 물어본 건데, 내 말에 아힌이 놀란 표정을 짓는다. 왜 대답해 준다는 게 신기하냐?

기껏 해 준다는데 저런 표정을 지으니까 기분이 조금 상한다. 그러나 막상 고민하는 기색 끝에 아힌이 내놓은 말은 나한테도 많이 놀라웠다.

"그 머리…… 만져 봐도 됩니까?"

"응?"

기껏해야 아그리젠트에 대해 묻거나, 나에 대해 묻거나, 애비에 대해 물을 거라 생각했는데, 이건 너무 의외여서 순간 나도 모르게 반응이 나갔다. 아니, 그도 그럴 게 머리를 만져 봐도 되냐니. 나 이런 거 처음이란 말이야.

하지만 먼저 결례를 저지른 주제에 거절할 이유도 마땅찮고, 또 그렇다고 싫은 건 아니라 나는 바로 고개를 끄덕였다.

"어, 되지."

무엇보다 이런 걸로 아까 그 무례를 퉁 쳐도 되는 거니, 예하야?

아힌이 멈춰 선다. 나도 그 자리에 멈춰 섰다.

분명 내 기억엔 머리 만져도 된다고 허락했던 것 같은데? 어쩐지 아힌은 쉽게 손을 뻗지 못했다. 머뭇머뭇거리다 갑자기 헛기침을 한다. 뭔가 많이 부끄러운 모양이었다. 아니, 얘가 이러니까 갑자기 나도 부끄럽잖아? 괜히 민망해서 입술을 깨무는데 내 시선을 피하던 아힌이 마침내 손을 뻗는다.

아힌의 하얗고 가는 손가락이 내 머리카락을 쓸었다. 그걸 지켜보며 나는 왜인지 뺨이 달아오르는 기분이었다. 뭐, 뭐야? 이거!

"처음 봤을 때부터…… 예쁘다고 생각했습니다."

그럼 예쁘지. 누구 머리인데 안 예쁘겠니? 하지만 뭔가 기분이 조금, 뭐랄까. 아무튼 거식하다.

속에서 무언가가 간질간질거리는 기분이었다. 괜히 몸이 배배 꼬인다. 발가락을 꼼지락거리다가 나는 도저히 아힌이랑 시선을 마주칠 수 없어서 눈길을 내렸다. 그 순간 아인이 웃는다.

"부드럽네요, 비단처럼."

뭔가 쑥스럽다. 아힌도 마찬가지인 모양이었다. 어째 뺨이 살짝 달아올라 있다.

그나저나 이 공기, 대체 뭐지? 뭘까요? 아깐 분명히 어색했던 것 같은데, 지금은 둘을 둘러싼 공기가 조금 달라져 있다. 서서히 빨라지던 맥동은 어느새 심각하게 쿵쾅대기 시작한다. 아, 이건 곤란한데. 숨이라도 막힐 것 같은 기분이다.

이제 그만 떨어질 때도 되지 않았나 생각은 하고 있는데, 그래도 막상 말하려니까 입이 안 떨어진다. 이대로 있으면 진짜 올라오는 두드러기에 미쳐 버릴 것 같은데, 어쩌지, 어쩌지? 어떻게 해야 하는 걸까?

갈피를 잡지 못하고 그저 발만 동동 구르고 있는데, 다행이랄지 불행이랄지 그 순간 낯익은 목소리가 튀어나왔다.

"어, 리아!"

그리고 순식간에 거둬진 손.

멀리서 발르가 이쪽으로 다가온다. 나는 익숙한 쌍둥이의 얼굴을 보며 속으로 조용히 안도의 한숨을 내쉬었다.

……하마터면 심장이 터질 뻔했어.

* * *

카이텔의 생일은 하루거늘 그 생일을 축하하는 파티는 거의 일주일에 가깝게 열렸다.

생일 때야 당연히 참석한다지만 그다음 날부터는 무시해도 되는데, 아무래도 외부의 인사가 많이 온 지라 카이텔은 다음 날도, 그다음 날도 파티에 참석했다. 그리고 덩달아 나도.

이제 좀 자랐다고 하지만 그래도 고작 여덟 살인 공주를 부려 먹을 인간들은 아니라 나는 그저 멍하니 파티장을 지켰다. 솔직히 내가 하는 일이란 예쁘게 자리 지키고 있다가 인사 시키면 인사하고 말 시키면 대답해 주는 게 다였다. 물론 그것도 힘들었지만.

"응?"

문득 파티장을 훑어보고 있는데, 평소엔 눈에 안 띄던 게 갑자기 내 시야에 들어왔다. 그건 파티장을 장식하고 있는 아그리젠트의 문장이었다.

다이아몬드를 움켜쥔 겨울나무.

저 다이아몬드가 영원과 아름다움을 상징하는 거였지? 더불어 이곳에서는 정령을 나타내는 것이었다. 나무야 당연히 겨울나무고. 그러고 보니 비테르보 가문의 문장이 검과 방패 아래의 독수리였던가.

"아시시, 각 가문의 문장 말이야. 다 뜻이 있는 거지?"

따분하게 앉아 있다 갑자기 몸을 트는 날 의아한 시선으로 보며 아시시가 고개를 끄덕인다.

"예, 그렇습니다."

그럼 혹시 드란스테 놈이 준 힌트도 이것인 건가?

힌트가 뭐였더라? 힘과 권력의 상징이라고 했던 것 같다. 나는 곰곰이 생각에 잠겼다.

힘과 권력을 뜻하는 문양. 힘과 권력.

내가 잠시 고민에 빠져 있으려니 순간 카이텔이 아시시를 데리고 가 버린다. 아오, 저놈의 애비가 내 기사인데.

불만은 불만이지만 그래도 저러는 데엔 다 이유가 있었으므로 가만히 있었다. 그나저나 힘과 권력을 상징하는 문양이라면 뭐가 있지? 사자? 드래곤? 검?

어, 잠깐. 검?

"확실히 검도…… 힘의 상징이긴 하지."

일단 비테르보, 자바이칼 등등 아그리젠트의 유력 가문에는 모조리 검이 문양에 들어가 있었다.

어라, 그럼 진짜 검인가?

그래도 힌트가 이렇게 쉬울 리가 없는데 괜히 의심스럽다. 나는 턱을 괴었다. 가만히 진짜 검인가 고민에 휩싸여 있는데, 어느새 내 옆에 일린이 다가온다.

"공주님."

깜짝이야!

생각에 잠겨 있느라 언제 다가온 건지 알아차리지도 못해서 나는 더 놀랐다. 게다가 요새 은근히 일린을 피하고 있던 터라 더욱 그랬다.

"공주님, 돌아가실 시간이세요."

일린이 어쩐지 낯선 표정으로 말한다. 무언가 전보다 차분해진 게 이제 결혼을 하니까 철들었나. 우리 일린은 영원히 덜렁이일 줄 알았는데. 나는 괜히 또 서운해서 얼굴을 굳혔다.

대답 없이 고개를 끄덕이고 일어나니 일린이 뒤로 따라붙는다.

평소와 같은 행동이었건만 나는 이상하게 그게 의식되었다. 이제 이런 거 더 이상 못하겠지. 아마 일린을 한심하게 여기는 일상도 더 이상 오지 않을 거다.

그런 식으로 생각하고 나니 괜히 더 시무룩해진다.

이런 기분 별로 좋아하지 않는데. 내가 고개를 떨구고 길을 걷는데 갑자기 뒤에서 들려오던 발자국 소리가 끊긴다. 나는 가만히 멈춰 섰다.

"공주님."

일린의 목소리다. 차분하게 울리는 목소리가 어쩐지 평소와 다른 깊이를 담고 있어서 나는 괜히 입술을 깨물었다. 울컥, 무언가가 솟구친다. 이대로 뒤를 돌아보고 시선을 마주치면 울 것 같아서 나는 그대로 고개를 돌린 채로 섰다.

하아. 한숨 소리가 바로 뒤에서 들린다.

움직인 건 내가 아니었다. 일린이었다. 일린은 어느새 내 앞에 섰다. 그리고 무릎을 꿇고 나에게로 시선을 맞췄다.

"제가 결혼하는 게 서운하세요?"

일린이 이렇게 예뻤던가? 문득 그런 생각이 든다.

항상 옆에 있던 시녀라 너무 편하게만 생각했는지 모른다. 나는 내 시선을 빤히 응시하는 일린을 보며 괜히 입술을 깨물었다.

"아니야. 그냥, 그냥……."

"공주님이 시집가지 말라 그러시면 안 갈게요."

단호한 목소리에 나도 모르게 인상을 쓰고 만다. 이게 지금 뭐라 그런 거지?

"너 바보냐! 내가 가지 말란다고 안 가게!"

일린이 웃었다. 평소랑 같은 바보 웃음이라 나는 나도 모르게 마음이 풀어져 버렸다.

"하지만……."

일린이 내 손을 잡는다. 오랜만에 잡는 내 시녀의 손은 너무 크고 따뜻하고— 포근했다.

"전 공주님 곁에 있는 게 행복한 걸요."

울컥. 아까 참았다고 생각했던 감정이 다시 올라온다. 나는 울렁거리는 가슴을 겨우 진정시켰다. 하지만 그래도 멋대로 흘러내리는 눈물은 감출 수 없었다.

"나도……."

왜 이런 때에 눈물이 나고 그래, 이씨. 우는 게 부끄러워 고개를 푹 숙인다.

"나도 그래."

울음 때문인지 목소리가 흔들렸다. 일린이 가만히 울음을 참는 나를 품에 안아 준다. 항상 세르이라가 안아 주던 것처럼, 그렇게.

"공주님, 사랑해요!"

"그래."

그럼 사랑해야지.

하지만 그 말은 울음 때문에 할 수 없었다. 자꾸 왜 주책맞게 눈물이 나와. 일린이 이렇게 다정하게 대하니까 더 그런 것 같았다. 감정이 자꾸 복받친다. 항상 싸우기만 했는데. 많이 잘해 주지도 못했는데.

갑자기 이렇게 떠난다고 하니까 더 그런 것 같았다. 나 정말 못된 공주였는데.

"제가 결혼해서 이 일을 그만두게 돼도 저는 항상 공주님의 첫 번째 시녀예요."

"응."

내가 자꾸 우니까 일린이 난감한 모양이다. 손을 뻗어 내 눈물을 닦아 주며 일린이 웃는다.

"울지 마세요."

"안 울어!"

누가 운다고 그래!

이건 우는 게 아니라 그냥, 그냥─ 눈물이 나는 것뿐이라고. 하지만 울음 때문에 나는 또 말을 잇지 못했다. 아이 씨, 왜 자꾸 눈물이 나오고 그래. 나는 두 손으로 재빨리 눈물을 훔쳤다.

"가서…… 잘살아."

"네."

진짜 가는구나.

이렇게 인사를 하려니 더 느껴진다. 내가 어른이 되어도, 시집을 가도 일린은 항상 내 옆에 있을 줄 알았는데. 그래도 어디 멀리 시집가는 건 아니라서 다행인데, 그런데…….

"괜찮아요. 어디 죽으러 가는 게 아니잖아요?"

"죽으러 가는 거면 내가 가게 내버려 두지 않지!"

"아이고, 우리 공주님."

내가 자꾸 우니까 일린이 좋은 모양이다. 항상 즐거울 때 터뜨리는 웃음을 지금 터뜨린다.

"이렇게 귀여우셔서 어쩌실꼬."

"몰라."

그래도 그거 울었다고 이제 좀 진정이 됐다. 아, 눈 따가워. 난 보이지 않지만 코도 빨개진 모양이었다. 일린이 내 손을 잡는다.

"돌아가요, 공주님."

"그래."

빨리 가서 세수해야지.

정신이 서서히 돌아오니 울었다는 게 창피해진다. 아이 씨, 난 왜 이렇게 감수성이 풍부한 거야? 원래 이런 인간이 아니거늘. 이건 다 감수성이 풍부한 세르이라에게 물들어서 그런 모양이었다. 아 씨, 부끄러워.

팔을 들어 눈을 훔치다가 나는 풀 숲에서 갑자기 튀어나온 인영을 미처 피하지 못했다.

"악!"

"공주님!"

아야, 아파!

나랑 부딪힌 인영도 나가떨어졌건만 무방비 상태에서 공격을 받은 내 상태가 더 심각했다.

이게 대체 웬 마른하늘에 날벼락. 아파서 데굴데굴 구르고 있으려니 일린이 허둥지둥 내 상태를 살핀다. 다행히 어디가 다치거나 찢어진 건 아니었다. 그냥 겁나게 아플 뿐.

"아 씨, 뭐야?"

근데 저게 부딪혀 놓고 사과도 없어?

나는 나랑 부딪힌 놈을 쳐다봤다. 그리고 내가 왜 다치지 않았는지 바로 알 수 있었다. 뭐야, 겨우 내 또래잖아. 이놈은 뭐지?

"그러는 넌 뭔데?"

내 대구에 그 녀석이 얼굴을 찡그린다.

"뭐?"

······아무래도 해결을 보려면 좀 오래 걸릴 것 같다. 나는 이마에 손을 얹으며 한숨을 내쉬었다. 일단 난 궁으로 돌아가 씻는 게 우선이니 어쩔 수 없지.

"일린."

"예?"

내 부름에 일린이 고개를 갸웃한다. 나는 가볍고 상큼하게 명령했다.

"데리고 와."

* * *

궁에 들어오자마자 나는 다짜고짜 세안할 물부터 찾았다. 세르이라가 왜 운 거냐고 물어봤지만 그 이유를 설명하기엔 너무 부끄러워서 그냥 대충 얼버무렸더니 자꾸 엄마가 걱정스런 시선을 보내온다.

하지만 그렇게 봐도 대답해 주지 않을 거라고!

세수를 다 마치고 머리까지 정리한 뒤 잘 안 쓰는 응접실로 가 보니 저녁을 굶은 나를 위한 야식이 마련되어 있었다. 이거 먹고 이제 씻고 책 읽다가 자면 되는 거지?

물론 그곳엔 야식만 있는 게 아니었다.

"야, 너."

너라니, 오랜만에 들어 보는 칭호일세.

일린이 대놓고 인상을 찌푸린다. 세르이라마저 살짝 불쾌한 표정이었다. 반면 나는 아무렇지 않은 표정으로 자리에 앉았다.

"공주님."

일린이 레몬티를 건네준다. 나는 따뜻하고 시큼한 차를 받아 들었다.

그런데 어째 방금까지만 해도 기세등등하던 놈이 일순 몸을 움찔한다. 뭐야, 이제야 내가 공주인 걸 알았나 보지?

"너……. 너, 공주였나?"

그래, 어쩔래?

내가 수긍하는 기색을 보이자 자신의 검은 머리를 마구 흐트러뜨리던 녀석이 갑자기 자리를 박차고 일어선다.

"프레치아의 원수!"

"응?"

그 손엔 언제 든 건지 모를 작은 검까지 쥐어져 있었다. 뭐야?

어차피 그 검은 예식용이라 날이 서 있지 않아서 그다지 위협적이진 않았다. 하지만 갑자기 이러는 이유를 모르겠다. 아니, 잠깐. 프레치아? 그건 남부 제국 이름인데.

내게 칼을 견주며 녀석이 큰 소리로 윽박지른다.

"네 아버지가 우리 조국에 한 짓을 모른다고 하진 않겠지?!"

아, 프레치아 사람인가.

근데 프레치아 황족은 모조리 목이 베였다고 알고 있는데. 게다가 지금 프레치아에서 득세하는 건 친아그리젠트 파밖에 없어서 그런 놈들이 우리 애비 생일 축하하러 와서 나한테 이럴 일은 없었다.

음, 그럼 이놈은 대체 뭐지?

잠깐 고민했지만 난 곧 어렵지 않게 전의 기억을 되살렸다. 난 진짜 기억력 좋은 것 같아.

"네가 배가 불렀구나. 얌전히 앉아라?"

"뭐?"

일단 위협이 안 된다 치지만 내 눈앞의 칼이 많이 거슬린다.

"아시시!"

언제 돌아온 건지 모를 내 수호기사가 단번에 그 칼을 쳐 냈다. 별로 힘도 들이지 않는 간단한 동작이었는데, 그 한 번에 눈앞의 꼬맹이는 단번에 제가 쥔 검을 놓치고 말았다.

역시 제국의 제일 기사는 뭔가 다르구나.

아시시는 그저 이런 상황에 처하게 한 것 자체에 죄책감을 느끼는 모양이었다. 안 다쳤으니까 괜찮은데. 내가 웃어 주었지만 아시시의 찡그린 표정은 펴질 줄을 모른다. 뭐, 애비 때문에 잠깐 자리를 비웠을 뿐이니까. 난 진짜 괜찮은데.

"검은 기사……."

자신의 날아간 검을 돌아보다가 녀석이 아시시를 노려본다. 그 눈에 서린 적의는 나를 바라보던 그 적의와 별반 다르지 않았다. 하긴 프레치아를 멸망시킨 게 카이텔이라면 그 선봉은 아시시였다.

하지만 그와 동시에 두려움도 느끼고 있는 모양.

나는 떨리는 녀석의 손을 보며 나를 위해 나온 초콜릿을 그쪽으로 밀어 주었다.

"이거나 먹어. 너한텐 당분이 아주 절실하게 필요한 것 같다."

녀석을 위한 상냥한 배려였거늘, 내 마음은 몰라주고 녀석이 도 끼눈을 뜨고 날 본다.

"지금 이게 목구멍으로 넘어갈 거 같으냐?"

"난 넘어가거든?"

내 대꾸에 녀석이 입을 다문다. 할 말 없나 보지?

하지만 저렇게 계속 화를 내고 있으면 금방 기운이 빠진다는 건 경험으로 안다. 나는 재차 권유했다.

"나중에 먹고 싶다고 징징대지 말고 줄 때 먹어."

어차피 이 적의는 내가 어떻게 할 수 있는 문제가 아니었다. 미 움 받는 건 썩 좋은 기분은 아니지만 그렇다고 아량을 베풀지도 못하는 바도 아닌 것. 나는 그저 내가 할 수 있는 걸 했다.

눈앞의 초콜릿에 마음이 동하긴 하는지 녀석의 표정이 흔들린 다. 나는 빙그레 웃었다.

"먹어 보고 싶잖아?"

마침내 녀석이 손을 뻗는다. 초콜릿을 먹는 녀석을 보며 나는 그 냥 웃었다.

말은 잘 듣네.

검은 머리카락이 탐스럽게 흔들린다. 녀석의 검은 눈동자는 전생 에 흔히 봐 오던 그런 눈동자였다. 검은 머리에 검은 눈동자라. 그 래도 한국인과 다른 점이라면 그건 창백할 정도로 흰 피부였다. 남 부인이라더니. 구릿빛 피부가 드글드글할 거라 생각했는데, 그건 나만의 착각인 모양이었다. 아니면 저 녀석이 유난히 하얀 건가?

이렇게 보니 어리다.

그래도 나보다는 나이가 더 많을 것 같았다.

처음 먹는 건지 초콜릿을 전투적으로 먹어 치우는 모습에 괜히 내가 다 혀를 내두르게 된다. 쯧쯧, 천천히 먹어도 되는데. 안 뺏어 먹을 건데 너무 빠른 속도로 먹어 치운다.

"이름이 뭐냐?"

그냥 뭐라고 불러야 할지 몰라서 물은 건데, 먹던 초콜릿을 잠시 내려놓고 녀석이 조그맣게 대꾸한다.

"……하벨."

하벨이구나. 생긴 거랑 좀 다르게 귀여운 이름이었다.

"하벨 란츠후드 율토스."

"아하."

이름을 듣고 나니 확신이 선다.

눈앞의 이 아이가 그 아이인 모양이었다.

프레치아의 사생아.

원래대로였다면 초야에 묻혀 영원히 잊힐 존재건만 전쟁으로 인해 모든 황족이 죽고 나자 발견되어 프레치아의 희망이라고 떠받들어지고 있는 황자.

기구한 운명이다. 이렇게 눈앞에서 아이처럼 초콜릿을 먹는 모습을 보니 더 그렇게 느껴졌다.

"넌 뭐냐!"

"이미 알지 않아? 아리아드나. 그냥 리아라고 불러."

턱을 괸 채 대꾸하니 하벨의 기세가 조금 수그러든다. 내가 대답을 안 해 줄 줄 안 모양이었다. 자꾸 이게 아닌데, 하는 걸 듣고 있으려니 제법 귀엽기까지 하다.

에라 이, 그래, 인심 썼다.

"먹을래?"

내가 먹던 것까지 건네니 하벨이 크게 고개를 끄덕인다.

녀석은 그걸 받아 가자마자 거의 초토화시켰다. 진짜 초콜릿 처음 먹어 보기라도 하는 건가?

"맛있지?"

하벨은 대답 대신 고개를 여러 번 끄덕였다. 그 열렬한 반응에 괜히 내가 다 뿌듯하다.

그래, 이게 진짜 맛이 예술이긴 하지. 이제 하벨은 아까 언제 나한테 칼을 겨눴나 싶을 정도로 너무나 선량한 표정으로 앉아 있다. 나는 웃으며 기꺼이 다른 초콜릿도 내밀었다.

"많이 먹어."

* * *

아침에 일어나자마자 나는 드란스테를 찾기 위해 온 궁을 뒤졌다. 정답을 알았으니 빨리 맞혀 보고 싶다는 마음 때문이었는데, 정말 얄밉게도 필요 없을 때는 잘만 보이더니 막상 내가 찾으니까 이놈이 코빼기도 보이지 않았다. 그래, 네놈이 뭐 이렇지.

또 한동안 없어진 건가?

시녀들한테 물어도 시종들한테 물어도 다 모른다는 대답이라 거

의 반쯤 포기한 심정이었는데, 진짜 청개구리의 정령이라도 되는
건지 해가 지자마자 드란스테가 딱 내 눈앞에 나타났다.

"찾았다며."

찾은 건 아침인데 지금은 밤이거든.

이제야 나타난 드란스테를 보며 나는 순간 고민했다. 일단 한 대
쳐야 하는 걸까, 아니면 바로 이야기로 넘어가야 하는 걸까? 고민
은 심각했지만 결정은 깔끔했다. 나는 한 대 치며 드란스테에게
소리쳤다.

"나 너 정체 알았어!"

내 손을 막으며 드란스테가 밉살맞게 웃는다.

"뭔데?"

나는 지체 없이 대꾸했다.

"너 검이지!"

"땡."

엉? 땡이라고? 그럴 리가 없는데.

나는 인상을 찌푸렸다. 말도 안 돼. 자신감에 가득 차 회심의 미
소를 지으며 대답한 것이거늘! 내 옆에 앉으며 드란스테가 빙그레
웃는다. 노을이 지는 창밖을 배경으로 어쩐지 평소와는 무언가 달
라 보이는 드란스테가 내 머리를 쓰다듬었다.

"근접했는데 좀 아쉽네."

근접했다니. 그럼 검은 맞는 걸까? 나는 고개를 갸웃했다.

"그럼 검의 요정이야?"

내 질문에 드란스테가 폭소를 터뜨린다. 아, 나, 이 자식.

"아 씨, 웃지만 말고."

내 신경질에 그제야 사태 파악이 된 건지 드란스테가 눈물이 고인 눈가를 쓸면서 제대로 상대해 준다. 그래 봤자 이미 난 심통이 날 대로 난 상황이었지만.

"어딘가 부족해, 형용사가."

"화려한 검?"

"……."

미안하다. 순간 생각나는 형용사가 그거밖에 없었다.

돌아오는 반응을 보니 검의 심미안적인 형용사는 아닌 모양이었다. 그럼 형용사로 쓸 수 있는 게 뭐가 있지? 검이 검이지 또 뭐가 필요한 건데?

인상을 찡그리고 있으려니 드란스테가 집게손가락으로 내 미간을 꾹 누른다. 그 순간 불현듯 나는 어떤 단어가 떠올랐다.

"깨진 검?"

설마하면서 물은 건데, 드란스테가 입가에 진한 미소를 보인다.

"정답."

어? 진짜?

막상 정답을 맞혀 놓고도 얼떨떨한 나와 달리 드란스테가 두 손으로 창가를 짚으며 한탄을 한다.

"못 맞힐 줄 알았는데 역시 힌트가 너무 쉬웠나?"

"네가 진짜 검이라고?"

진짜로?

아직도 믿겨지지 않는다. 나는 두 눈을 동그랗게 떴다.

드란스테는 대답 대신 그저 웃었다. 그 미소와 함께— 어둠 속에서 떠오르는 검날의 파편.

검의 날이라는 게 저렇게 빛이 나는 것이었던가. 의아함도 기묘함도 이질감도 같이 떠오른다. 어느새 수백 개의 조각들로 흩어진 파편들은 마치 띠를 이루듯 드란스테 곁에 머물렀다. 그 모습을 고요히 응시하다 나는 무심코 앓는 소리를 냈다.

그저 흔하디흔한 철 조각에 지나지 않을 터인데, 자신의 파편에 둘러싸인 드란스테의 모습이 무척이나 눈부셨다.

"이게 나야."

자그마한 목소리가 말을 한다. 나는 살짝 인상을 찡그렸다.

"산산이 부서졌어."

허공에 떠다니는 파편이 마치 보석처럼 형형색색 빛난다. 이게 부서진 칼날의 조각이라니. 눈으로 보고 있으면서도 믿기지 않았다. 어떻게 부서진 거지? 도리어 의아하다.

"왜 이렇게 된 거야?"

"나도 몰라."

드란스테가 가볍게 어깨를 으쓱였다. 그 모습이 아무것도 모르는 날 놀리는 것 같아 나는 녀석을 죽어라 노려보았다. 그러자 억울하다는 듯 드란스테가 눈을 찡긋한다.

"정말이야."

어쩐지 음울한 표정. 게다가 약간 가라앉은 목소리가 어딘지 안쓰러웠다.

칫, 내가 마음이 착해서 봐준다.

입을 꾹 다문 채로 불만 어린 표정을 지으니 날 보던 드란스테가 풋 웃는다. 비웃는 거냐? 내가 인상을 쓰자 녀석이 큰 숨을 내쉬었다.

"내가 정신을 차렸을 땐 이미 이렇게 된 상태였어. 어둠 속에서 고요히 홀로 일어났지. 아무것도 몰랐어. 내가 누군지조차도. 그 땐 기억도 없었거든. 그래서 나도 내 본체가 부서졌음에도 어떻게 아직도 살아 있는 건지 모르겠어."

"여전히 기억이 없어?"

이런 소리를 들으니 마냥 막 대하기가 힘들다. 내 조심스런 목소리에 드란스테가 웃었다. 조금은 기분 좋은 미소. 그러더니 개중의 제법 큰 조각을 허공에서 건드렸다.

"보여?"

응, 보여.

내가 고개를 끄덕이자 그 조각을 끌어당기며 드란스테가 웃는다. 그건 평소와는 조금 다른 미소였다. 어쩐지 자조 섞인 그런 쓴 웃음. 솔직히 그걸 지켜보고 있는 게 마음이 편하지는 않다. 나는 조용히 그가 하는 모양새를 지켜보았다.

"이것들을 하나둘씩 찾을 때마다 짧게나마 무언가가 생각나. 마치 수면에 잠겨 있다 불현듯 떠오르는 것처럼."

불러들인 조각이 드란스테의 손에 내려앉는다. 녀석의 큰 손이 그 조각을 움켜쥐었다.

"내가 부러진 검이라는 사실도 그래서 알았어. 가장 처음 찾은 내 조각이 알려 줬거든."

그렇게 말하며 드란스테는 마치 제 조각에 감사라도 하듯 입을 맞추었다. 그 모습을 바라보며 나는 괜히 기분이 얼떨떨했다. 항상 아무 생각 없이 사는 놈이라고 생각했었는데. 새삼 이놈이 얼마나 오해받기 쉬운 성격인지를 깨닫는다.

아무튼 끼리끼리라더니, 애비랑 똑같다.

미안한 마음 때문인지 괜히 더 심술이 났다. 그러니까 진작 말했으면 안 그랬을 거 아니야! 괜히 그동안 한량이라고 생각하고 구박했는데. 내가 고뇌하건 말건 드란스테는 자신의 조각을 여전히 아스라한 시선으로 물끄러미 내려다보았다.

"그래서 찾아 헤매고 있어, 아직도."

"다 찾은 게 아니야?"

아직도 찾고 있단 말이야?

드란스테 주변에 떠오른 조각들도 충분히 많이 보이건만 그게 다가 아닌 모양이다. 나는 놀랐다. 내 반문에 드란스테가 조금 지친 표정을 짓는다.

"그랬으면 좋겠지만……. 아직 많이 남았어."

그 얼굴을 마주 대하고 있자니 마음이 자꾸 약해진다.

자기 조각을 찾아 헤매는 검이라니. 그런 거 상상조차 해 본 적도 없다고.

"오랫동안 자꾸 사라지는 건 조각을 찾으러 가서였구나."

"그런 것도 있고."

드란스테가 웃는다. 조금은 분위기를 가볍게 하고자 짓는 미소 같았는데, 어쩐지 내뱉은 말은 전혀 가볍지 않았다.

"내 주인이 어떻게 된 건지 알고 싶었거든. 그리고 내 이름도."

그렇게 말하는 드란스테의 눈동자가 유난히 푸르다. 나는 이놈을 찾아 헤매며 개고생한 오늘 일을 그냥 용서해 주었다. 그나저나 이름도 찾고 싶다는 건 지금 이름이 가짜라는 건가? 내 의문에 대답이라도 하듯 드란스테가 나지막이 덧붙인다.

"드란스테라는 이름은 카이텔이 나와 계약하면서 준 이름이야."

애비가 지어 준 이름이었구나.

카이텔치고는 잘 지어 줬다고 생각하며 나는 조그맣게 웃었다.

이름 지으면서 고민했으려나?

어쩐지 남의 이름 지어 주는 카이텔은 상상이 안 간다. 그러고 보니 내 이름도 그 자리에서 막 지어 줬던 것 같은데. 의외로 우리 애비, 작명에 재능이 넘치는 건가.

이런저런 생각을 뭉게뭉게 키워 나가고 있는데, 작은 목소리가 내게 말을 건다.

"내 이름을 찾으면 기억날까?"

나는 바로 드란스테의 눈동자와 시선을 맞췄다.

"내가 왜 이렇게 된 건지."

알싸한 무언가가 내 심장을 움켜잡는다.

기억을 잃은 사람을 보는 심정이라는 건 이런 거구나. 내가 녀석의 과거를 다 알아서 알려 줄 수 있다면 정말 좋았겠지만……. 그건 내가 생각해도 무리였다. 이렇게 보니 드란스테가 좀 달라 보인다. 나는 내가 지을 수 있는 최대한 예쁜 미소를 지었다.

"기억 날 거야. 꼭 찾을 수 있을 거야. 뭣하면 나도 같이 찾아 줄까?"

호의 넘치는 말이었는데, 그 말을 듣더니 드란스테가 단번에 인상을 찡그렸다.

"네가?"

"이씨."

이게 기껏 남이 도와주려고 하니까.

내 표정에 드란스테가 폭소한다. 아오.

"비웃지 마!"

열심히 외쳐 봤지만 전혀 효과가 없다. 아, 진짜!

과거를 알아도 얄미운 건 얄미운 거였다. 한 대 치고 싶네. 내가 잔뜩 부은 얼굴로 대체 언제까지 웃을 건지 노려보고 있으려니 그제야 의식이 되는 건지 녀석이 웃음을 멈춘다. 야, 그래 봤자 이미 늦었거든?

다음엔 절대로 같이 뭐 해 준다는 소리 안 할 거라고 다짐하고 있는데, 드란스테가 내 머리에 손을 얹었다.

"고마워."

……응? 내가 지금 무슨 말을 들은 거지?

천하의 드란스테 입에서 이런 소리를 들은 줄은 몰랐으므로 나는 잔뜩 놀라 무심코 한 걸음 물러났다. 뭐, 뭐야.

"그렇게 말해 준 인간은 처음이라……. 아니, 이런 이야기를 한 것 자체가 처음이구나."

어쩐지 쑥스러워 보이는 얼굴로 드란스테가 헛기침을 한다. 처음 보는 모습이라 나는 괜히 기분이 얄딱꾸리했다. 얜 누구지? 내가 아는 그놈이 아닌 거 같은데.

하지만 곧 진정하고 날 보는 그 얼굴은 내가 아는 얼굴이었다. 녀석이 갑자기 날 보더니 또 웃는다. 또 뭐하려고 이러는 건가 뚱한 표정으로 쳐다봤는데, 녀석이 말했다.

"만약 내가 다시 주인을 정할 수 있다면 꼭 네 검이 될게. 그래서 널 지켜 주마."

지켜 준다는 소리는 전에도 들었던 말이지만, 그래도 막상 이렇게 듣는 건 기분이 좀 달랐다. 그건 검인지 몰랐을 때의 이야기고.

그나저나 내 검이 된다니. 난 검 안 쓰는걸?

장난스럽게 넘어가려 했는데 내게 보내는 눈빛이 단호하다.

……진심이구나.

하긴 이 정도의 실체를 가질 수 있는 검이라면 어쩌면 드란스테는 내가 생각하는 것보다 더 대단한 검일지도 몰랐다. 아직 조각도 다 못 찾았다지만 언젠가는 다 찾았으면 좋겠다. 나는 그렇게 바라며 싱긋 웃었다.

"그래서 시집오라고?"

"올 거야?"

늘 오고 가는 실랑이.

나는 당연하다는 표정으로 녀석의 손을 쳐 냈다.

"꺼져."

* * *

"그래서 카이텔하고는 어떻게 만난 거야?"

아무래도 이야기가 좀 길어질 것 같아서 나는 내 방으로 들어가 제대로 자리를 깔고 앉았다. 노을 지던 하늘은 이제 완전히 어두워졌고, 곧 저녁을 먹어야 할 시간이지만 나는 시녀를 시켜 간식을 가져왔다.

"음."

뭐가 그렇게 난감한 건지 드란스테가 잠시 입을 다문다.

그러면서도 내 간식인 쿠키를 뺏어먹는 건 그만두지 않았다. 먹는 거 가지고 구박하는 게 제일 치사한 짓인데 알면서도 자꾸 못 뺏어 먹게 하고 싶다. 드란스테 때문에 내가 먹을 수 있는 간식이 팍팍 줄어드는 느낌이었다. 이거 내 과자인데.

"카이텔이 열세 살 때 카이텔의 궁이 전소되는 사건이 있었어."

응? 뭐라고?

순간 내가 잘못 들은 건가 하고 인상을 썼다. 내가 이상한 걸 들은 거 같은데.

"공식적으로는 시녀들이 불단속을 잘못한 거로 발표되었지만 사실은 조금 달라. 넌 알지 모르겠지만 이반 황제의 자식이 좀 많았거든."

"알아. 스물여덟이라며."

그때의 충격은 아직까지도 잊히지 않는다. 그건 정말 말로도 설명할 수 없는 충격이었다. 자식이 스물여덟이 되려면 대체 얼마나 그 짓을 했다는 거야? 그냥 놀아난 여자만 따져도 후궁이 부족할 정도라니 말 다했지, 어휴.

"뭐, 흔한 이야기지. 다음 황제로 유력했던 6황자가 미래의 분란이 될 씨앗을 제거하려고 든 거야. 실재로 화재가 번지고 있을 때 카이텔 궁의 대다수가 자객에 의해 이미 죽어 있었다지. 살아 있었던 건 소수의 기사와 카이텔, 그리고 그 궁의 시녀장뿐이었어."

"……끔직해."

황궁이라는 건 생각보다 살벌한 거였구나.

새삼 내가 외동딸인 게 얼마나 큰 축복인 건지 깨닫는다. 어릴 때부터 목숨의 위협을 받는다니, 대체 이 나라는 어떻게 생겨 먹은 거야. 물론 이게 여기서는 정상이라고 하지만. 한숨이 나오는 건 어쩔 수 없었다.

진저리를 치는 나와 달리 드란스테는 그저 웃는다.

"자객들은 카이텔을 죽이려고 달려들었고, 기사들은 지키려다 하나둘 쓰러져 갔지. 그러다 어린 카이텔을 데리고 도망치던 시녀장만 남았어. 그리고 그 시녀장이 자객의 칼에 자신의 목숨을 내던졌지, 카이텔 대신."

문득 숨을 멈췄다. 순간 어린 카이텔을 구하려고 몸을 던졌을 시녀장을 머릿속으로 그려 보다 나는 나도 모르게 인상을 썼다.

"내가 나타난 건 그때였어. 시녀장이 가지고 있던 목걸이가 내 조각 중 하나였거든."

아, 그래서……. 그랬구나.

이제야 이해가 간다. 그래서 둘이 만나게 된 거였다. 결코 평범하게 만났을 거라 생각하진 않았지만 그래도 이건 상상 이상이다. 나는 나도 모르게 인상을 썼다.

"그땐 카이텔 목에 걸려 있어서 카이텔 건지 알았지만."

"아빠 목에 걸려 있었어?"

"어, 그래서 살려 줬어. 무엇보다 어린 꼬마 자식이 어찌나 당돌하던지. 재미있었거든."

다시 생각해도 유쾌한지 드란스테가 기분 좋은 미소를 지었다. 그나저나 겨우 그런 이유로 살려 줬단 말이야? 어떻게 해서든 우리 애비를 죽이고 싶었을 그 6황자가 들었다면 어이가 없어서 칼을 빼어 들 소리였다.

"뭐, 본인은 죽고 싶었던 모양이었지만……. 그런데 막상 죽으라고 아무 전쟁터에 던져 놓으니 살아서 돌아오더군. 그래서 검 쓰는 법 두어 개 알려 줬지."

"그래서 스승인 거야?"

"응."

그냥 물어보지 말걸. 진실을 알고 나니 허무하다.

아, 난 또 뭐 대단한 거라도 가르쳐 준 줄 알았네. 내 짜증에 드란스테가 낄낄거린다. 어지간히 좋은 모양이었다. 아오.

"계약했다며. 그건 뭔 소리야?"

"아."

그래도 이건 좀 제대로 된 대답이 나오겠지. 내가 멀거니 쳐다보자 드란스테가 씨익 웃는다. 그 미소가 제법 사악해서 나는 나도 모르게 몸을 부르르 떨었다. 윽.

"내가 멋대로 카이텔 심장에 내 조각을 박았거든. 가끔 허공에서 소환되는 카테라 알지? 그거야."

아, 그 검. 맨날 카이텔이 드란스테 베려다가 실패하는 검이었다. 그러고 보니 요샌 애비가 칼을 들고 설치지 않아서 통 보질 못했네. 허공에서 나타나는 검은 언제 다시 봐도 마냥 신기했다.

"그래서 살려 준 목숨 값과 내 검 값을 같이 요구했지. 아직 받진 못했어. 받을 때까지 못 죽게 할 거야."

"사악해."

네가 악마냐.

내가 이건 뭐냐는 듯 드란스레의 위아래를 훑어봤지만 녀석은 뭐가 그렇게 좋은지 낄낄거리기만 했다. 진짜 애비가 싫어할 법도 하다. 나라도 드란스테가 싫었을 터였다. 그동안 구박받는다고 불쌍하다고 생각했는데, 그거 다 취소다, 흥!

"그래도 그 자식이 그 검 덕을 얼마나 많이 봤는데? 기본으로 검을 두 개 쓰는 셈이고, 게다가 부러지지 않는 검이 언제든지 소환되는 거잖아? 카이텔이 지금까지 살아남은 건 다 내 덕이야."

"그래, 좋겠다."

정말 좋겠네. 건성건성 녀석의 말을 넘기자 안달이라도 난 건지 드란스테가 믿어 달라는 듯 시선을 보낸다.

흥, 그런다고 내가 넘어갈 줄 아냐. 속은 게 한두 번이어야지. 나는 매정하게 고개를 돌렸다.

"너도 줄까?"

"됐거든. 네 몸의 일부를 가지고 있다는 생각만 해도 소름이 끼친다."

진심이다. 모르고 있을 땐 그러려니 했다지만 본체가 검이라니, 그 조각을 가지고 있는 건 저 녀석을 데리고 있는 거랑 마찬가지란 소리잖아?

내 말에 드란스테가 고개를 갸웃한다. 그러면서 한다는 말이…….

"이미 가지고 있는데."

헐? 이게 대체 무슨 소리지? 나는 말도 안 된다고 반박하려다가 순간 짚이는 게 있어 입을 다물었다. 그리고…….

"설마 내 귀걸이?"

"정답."

이 자식이!

"어쩐지 빼려 해도 안 빠지더라!"

내 항의에 드란스테가 낄낄대며 웃는다. 졸지에 두 살 때부터 녀석의 일부를 끼고 살아온 나는 알 수 없는 오한에 몸을 떨어야 했다. 이 변태.

당장이라도 빼 달라고 요구하려 손을 뻗었는데, 그 손을 잡으면서 드란스테가 사뭇 진지한 얼굴을 했다.

"꼭 가지고 있어."

네가 그렇게 말해도 안 무섭거든?!

그래도 그다음에 덧붙인 말엔 나도 모르게 멈칫했다.

"위험하면 내가 달려갈게."

나지막한 목소리. 이렇게 나오면 뭐라고 할 수가 없잖아. 나는 결국 한숨을 내쉬었다. 그 한숨을 항복이라고 알아들은 건지 드란스테가 웃는다.

아무튼 이건 나를 너무 잘 알아.

*   *   *

카이텔이 행복한 어린 시절을 가졌을 거란 생각은 한 번도 해 본적 없었다. 엄마, 아빠 손을 잡고 하하호호 웃는 애비라니. 소름이 돋아서 그런 건 상상도 되지 않는다. 그래도 적어도 불우하다거나 그런 건 아닐 거라고 막연히 생각했었다.

뭐랄까, 그 더러운 성질 머리 때문에.

그런데 막상 드란스테를 통해 들은 애비의 과거가 내가 생각했던 것보다 훨씬 어두워서⋯⋯. 나는 뭔가 알 수 없는 돌덩이가 내 가슴을 꾹 누르는 그런 느낌을 받아야만 했다.

하아. 괜히 한숨을 들이마시니 옆에 있던 아시시가 나를 쳐다본다. 나는 그냥 예쁘게 웃었다.

계절은 벌써 가을을 버리고 겨울로 달려가고 있다. 벌써 쌀쌀해지는 온도와 겨울을 맞이하며 앙상한 가지를 뽐내는 초목들을 지켜보다 나는 왠지 겨울나무가 보고 싶어졌다.

하얀 나뭇가지와 하얀 이파리.

일 년 내내 같은 모습을 유지하는 그 나무가 지금 너무 그립다.

처음엔 이런 나무가 있구나 신기해 하던 것뿐이었는데, 어느새 나는 겨울나무에 길들여진 모양이다. 이렇게 오랫동안 안 보면 그리워지는 걸 보니.

그저 보고 싶어서 발길을 돌린 것뿐인데, 웬일로 겨울나무에 이미 손님이 와 있다. 겨울나무가 인기가 많은 건 사실이지만 그래도 나름 아그리젠트의 신목神木이라, 행여나 저주를 받을까 가까이 다가가는 사람은 드물었다.

"너⋯⋯."

겨울나무 앞에 서니 순간 마주친 눈동자가 놀라움을 띠고 커진다. 나는 방긋 웃었다.

"우연이네?"

검은 머리에 검은 눈동자. 항상 보던 색이었는데 막상 이런 배경에서 보니 처음 보는 것처럼 신기하다. 무엇보다 머리색과 눈동자

색이 같은 사람을 보는 건 태어나서 처음이었다.

하벨이 인상을 찌푸린다.

나는 개의치 않고 하벨의 옆에 다가가 섰다.

"겨울나무 예쁘지?"

"어."

잔뜩 찌푸린 얼굴인데도 내 질문엔 꼬박꼬박 대답을 한다, 귀여운 놈.

이 녀석이 프레치아의 사생아 황자라는 건 이미 별문제가 안 된다. 여전히 나를 싫어하는 것 같긴 하지만 어쩐지 저번과 달리 이번엔 노골적으로 적의를 폴폴 풍기지는 않는다.

"이 안에 정령이 잠들어 있대. 신기해."

아그리젠트의 오랜 신화이자 전설. 언젠가 그 겨울 정령이라는 걸 두 눈으로 봤으면 좋겠다고 생각했지만 그날은 이 대륙이 눈으로 뒤덮이는 날이라니, 이미 반쯤 포기했다. 아무리 그래도 보고 싶은 걸 보겠다고 이 세상을 멸망시키고 싶지는 않았다.

내 말에 하벨이 툴툴댄다.

"맨날 보고 살면서도 신기하냐?"

"그럼 신기한 걸 안 신기하다고 말해?"

"……."

아무튼 못 이기면서 덤비지.

뭐, 그 모습이 귀여운 거지만. 내가 빙그레 웃자 노려보던 하벨이 잔뜩 골이 난 얼굴로 인상을 썼다.

"너, 미워."

"나도 너 미워."

뭐, 또 할 말 있니?

해볼 테면 더 해 보라는 식으로 고개를 쳐들었는데, 웬일로 하벨이 그냥 물러난다. 물론 말발이 안 되어서 물러나고 싶지 않아도 물러나는 것 같았다. 아, 귀여워.

툴툴대는 게 꼭 처음 봤을 때 그레시토 같다. 물론 지금은 오빠 노릇을 하며 날 지켜 주겠다고 큰소리 펑펑 치고 있지만 이제 와 생각해 보면 열심히 틱틱대던 그레시토도 나름 귀여웠었다.

내가 웃으며 자신을 쳐다보니 다분히 수상한 모양이다. 하벨이 인상을 쓴 채 날 쳐다본다. 그렇게 봐 봤자 난 아무 생각도 없단다. 괜히 고민하는 너만 손해일걸? 그러나 이 말을 대놓고 하진 않았다. 귀찮으니까.

오랜만에 보는 겨울나무는 여전히 청량했다. 곧 겨울이 다가와서 그런지 여름 동안 빨아들인 열기를 뿜어내는 것 같다. 어쩐지 따뜻하고 온화한 기운에 나는 빙그레 웃었다. 그리고 순간 시야에 들어온 하벨의 손에 두 눈을 동그랗게 떴다.

"손 왜 그래?"

손바닥이 잔뜩 빨개져 있다. 나는 놀라서 하벨의 손을 잡았다. 내 손길에 잠시 당황하는 듯하더니 하벨이 곧 내 손을 쳐 낸다.

"만지지 마!"

"까칠하긴."

내가 때리겠다는 것도 아니고 잠시 보겠다는 건데 이렇게 날을 세우냐?

하지만 만지지 말라는 데도 만질 패기는 없어서 그냥 있었다. 물끄러미 하벨을 응시하고만 있으려니 지가 쳐 놓고도 민망한지 하벨이 헛기침을 한다.

"……검 연습 해서 그래."

검 연습? 이게 무슨 소리지?

"검 연습을 손이 찢어지도록 해?"

말도 안 돼. 내가 바로 인상을 썼으나 하벨한테 돌아오는 대꾸는 없었다. 믿으려면 믿고 말라면 말라는 식의 태도에 나는 괜히 인상만 찌푸렸다. 그럼 그 말이 사실이란 소리야? 믿기 힘들어서 괜히 아시시를 돌아보았다. 나는 확신이 필요했다.

"아시시, 이게 말이 돼?"

그러나 일 초도 되지 않아 돌아온 대답.

"저도 그렇게 연습했습니다."

"……."

이런 미친 인간들.

한탄밖에 안 나온다. 신이시여, 세상에 이런 미친 인간들이 살아 숨 쉽니다. 이게 말이 됩니까?

아니, 어떻게 손이 찢어지도록 검 연습을 한다는 거지? 설마 우리 애비도 이렇게 연습을 한 걸까? 점점 이 검술이라는 걸 배우고 있는 그레시토가 대단하게 느껴진다. 내 노골적인 표정에 하벨이 갑자기 퉁명스레 묻는다.

"넌 검 한 번 안 잡아 봤지?"

"내가 그걸 왜 잡냐?"

그래, 내가 왜 검을 잡아. 여자라는 이유 때문이 아니었다. 나는 당당하게 아시시를 붙잡았다.

"여기 이렇게 날 지켜 주는 기사님이 있는데."

아시시가 부끄러워한다. 고개를 숙이는 폼이 정말 부끄러운 모양이었다.

이렇게 부끄러워하면 괜히 더 괴롭혀 주고 싶은데.

난 너만 믿는다는 소리를 하고 싶었는데, 그래도 눈앞에 하벨이 있어서 참았다. 칫, 아시시랑 둘이 있었으면 한참 더 놀릴 수 있는데, 좀 아쉽다.

"그리고 난 그 검 배워서 남의 거 뺏고 싶지 않아. 내 거만 지킬 수 있다면 그걸로도 충분해."

"네 아버지가 한 일은 잊었나 보지?"

이 자식은 하루라도 비꼬지 않으면 입에 가시가 돋나 보다.

하벨이 당당하게 꼬나 본다. 아오, 속에 꽈배기라도 넣어 놨나? 엄청 꼬였네.

"아버지는 아버지고, 나는 나지. 나까지 그럴 필요는 없잖아?"

내 대꾸에 하벨이 입을 다문다. 딱히 더 비꼴 말이 없는 모양이었다. 빤히 하벨을 쳐다보고 있으려니 잠깐 고민하는 건지 말이 없던 그가 날 똑바로 응시했다.

"그런다고 네 아버지가 우리한테 한 짓이 사라지지는 않아."

"어, 알아."

원하는 대답이 아니었는지 하벨이 당황한다.

왜? 다른 대답을 바란 모양이지?

나는 빙그레 웃었다. 사실 뭐 그렇잖아? 카이텔이 나쁜 놈인 건 사실이니까.

"우리 아빠 나쁜 놈이잖아. 진짜 나쁜 놈."

"그, 그렇게 말해도 돼?"

"그럼 나쁜 놈인데 착하다고 말하리?"

사람이란 말이다. 자고로 입은 비뚤어졌어도 말은 바로 해야 하는 법이야. 아마 카이텔은 내가 자기 착하다고 하면 미쳤냐고 물어볼 인간이었다. 그래, 어…… 충분히 가능성 있어.

괜히 상상해 봤다가 떨떠름해서 나는 한숨을 내쉬었다.

나는 성자가 아니라서 아마 내게로 쏟아지는 모든 적의를 순순히 받아 낼 수는 없을 거다. 앞으로 이런 사람을 더 많이 수많이 만날 수밖에 없겠지. 카이텔이 내게 쳐 놓은 울타리가 커지면 커질수록 이런 사람들을 더 많이 만날 수밖에 없었다. 적이 많은 아빠니까.

하지만 나까지 이 사람들을 적으로 돌릴 수는 없다. 나는 그렇게 결론을 내렸다.

이제 돌아가야지. 그 전에 할 일이 있다.

"자, 받아."

저 상처를 치료해 줄 약은 없지만 적어도 붕대 역할을 하는 건 가지고 있었다. 묶고 있던 머리끈을 풀러 하벨의 손을 감아 주었다. 다행히 파란색의 머리끈이 제법 길어서 붕대 비스무리한 역할을 할 수 있었다. 예쁘게 마무리는 리본으로 해 주고 나는 만족스러운 미소를 지었다.

얼떨결에 나한테 손이 잡힌 하벨이 붉어진 얼굴로 후다닥 물러난다.

자네, 이제 와서 그러기엔 좀 늦었다고 생각하지 않나? 뭐, 그러거나 말거나 난 붕대도 감아 줬으니 흘러내리는 머리카락을 쓸어 넘기며 마냥 웃을 뿐이었다.

"선물이야. 잘 간직해."

*　　*　　*

카이텔의 생일 때문에 전국 각지에서 모였던 귀족들이 흩어진다.

매년 그랬던 거지만 올해는 어쩐지 그게 좀 신경 쓰였다. 심지어 외국에서 온 손님들도 하나둘씩 돌아가기 시작했다. 하루에도 몇 번씩 이름 좀 있다 하는 사람들이 인사를 하고, 다 저이들의 고향으로 집으로 돌아간다. 황궁엔 언제나 사람이 많은 법이라 전에는 오든 가든 티가 안 났었는데, 이렇게 조금만 신경 써도 금세 티가 난다. 그건 조금 신기했다.

"곧 프레치아 사신도 돌아간다고 하더군요."

"그래?"

"다른 의미이긴 하지만, 비테르보의 손님들도 돌아가신대요."

시르비아의 말에 나는 괜히 의아했다.

왜 갑자기 한꺼번에 돌아가는 거지? 뒤에서 같이 떠나자 짜기라도 한 건가?

아그리젠트에 겨울이 다가오기 때문인지 더 서둘러 돌아가는 느낌이 강하다. 나는 그냥 턱을 괸 채 고개만 숙였다.

일린의 결혼식도 곧 코앞이다.

귀족들의 결혼은 이렇게 준비하는 데에만 몇 개월이 드는 건지 내심 의아했지만 이게 귀족치고는 빠른 거라니 할 말이 없다. 당연히 내 시녀니까 일린의 결혼식에 나도 참가하고 싶었는데……. 조르고 졸랐는데도 불구하고 카이텔은 멀다는 이유로 절대 허락해 주지 않았다.

정말 가고 싶었는데.

"공주님……."

이제 떠날 준비를 다 마친 건지 일린이 모습을 드러낸다.

나는 순간 좀 울컥했다. 명색에 공주라는 사람이 측근 시녀의 결혼식도 못 봐 주고. 하지만 보안상의 이유로 불허하는 애비를 마냥 조를 수도 없는 노릇. 아시시도 페르델도 그건 좀 아니라며 말리는 터라 나한텐 일린의 결혼식을 보고 싶다고 떼를 쓸 수 있는 이유가 더 이상 남아 있지 않았다.

정 그러면 수도에서 결혼식을 올리라고 애비가 말했지만 일린의 노부모가 수도까지 올라오는 건 여의치 않다고 한다. 그렇다는데 고집을 피울 수도 없는 노릇. 결국 결혼식은 원래 열리기로 한 영지에서 열리게 되었다.

이제 진짜 시녀를 그만두고 영지로 돌아가는 일린이 나를 부른다. 어쩐지 울 것 같아서 나는 눈에 잔뜩 힘을 주었다.

"이건 내 선물이야. 결혼해서도 덜렁대지 말고 잘살아야 돼. 알았지?"

"자주 찾아뵐게요."

내가 건네는 선물을 받아 들며 일린이 말한다.

말은 그렇게 해도 그 말대로 될 일이 없다는 걸 안다. 그러니까 이 이별이 이렇게 가슴 아픈 거겠지. 내가 말없이 쳐다보니 일린이 웃었다. 애써 씩씩해지려는 미소에 나는 괜히 마음이 찡했다.

아, 안 울려고 했는데.

"일린은 내 언니야. 다른 시녀가 또 들어온다고 해도 아마 일린처럼 좋아하지는 못할 거야."

내 말에 일린이 웃는다.

결국 일린도 떠나기 전에 눈물을 보이고 말았다. 아직도 이렇게 어린데, 눈앞의 일린이 결혼을 한다는 사실이 믿기지 않는다. 내가 자꾸 일린을 잡고 있으려니까 세르이라가 우리 둘을 다독였다.

"공주님, 이제 보내 주셔야죠."

"으, 응."

일린이 한 번 고개를 크게 숙이고 그대로 가 버린다.

잘 가라고 배웅하고 그 뒷모습을 지켜보고 있으려니 문득 숨이 턱 막혔다.

그래도 황궁 밖까지는 배웅해 주고 싶었는데, 그놈의 공주 자리가 뭔지. 나는 그것조차 해 줄 수 없었다. 그나마 나 대신 세르이라가 일린을 데려다 주는 게 다행이었다. 그게 아니었다면 정말 얼굴도 못 들고 다녔을 거야. 아시시랑 둘이 남은 채로 나는 잠시 시선을 내리깔았다.

고작 내 옆에 사람 하나 없어진 건데 이렇게 허전하다니.

생각보다 일린은 나한테 무척 많이 소중한 사람이었던 모양이다.

"공주님."

아시시가 부른다. 웬만하면 가만히 있는 기사님이 날 부른다는 건 그만큼 내가 침울해 보인다는 뜻이었다. 하지만 난 괜찮다. 그래, 괜찮다고! 전에도 말했지만 일린이 어디 죽으러 가는 게 아니잖아?

나는 당차게 일어났다.

"아빠 보러 가자!"

내 우렁찬 목소리에 아시시가 잠시 놀란 듯 두 눈을 동그랗게 뜨더니 곧 고개를 끄덕인다.

그래, 아빠나 보자. 아빠 보고 싶어.

나는 아시시 손을 잡고 애비가 있는 집무실로 발걸음을 옮겼다. 다들 오고 떠나가지만, 우리 카이텔은 항상 집무실에 있다. 늘 그 자리에.

당연한 거지만, 그 당연한 게 이상하게 오늘따라 더— 고마웠다.

집무실에 도착해 문을 여니, 역시나 비범한 우리 애비가 업무를 보고 있다. 그 모습이 내 눈에 들어오자 나는 너무 반가워서 그만 애비한테 달려들었다.

"아빠!"

서류를 보고 있었음에도 내 갑작스런 등장에 애비가 말없이 날 안아 준다. 이게 얼마나 무례한 행동인지, 얼마나 귀찮은 행동인지 이제는 잘 알고 있는데, 이 모든 걸 말없이 수용해 주는 카이텔이 나한테 얼마나 너그러운 건지 이제는 알 것 같다.

내가 유난히 카이텔의 팔을 꼭 잡고 있으니 애비가 의아한 시선을 준다.

뭐, 왜?

그러더니 피식 웃었다.

"오늘따라 우리 따님이 왜 이렇게 칭얼거리는 걸까?"

그러게. 왜 오늘따라 이렇게 칭얼거리고 싶은 걸까, 애비야.

네 딸이 오늘 기분이 매우 안 좋다. 재롱 좀 부려 봐라.

하지만 진짜 재롱부리란다고 재롱부릴 인간이 아니라 나는 그냥 입을 꾹 다물었다.

들고 있던 서류를 내려놓고 카이텔이 자세를 바꾼다. 나는 그의 품에 안긴 채로 얼떨결에 카이텔과 시선을 똑바로 맞추게 되었다.

붉은 눈동자.

태어나서 항상 봐 온 이 눈동자.

대체 이 눈동자가 나에게 이렇게 다정한 시선을 보내던 게 언제 적부터였더라? 모르겠다. 모르는데, 그런데 어쩐지 알 것 같은 그런 기분이 든다. 대체 무슨 생각이었을까, 나는 평소라면 절대 하지 않았을 질문을 그 순간 해 버렸다.

"아빠, 나 사랑해?"

자식이라면 으레 아버지께 한 번쯤은 해 봤을 흔한 질문. 태어나 단 한 번도 해 본 적 없는 그런 질문. 애초에 포기하고 있어서 그랬던 건지 이 질문을 하는 내 기분도 미묘하다.

카이텔은 왜 그런 걸 묻느냐는 듯 나를 내려다보다 아무렇지 않게 대꾸했다.

"아니."

그렇구나.

그럼 그렇지. 역시 그렇구나.

뭔가 안도되는데, 찝찝하고 기분 더러운 것 같은데, 아닌 것도 같은 그런 착잡한 기분. 그런 심정이 느껴진다.

"갑자기 왜 그런 걸 물어보지?"

그냥 내가 미쳐서 그런다, 왜? 나는 그냥 입을 다물었다. 카이텔이 손을 들어 내 머리를 쓰다듬는다. 뺨을 건드리는 손길이 어쩐지 조금 다정했다. 애비가 웃는다.

"우리 따님은 그런 것 단 한 번도 물어본 적 없는 것 같은데."

그래, 물어본 적 없지. 아니, 그런데 네가 날 사랑하는 거 같아 새삼스러워서 물어봤다. 그럴 리가 없지. 괜한 걸 물었다고 생각하며 나는 그냥 웃었다. 헤헤, 괜히 대답하기 미묘하니까.

내 미소에 카이텔이 인상을 쓴다. 왜 내가 웃는 게 싫으냐!

"불안한 건가?"

아니라니까.

그런 거 아닌데, 평소와 다른 내 기색이 이상한 모양이다. 카이텔이 한숨을 내쉰다. 그러더니 웃었다. 어쩐지 조금 가벼운 그런 미소에 나는 괜히 신기했다.

"사랑은 못 주겠다만— 지켜 주지."

뺨을 건드리는 손이 이제는 머리를 쓰다듬는다.

"무슨 일이 있어도 지켜 주마. 원한다면 뭐든지 해 줄 거야. 시집 같은 거 안 가도 돼."

잠깐, 이건.

내가 입술을 달싹이자 카이텔이 고개를 가로젓는다.

"대신."

단호한 목소리, 단호한 눈빛, 그리고…….

"죽지만 말고 내 옆에 있어다오."

순간 울컥하는 기분에 나는 입술을 깨물었다. 재빨리 고개를 숙였지만 억지로 고개를 들게 하는 애비 때문에 내 눈물을 숨기지는 못했다. 아, 이걸 대체 뭐라고 표현해야 옳은 걸까? 물기 젖은 내 눈동자에 애비의 눈동자가 들어온다.

"없으면 허전하니까?"

"그래."

나지막한 수긍. 그러나 오늘만큼은 그 미소가 얄밉지 않았다. 카이텔이 웃는다. 처음으로 그 미소가 와 닿는다. 그건 내 아버지가 나를 보는 눈빛이었다.

"내 옆에만 있으면 목숨이라도 바쳐서 지켜 주마."

전엔 자라면 팔아 치울 거라더니. 아직도 그 대사가 잊히지 않는데, 이젠 그 인간이 다른 말을 하고 있다.

"원한다면 이 대륙의 모든 나라를 네 발아래에 깔아 주지."

나는 결국 참지 못했다.

멍청아, 바로 그걸 사랑한다고 하는 거야!!

아, 어쩜 좋을까. 우리 아버지는 바보임이 틀림없습니다. 이렇게 어마어마한 사랑 고백을 해 놓고 나를 사랑하는 것조차 모르다니. 이 멍청이, 아무튼 비아냥거리는 거랑 시비 거는 거 빼곤 다 못하지.

하지만 그러는 나도 바보였다.

이런 멍청한 아버지를 어느새 이만큼이나 사랑해 버렸으니.

대체 어느 틈에 이렇게 빠진 걸까? 나도 모르겠다. 내가 울 것 같은 얼굴로 카이텔을 올려다보니 애비가 웃는다. 그 미소에 나는 또 괜히 울컥했다. 아, 이 바보들.

"아빠."

"어."

"나는 아빠 사랑해."

카이텔은 그게 사랑이 아니라고 말하지만 나는 이게 사랑이라고 말할게. 그리고 되는 대로 말해 줄 거다.

당신을, 내 아버지를 사랑한다고.

내 고백이 충격적이었는지 카이텔의 표정이 굳는다. 언제고 한 방 먹여 주고 싶다고 생각은 했는데, 이런 식으로 먹이게 될 줄은 단 한 번도 상상해 본 적이 없었다. 내 머리를 부드럽게 쓰다듬다 멈칫한 애비의 손을 부여잡았다. 그 큰 손을 두 손으로 꼭 잡으며 나는 내 뺨에 애비의 손을 가져다 댔다.

뺨에 닿는 온기가 유난히 따스하다.

"그러니까 어디 가지 말고 나랑 행복하게 살자. 응?"

카이텔의 입술이 저절로 벌어진다. 놀란 표정에, 이 얼 나간 표정에 나는 묘한 승리감마저 느꼈다.

그래, 애비야, 많이 놀랍지?

나는 평소대로 카이텔이 비웃을 거라고 생각했다. 비웃으며 날 놀리다가 마지막에 내가 골을 내면 인심 쓰듯 그러자고 할 줄 알았다.

그러나 내 예상은 보기 좋게 빗나갔다. 애비는 난생처음 짓는 듯 한 서툰 표정으로 내게 고개를 끄덕이고 있었다.

"그래."

Arca Ⅱ

Arca II

하데이언력 515년, 1월 21일, 눈이 내린다.

공주님은 나이를 먹으면 먹을수록 잔망스러워지는 것 같다. 벌써 아시시 기사님도 구워삶고 폐하는 이미 옛날에 공주님께 넘어간 지 오래다. 물론 나도 그렇지만…….

기사님이 무섭지도 않은가 옛날엔 궁금했는데, 이젠 좀 이해가 된다. 기사님처럼 착한 남자도 드물지. 암, 그렇고말고. 도리어 너무 착해서 이건 좀 문제였다.

아, 이건 비밀인데, 기사님은 아직도 공주님 잠자리를 밤새도록 지키신다. 놀라워!

+ 일린, 이런 걸 적어 놓으면 기사님께서 곤란하실 게다.

그리고 공주님이 잔망스러워지는 것 같다는 건…… 어쩐지 부정할 수가 없구나.

+역시! 그렇죠, 세르이라 님?!

-어느 황궁 시녀의 일기에서 발췌-

(황제의 외동딸 4권에서 계속)

BLACK LABEL CLUB 004

황제의 외동딸 3

1판 1쇄 2013년 5월 16일
1판 18쇄 2023년 2월 24일

지은이 윤슬
펴낸이 신현호
편집장 예숙영
편집 박상희 최은지
편집디자인 한방울
마케팅 김민원
물류 이순우 박찬수

펴낸곳 ㈜디앤씨미디어
출판등록 2002년 5월 1일 제117-90-51792호
주소 서울시 구로구 디지털로 26길 111 JnK디지털타워 503호
대표전화 (02)333-2513 팩스 (02)333-2514
전자우편 dncbooks@dncmedia.co.kr
디앤씨북스 블로그 http://blog.naver.com/dncbooks

ISBN 978-89-267-6149-6 (04810)
ISBN 978-89-267-6140-3 (SET)